목등일기

목등일기

穆登日記

김대현
장편소설

다섬
책방

차례

아주 오래된 일기

이 책은 내가 지은 글이 아니다.

이 책은 무려 1794년 전인 서기 221년 2월 26일부터 3월 5일까지 8일 동안 고구려 좌보 목등穆鐙이 지은 글이다. 좀 더 정확하게 말하자면 좌보, 조선시대로 치면 좌의정이라고 할 수 있는, 목등이 지은 글을 1928년 5월 누군가가 베껴서 책으로 묶었고 그 책을 우리말로 옮겨서 적은 글이다.

맙소사 1794년 전이라니, 보태서 말하자면 1800년 전이다. 지난 1800년 동안 단 한 번도 그 실체가 드러나지 않았고 그 누구도 언급한 적이 없으며 그 존재조차도 몰랐던 책이다. 만약 이 책이 정말로 고구려 사람이 지은 책이라면 우리나라에서 현존하는 가장 오래된 책일 뿐만 아니라 우리가 알고 있는 고구려 역사를 모조리 다시 써야만 하는 일대 사건이 될 만한 책이다. 도대체 이 책은 지난 1800년

동안 어디에 어떻게 꽁꽁 숨어 있었기에 아무도 몰랐던 것일까?

믿을 수 없을 것이다. 당연히 나도 믿지 않았다. 어쩌면 이 책은 애당초 누군가가 조작한 가짜 책이거나 재미를 더하기 위해서 고구려 사람의 이름을 빌려서 쓴 소설일 수도 있었다. 하지만 한문으로 쓰인 이 책을 한 자 한 자 읽어가며 우리말로 옮겨서 적고, 박창화가 한문으로 쓰고 김성겸이 우리말로 옮긴 『고구려의 숨겨진 역사를 찾아서』 『고구리 창세기』를 읽은 후 나는, 이 책을 믿게 됐다. 그리고 이 글을 적는 지금은 온전히 믿는다. 그래서 고구려 좌보 목등이 지은 이 책이 내 손에 들어오게 된 경위를, 다시 한 번 정확하게 말하자면 목등이 짓고 1707년이 지난 1928년 5월 누군가가 베껴서 쓴 이 책을 어떻게 보게 됐는지, 길고 따분할 수도 있지만 꼭 먼저 밝히고 싶다.

재작년 늦은 봄 나는 머리털 나고 처음 적은 소설을 마무르고 곧장 두 번째 소설을 준비했다. 그동안 지지부진하면서도 그저 부여잡고만 있던 영화 일을 접고 새로 시작한 소설 일은 마치 타고난 사명처럼 여겨졌다. 첫 번째 소설을 준비하면서 『선조실록』을 읽었던 경험을 바탕으로 두 번째 소설은 『삼국사기』를 읽으며 구상에 들어갈 셈이었다. 시중에 나온 삼국사기 번역본들을 살피던 나는 2012년 젊은 학자들이 모여서 새롭게 옮긴 『원문과 함께 읽는─삼국사기 1, 2, 3』을 도서관에서 빌려와 읽기 시작했다. 역사는 문학의 보물창고라는 말을 실감하면서 이내 『삼국사기』 속으로 빠져들었다.

고려 인종 23년 1145년 12월 왕명을 따라서 김부식이 대표로 편찬한 『삼국사기』는, 기원전 91년 한나라(서한)의 사마천이 쓴 『사기』

를 좇아서 신라 고구려 백제의 역사를 기전체로 쓴, 우리나라에서 현존하는 가장 오래된 역사책이다. 그런데 『삼국사기』는 당시 전하던 우리나라 역사책들을 잘못 옮겼을 뿐만 아니라 일부러 빠뜨렸고 또한 우리의 주체적인 역사를 말살한 사대주의적인 역사책이라는 오명을 쓴 것도 사실이다. 그러나 『삼국사기』가 신라 고구려 백제의 역사를 오늘날 우리에게 고스란히 전해준 유일한 정사라는 사실만은 결코 허투루 할 수 없다.

『삼국사기』를 읽었다. 살아서 꿈틀거리는 신라 고구려 백제를 읽었다. 글자들 사이에서 목이 마르고 문장들 사이에서 눈이 시렸으며 때로는 입술도 깨물었다. 그리고 수많은 글자와 문장들 사이에서 보석처럼 빛나는 한 여인을 만났다. 그녀는 마치 그 문장 속 그 글자가 돼서 나를 기다린 듯했다. 그녀의 이름은 전하지 않았다. 다만 우씨라고 했다. 고구려 9대 고국천왕의 왕후였으며 또한 고국천왕의 이복동생인 10대 산상왕의 왕후였던 우왕후! 우리나라 역사를 통틀어, 세계 역사를 몽땅 뒤져도 2대에 걸쳐서 왕후의 자리에 오른 여인이 또 있을까? 도대체 그녀는 어떻게 생겼기에, 도대체 그녀에게 무슨 일이 일어났기에 한 번 오르기도 까마득한 왕후의 자리에 두 번씩이나 오른다는 말인가? 나는 당장 그녀 우왕후를 인터넷에서 찾아야만 했다.

'신비한 TV 서프라이즈─천하를 두 번 얻은 여자' '역사를 뒤흔든 스캔들' '고구려의 여색 우왕후' '형수와 시동생' '고구려 여인 우씨, 두 번 왕후가 되다' '잔혹하고 은밀한 왕실 불륜사' '궁중야사─우왕후의 탐욕'…… 세상에 오로지 나만 그녀를 모르고 있었던 것은 아닐까? 형과 동생을 연거푸 남편으로 삼고 연이어 왕후의 자리에 오른 그녀는, 인터넷 블로그며 카페뿐만 아니라 텔레비전의 정통 다큐멘터리와 예능 다큐멘터리는 물론이고 요즘의 역사책들마다 음험한 단어들과 함께 한 장을 차지하고 있었다. 그중 알록달록한 스포츠신문에서 발견한 그녀의 이야기 제목은 정말 압권이었다. '엽기 인물 한국사—형수님, 우리 이러면 안 되는데……'

다행이었다. 그녀에 대한 수많은 이야기들에도 불구하고 그녀를 주인공으로 삼은 영화나 드라마는 보이질 않았다. 더욱이 소설은 없었다. 그래, 이 여인이다 싶었다. 잔혹하면서도 은밀하고 탐욕스러우면서도 엽기적인 그녀는 내 두 번째 소설의 주인공이 되기에 차고도 넘쳐 보였다. 그녀에게 홀린 듯이 쏠려 있던 나는, 고구려 역사를 기전체로 쓴 『고구려사초』라는 낯선 책 한 권을 인터넷에서 알게 됐다.

『고구려사초』 혹은 『고구려사략』이라고도 불리는 이 책에서는 고국천왕, 우왕후, 산상왕으로 이어지는 고구려 최대의 스캔들에 다른 한 명의 여인이 더 등장하고 있었다. 주태후, 그녀는 산상왕의 생모였다. 이 책에 따르면 우왕후가 고국천왕에 이어서 산상왕의 왕후가 된 것은 모두 주태후의 계략이라고 했다. 하지만 『삼국사기』를 비롯한 그 어떤 책에서도 분명히 주태후에 대한 언급은 없었다. 나는 지식의 바다 인터넷을 다시 뒤지기 시작했다. 주태후라는 여인이 몇 명 나타나기는 했지만 15살 나이에 탕을 끓이는 나인으로 궁궐에 들어갔다가 고구려 8대 신대왕의 눈에 뜨여서 아들을 낳고 아들 연우를 9대 고국천왕의 왕후였던 우왕후와 혼인시켰으며 자신의 아들 연우를 왕위에 올리고 마침내 스스로 태후가 된 주진아朱眞兒라는 이름의 그녀 주태후는, 오로지 『고구려사초』에만 나오는 여인이었다.

간사한 것이 사람 마음이다. 하지만 어쩌랴 싶었다. 우왕후에게 반해 있던 나는 그만 주태후에게 시나브로 빠져들고 말았다. 내 두 번째 소설의 주인공은 우왕후가 아니라 주태후가 돼야 한다고 굳게 믿었다. 그런데 이상했다. 왜, 이토록 매력적인 여인 주태후가 애오라지 『고구려사초』에서만 등장한다는 말인가? 온통 주태후에게 빠져 있던 나는 잠시 눈을 돌려서 『고구려사초』라는 책의 정체를 알아봐야만 했다. 돌이켜보면 그때는 정말, 잠시일 뿐이라고 생각했다.

'화랑세기 필사본 발견' '전설의 사서 1300년 만에 역사로 확인' '천 년 신라의 화랑, 신비를 벗는다'…… 1989년 2월 16일 부산 국제신문 1면을 가득 채운 굵은 글씨들이다. 김부식이 『삼국사기』를 편찬하던 고려시대에는 분명히 전하고 있었지만 오늘날 우리에게는 제목만 남긴 채 영영 사라진 줄로 알았던 화랑들의 전기 『화랑세기』가, 좀 더 정확하게 말하자면 1300여 년 전 신라 한산주 도독 김대문이 쓴 『화랑세기』를 베껴서 책으로 묶은 『화랑세기』 필사본이 부산의 어느 가정집에서 발견됐다는 기사였다.

『화랑세기』 필사본은 충청북도 괴산 출신으로 한학을 공부하다가 1981년 44세에 교통사고로 고인이 된 김종진이 그의 스승인 한학자 박창화에게서 물려받은 책이라고 했다. 이 책은, 김종진의 부인인 김경자가 남편의 유품을 정리하다가 발견했고 당시 부산시 문화재 감정관이었던 양맹준에게 감정을 의뢰하면서 세상에 알려졌다. 그날 한국역사학자들은 발칵 뒤집어졌다.

그 6년 후 1995년 4월 『화랑세기』 필사본이 또다시 세상에 나타났다. 이번에는 충청북도 청주였다. 그리고 소장자는 박창화의 손자, 박인규였다. 두 번에 걸쳐서 나타난 필사본들을 꼼꼼히 살핀 결과 첫 번째 필사본은 원본을 발췌한 요약본으로 뒷부분이 없었고 두 번째 필사본은 원본이었지만 앞부분이 없었다. 결국 두 권을 합치면 완전하지는 않지만 한 권의 『화랑세기』 필사본이 되는 셈이었다. 첫 번째 필사본이 나타나면서 발칵 뒤집어졌던 한국역사학자들은 이날 이후 이 패와 저 패로 갈라졌고 『화랑세기』 필사본이 진짜다 가짜다, 소리를 지르며 서로가 서로를 삿대질하기에 이르렀다.

'한국 고대사의 비밀을 풀어줄 역사의 타임머신이다' '얼치기 아마추어 사학자가 쓴 희대의 위서일 뿐이다' '한국사의 치부를 들춰내는 판도라의 상자이다' '창작욕에 불타오른 한 노인의 음란한 한문 소설일 뿐이다'…… 하지만 한국역사학자들을 발칵 뒤집어놓았고 이 패저 패로 갈라놓았을 뿐만 아니라 서로가 서로를 삿대질하게 만들었던 희대의 역사연구가이며 음란한 한학자 박창화는 이미 이 세상 사람이 아니었다.

남당 박창화, 1889년 5월 9일 조선의 충청도 청주목에서 태어난 그는 어려서부터 한학을 공부하고 역사책을 두루 읽었으며 한시에 조예가 깊은 신동으로 소문이 자자했다. 대한제국 시절인 1908년 한성사범학교를 마치고 교사 생활을 하던 그는, 1923년 일본 제국주의가 강점한 조국 땅을 떠나서 중국을 거치고 일본으로 향한다. 일본의 수도인 도쿄와 옛 수도였던 교토를 오갔던 것으로 보이는 그는 1927년과 1928년, 당시 일본의 저명한 역사잡지 『중앙사단』에 「신라사에 대하여」라는 논문을 두 차례에 걸쳐서 연재하고 「흰옷에서 김치까지」라는 조선생활사에 관련된 논문도 발표한다. 일본에 머물던 이 무렵 그의 행적은 자세하게 밝혀진 것이 없다. 그런데 1933년 12월 그가 일본 궁내성 도서료, 지금의 궁내청 서릉부 곧 일본왕실도서관의 '조선 전적 조사 담당 사무 촉탁직'으로 임명된다. 조선인 박창화가 일본왕실도서관에 있는 조선의 책들을 조사하고 관리하는 일을 했던 것이다. 촉탁직 곧 임시직에도 불구하고 10년이 넘도록 일본왕실도서관에서 근무했던 그는 1945년 초 둑길에서 자전거를 타다가 넘어져 크게 다치는 바람에 요양을 하려고 고향으로 돌아왔다가 조국의 해방을 맞는다. 해방 후 그는 청주사범학교에서 역사를 가르치다가 1950년 사임한다. 그후 뚜렷한 행적은 보이지 않지만 주로 충청북도 괴산에서 글을 쓰거나 한학을 공부하는 제자들을 가르쳤던 것으로 알려져 있다. 그리고 그는, 첫 번째 『화랑세기』 필사본이 세상에 나오기 27년 전인 1962년 3월 6일 74세를 일기로 작고했다.

　『화랑세기』 필사본을 진짜라고 믿는 사람들은 일본왕실도서관에서 조선 전적들을 조사한 박창화의 이력에서 그 근거를 찾았다. 그들은 일본왕실도서관에는 임진왜란과 제국주의 강점기 시절 우리나라에서 훔쳐간 책들이 수만 권에 이를 것이라고 봤다. 따라서 그들은 박창화가 우리나라에서는 더 이상 볼 수 없는 책들을 일본왕실도서관에서 봤고 또 베껴서 썼을 것이며 그중에 한 권이 김대문이 쓴 『화랑세기』였을 것이라고 믿었다. 한편 『화랑세기』 필사본을 가짜라고 믿는 사람들은 만약 박창화가 일본왕실도서관에서 『화랑세기』를 정말로 봤다면 분명히 여러 사람들에게 그 사실을 밝혔을 것이라고 말한다. 박창화가 생전에 그런 말을 단 한마디도 하지 않은 것은 『화랑세기』를 본 적이 없기 때문이며 따라서『화랑세기』필사본은 그저 한문 실력이 뛰어난 한 노인의 한문 소설일 뿐이라고 주장했다.

1997년 한학자 조기영이『화랑세기』필사본을 우리말로 옮겨서 처음 출간한 후에도 진짜냐 가짜냐 논쟁은 계속됐다. 책의 내용을 검증하고, 검증당하고, 검증당한 것을 뒤집고, 뒤집어진 검증을 다시 반박했다. 사상 초유의 논쟁이 계속되는 동안『화랑세기』필사본에만 나오는 여인 '미실'을 주인공으로 한 소설은 베스트셀러가 됐고 미실이 주인공으로 나오는 텔레비전 드라마는 시청률 1위를 자랑했으며 연극은 극장을 바꿔가며 흥행에 성공했다. 또한 역사학, 국문학, 건축학, 미술사학에 이르기까지 대학의 박사 학위 논문들과 여러 학술지들은 확신에 찬 역사책으로서『화랑세기』필사본을 인용했다. 그럼에도 불구하고 박창화의『화랑세기』필사본은 첫 번째 필사본이 발견된 1989년부터 26년이 지난 지금까지도 여전히 진짜인지 가짜인지 판가름하지 못한 책으로 남아 있다.『화랑세기』필사본 논쟁은, 박창화가 근무했던 일본왕실도서관 서고에『화랑세기』가 있는지 없는지만 살피면 되는, 정말로 명쾌하게 끝장낼 수 있는 아주 단순한 문제였다. 그러나 그렇게 하지 못했다. 아니 그렇게 할 수가 없다고 했다.

일본왕실도서관은 일왕이 사는 도쿄 왕궁 안에 있는 4층짜리 콘크리트 건물이다. 이 건물 정문에는 한문과 영문 그리고 한글로 출입금지라고 쓰여 있다. 그러나 이 건물 안으로 들어가서 우리나라 고서들을 찾아본 우리나라 사람들은 제법 많았다.『화랑세기』필사본 논쟁을 계기로 KBS와 MBC 취재진들이 직접 방문한 적도 있었다. 하지만『화랑세기』는 없었다. 정확하게 말하자면 일본왕실도서관은『화랑세기』가 소장도서목록에 없으므로 일본왕실도서관에는 없는 책이라고 했다. 그 소장도서목록은 1951년 만들어진 것이었고 1966년 단한 차례만 목록을 추가한 것이었다. 그렇다면 서고에는 있지만 목록에는 없는 책들이 분명히 있을 수 있었다. 그러나 일본왕실도서관은 서고를 둘러보자는 요청을 단호하게 거절했다. 일본왕실도서관은 도서를 열람하는 이용 도서관이 아니라 도서를 보존하는 보존 도서관이므로 서고 개방은 불가능하다고 했다. 그 말은 결국 보여줄 수 있는 것들은 보여주겠지만 함부로 보려고 들지는 말라는 소리였다. 정말로『화랑세기』는 없는 것일까? 일본왕실도서관 서고를 샅샅이 뒤지기 전에는 섣불리 결론을 내릴 수 없다. 하지만 지금 우리가 일본왕실도서관에『화랑세기』가 있는지 없는지 알 수 있는 방법은, 그들이 스스로 꺼내어 보여주지 않는 한, 합법적인 방법은 없다.

『고구려사초』!『고구려사초』는 남당 박창화가 생전에 남긴,『남당유고』라고 불리는 유고들 중 한 권이었다.『화랑세기』 필사본이 진짜냐 가짜냐, 지루한 공방을 계속하는 동안 그가 직접 쓴 다른 책들은 아는 사람들은 환호하고 모르는 사람들은 도무지 깜깜한 책들이 되고 말았다. 그러나 다행히도 그의 몇몇 유고들은 재야사학자 김성겸과 여러 누리꾼들에 의해서 세상에 다시 나왔다. 고구려 역사를 기전체로 쓴『고구려사초』는『고구려의 숨겨진 역사를 찾아서』라는 제목으로, 고구려 시조 추모 곧 주몽의 일대기를 적은『추모경』은『고구리 창세기』라는 제목으로 옮겨져서 책으로 나왔다. 그리고 우리나라 강역을 연구한 박창화의 여러 책들은 그의 청주사범학교 제자였던 지교헌 한국학중앙연구원 명예교수가『잘못된 역사지리 바로잡는―

우리나라 강역고』라는 제목으로 출간했다.

나는 『삼국사기』를 읽다가 우왕후에게 반해버렸고 『고구려사초』를 알고 나서는 주태후에게 빠져들다가 뜬금없이 『화랑세기』를 만나더니 마침내 박창화를 탐구하고 있었다. 박창화와 함께 도쿄와 교토의 뒷골목들을 헤매고 다녔고 일본왕실도서관 서고로 숨어들었으며 어느새 서스펜스 액션 어드벤처 역사추리소설을 준비하고 있었다. 그러나 밑도 끝도 없는 생각들은 꼬리에 꼬리를 물다가 똬리를 틀었고 이리 밟히고 저리 짓이겨지다가 결국에는 질퍽거리는 진창 속으로 빠지고 말았다. 소리쳐서 누구라도 부르고 싶었다. 붙잡고서 누구라도 꺼내어달라고 해야 할 것 같았다.

김경자! 왜 하필 그때 그녀를 생각했을까? 돌이켜보면 박창화의 생가가 있는 충청북도 청원을 찾아가거나 『남당유고』를 보관하고 있는 박창화의 증손자 박종경을 만나러 가는 것이 어쩌면 어울리는 판단이었을 듯싶지만 그때 나는, 『화랑세기』 필사본을 가장 먼저 세상에 알렸던 그녀를 찾고 있었다.

1999년 7월 10일 KBS가 방송한 '역사 스페셜—추적 『화랑세기』 필사본의 미스터리'에서 김경자의 인터뷰를 본 나는 KBS에서 근무하는 선배 오민수에게 연락을 했다. 전화번호를 두어 번 주고받은 끝에 당시 프로그램의 자료 조사를 담당했던 이지선 작가와 연락이 닿았다. 이지선 작가는 10년도 훨씬 지난 오래된 문서 파일에서 당시 김경자의 집 전화번호를 찾아서 알려주었다. 나는 곧장 전화를 걸었다.

"혹시 김경자 씨 계십니까?"

"경자는 아니고 경숙인데, 누구세요?"

다행이었다. 집 전화는 여전히 같은 번호였고 김경숙은 그녀 김경자가 개명한 이름이었다. 김경자 아니 일흔이 넘은 김경숙 할머니는 『화랑세기』 필사본이 세상에 알려지던 그날처럼 부산 사상구 모라동에 살고 계셨다.

더운 여름날 수박 한 덩어리를 사들고 얼마 전까지만 해도 지갑에 넣고 다녔던 영화감독 명함을 다시 꺼내어 들고 할머니 댁을 찾아갔다. 할머니는 일흔이 넘은 어르신이라기에는 어울리지 않을 만큼 정정했고 정정한 만큼 말씀도 많으셨다. 젊어서 고인이 된 남편 이야기며 『화랑세기』 필사본을 감정하던 날 있었던 이야기들을 나긋나긋하면서도 쉼 없이 이어가셨다. 수박을 나눠 먹으며 그렇게 두어 시간을 도란거리다가 한순간 침묵이 흘렀다. 딱히 이어갈 말이 떠오르지 않던 순간 마침맞게도 할머니의 전화벨이 울렸다. 근처에 사는 외손녀가 방문하겠다는 전화였다. 그 틈을 타서 나는 건강하시라는 인사를 남기고 할머니 댁을 나왔다.

허우적거리던 진창 속을 헤어나려고 나선 길이었지만 머릿속이 맑아진 것은 아니었다. 그저 한숨은 돌렸다는 생각이었다. 다음 발길을 고민하던 나는 부산에 왔으니까 바다나 보고 가자는 생각에 지하철을 탔다. 모라역을 출발한 전동차가 사상역에 다다를 무렵 전화벨이 울렸다.

"감독님, 저 강유진인데요. 기억하세요?"

세상은 좁다.

몇 년 전 여름, 2년간 준비했던 영화가 엎어진 것을 확인하던 날 나는 연출부가 모두 떠나버린 영화사 사무실에서 홀로 짐을 챙겼다.

"늦어서 죄송해요."

스크립터 강유진이었다. 막 대학을 마치고 사회에 첫발을 들인 그녀도 역시 명목상 실업자가 된 날이었다. 하지만 어느새 짐 보따리를 내 차에 옮겨다 실은 그녀는 씩씩했다. 나는 그동안 수고했다며 못내 미안한 악수를 청했다.

"악수 안 할래요. 감독님 곧 뵐 건데요, 뭐!"

그녀는 영화가 다시 들어가면 꼭 불러달라며 조그만 눈이 보이지도 않을 만큼 환하게 웃었다. 그러나 내가 준비하던 영화들은 하나같이 감감했다. 그리고 그녀가 전화를 걸어왔다. 세상은 분명히 좁디좁았다. 김경숙 할머니의 외손녀가 바로 그녀 강유진이었다.

"다시 오실 수 있으세요? 할머니가 보여드릴 게 있으시대요."

나는 할머니께 들고 갔던 영화감독 명함 덕분에 그녀와 다시 만났다. 반가웠다. 그녀는 갓난애를 품에 안고 있었다. 귀여웠다. 결혼한 그녀는 남편과 함께 입시만화학원을 한다고 했다. 어울렸다. 그리고 장편 애니메이션 시나리오를 준비한다고 했다. 멋있었다. 그녀와 지난 일들을 이야기하는 동안 할머니가 종이봉투를 하나 들고 나오셨다.

"제대로 볼 수나 있을지 모르겠네."

종이봉투에는 가장자리가 낡아서 너덜거리는 오래된 책 한 권이 들어 있었다. 다행히 좀이 슬지도 않았고 읽는 데는 전혀 문제가 없을 만큼 깨끗했다. 하지만 겉표지가 없었다. 앞부분이 떨어져 나간 듯했다. 책은 출간된 책이 아니라 굵은 무명실로 4개의 매듭을 지어서 묶은 공책이었다. 바스락거리는 백지 위에 붉은색으로 굵은 테두리를 긋고 그 안에 14개의 가는 붉은 줄이 세로로 인쇄된 15칸짜리 공책이었다. 칸칸마다 까만 펜으로 한자들이 빼곡하게 쓰여 있었다. 공책 맨 안쪽에 인쇄된 붉은 글씨가 보였다. 위쪽에는 實錄編修用紙, 아래쪽에는 宮內省이라고 쓰여 있었다. 실록편수용지, 궁내성…… 하마터면 소리를 지를 뻔했다. 아니 소리를 질렀을 수도 있다. 할머니와 강유진이 물끄러미 바라보고 있었으니까. 박창화의 『화랑세기』 필사본이 바로 이 종이에 쓰여 있었다. 『화랑세기』 필사본이 쓰인 종이는 실록편수용지와 궁내성이라는 붉은 글씨 부분이 칼로 잘려져서 그 흔적만 남아 있었다. 그러나 내 눈앞에 있는 공책은 온전했다.

할머니가 맨 뒷장을 펼쳐서 보이셨다. 「昭和 三年 五月 筆写 うなぎ」 소화 3년 5월 필사…… 소화 3년이면 일왕 히로히토가 재위하던 시절이고 서기로는 1928년이었다. 1928년 5월 베껴서 쓰다…… 나는 일본어를 모른다. 일본어는 강유진이 알려주었다. 우나기, 뱀장어라고 했다. 뱀장어가 베껴서 썼다고? 뱀장어가 꼬리에 잉크를 찍어서 쓴 것이 아니라면 뱀장어를 기르거나 뱀장어를 잘 먹거나 뱀장어를 닮은 사람이 베껴서 쓴 글이었다. 아마도 글을 옮겨서 쓴 사람의 별명이나 필명으로 보였다. 그렇다면 이 책은 분명히 박창화가 베껴서 쓴 책이 아니라는 뜻이었다. 박창화는 단 한 번도 자신의 유고에 서명을 남긴 적이 없었다. 더구나 박창화의 별명이나 필명이 뱀장어였다는 이야기는 더더욱 없었다. 또한 박창화가 일본왕실도서관에 취직한 것은 1933년 12월이었다. 박창화 이전은 물론 이후에도 일본왕실도서관에서 근무한 조선인은 없었다. 따라서 이 책은 일본왕실도

서관에서 근무하던 뱀장어라는 별명이나 필명을 쓰는 일본인이 일본 왕실도서관에 있던 책을 베껴서 쓴 듯했다. 나는 심장이 쿵쾅거렸다. 마치 봐서는 안 되는 은밀한 비밀을 훔쳐본 것 같았다.

1989년 초 할머니는 남편의 유품이 들어 있던 커다란 궤짝에서 『화랑세기』 필사본을 발견한 후 남아 있던 박창화의 문서와 책들은 모두 그의 손자인 박인규에게 양도하셨다. 할머니는 뱀장어가 베껴서 쓴 이 책이 당신 댁에 있는 줄은 까맣게 모르셨다. 남편이 고인이 된 지 30년이 지나고 처음 맞는 윤년이었던 2012년 초 할머니는 괴산에 있던 묘소를 이장하면서 자투리로 남아 있던 묵정밭도 함께 처분하려고 복덕방에 땅문서를 가지고 가셨다. 그런데 땅문서가 들어 있던 오래된 와이셔츠 상자 안에 이 책이 들어 있었다. 처음에는 박창화의 책인 줄로 알고 그의 자손들에게 넘겨줄 생각이셨지만 유심히 보니 박창화의 필체도 아니고 남편의 필체도 아니었다. 박창화의 필체는 또박또박하고 카랑카랑한 필체였고 남편의 필체는 박창화의 필체를 닮은 듯하면서도 괜스레 흘려서 썼다. 와이셔츠 상자 안에 들어 있던 책의 필체는 유난히 멋 부리기를 좋아하는 필체였다. 쓸데없이 삐치고 여차하면 내리긋고 어느 곳에서는 동그랗게 말아 올렸다. 더구나 우나기, 뱀장어는 박창화도 남편도 아니었다. 할머니는 이 책을 세상에 알리고 싶지 않으셨다. 『화랑세기』 필사본을 세상에 알리고 난 후 몰려들었던 세간의 관심이 싫었고 혹시라도 또다시 진짜냐 가짜냐, 다투기라도 한다면 우두망찰 죄인이 된 듯했던 옛 순간들이 떠오를까봐서 싫으셨다.

"우리 감독님이 임자를 하세요."

한동안 할머니를 바라보던 나는 강유진에게 눈길을 옮겼다. 미소를 머금은 그녀가 보일 듯 말듯 고개를 끄덕였다. 나는 책을 들고 천천히 손으로 쓸었다. 일본인 뱀장어가 베껴서 쓴 이 책은 1928년 5월 이후 어느 날 빌렸거나 빌려줬거나 혹은 그 밖에 다른 방법으로 박창화의 손에 들어가게 됐을 것이다. 그리고 1945년 초 고향으로 돌아오던 박창화의 짐 보따리에 실려 있었다. 이 책은 다시 박창화의 제자이며 할머니의 남편인 김종진의 손에 들어갔고 오랜 세월 햇살 구경을 못 한 채 와이셔츠 상자와 함께 늙어가다가 비로소 내 손에 들려 있었다. 나는 그렇게 이 책의 임자가 됐다. 하지만 여전히 조심스럽게 그리고 조금은 당당하게 맨 앞장을 다시 펼치고 글자들을 살폈다.

'於戲 知子不易爲父亦難 어희 지자부이위부역난' 줄 바꾸고 '今上 二十五年 春正月 戊子 靑山堂志 금상 이십오년 춘정월 무자 청산당지' 첫 번째 줄은 '아, 아들을 잘 모르겠으니 아버지 노릇하기도 어렵구나!'라는 뜻이었다. 이 책의 제목이나 소제목으로 보였다. 한 줄 바꾸고 쓴 문장은 '금상 25년 봄 정월 무자일 청산당에서 적는다.'였다. 나는 두 문장을 한동안 들여다보다가 맨 처음 문장 열 자는 제목이나 소제목이 아니라 뜯어져 없어진 앞부분의 맨 마지막 문장이라는 생각이 들었다. 그러고 보니 이 책은 누군가가 쓴 일기인 듯도 싶었다. '雪來不積風來不冷 설래부적풍래불냉' 눈은 왔지만 쌓이지 않았고 바람은 불었지만 춥지는 않았다. 세 번째 줄에 그날의 날씨가 쓰여 있었다. 이렇게 읽어나간다면, 더구나 인터넷을 열면 필기 인식이 가능한 한자 사전을 무료로 볼 수 있고 무엇보다도 나는 차고도 넘칠 만큼 시간이 많았기 때문에, 순식간에 이 책을 모조리 읽을 것만 같았다. 용기가 불끈 솟았다.

그날 밤 서울로 돌아온 나는 공부방에 자리를 잡고 앉아서 1928년 5월 어느 날 뱀장어가 베껴서 쓴 이 책을 읽기 시작했다. 만용이었다. 용기와 만용은 분명히 달랐다. 문장 하나하나는 어디를 끊어서 읽어야 하는지 도무지 알 수가 없었고 단어 하나하나는 사람이름인지 땅이름인지 아니면 무슨 이름인지 도대체 가늠할 수가 없었다. 나는 무식했고 또한 터무니없었다. 호기롭게 시작한 책읽기는 채 하룻밤을 넘기지 못하고 비참하게 끝장났다.

"나 좀 살려줄래?"

한문학을 전공하고 한문학계에게는 나름 인정받는다고 자처하는 후배 김태형에게 전화를 했다. 그는 자초지종을 듣자마자 쏜살같이 공부방으로 달려왔다. 학교 다닐 적 먹여놓았던 막걸리가 톡톡히 제 값을 했다. 그런데 책을 복사해간 지 사흘이 지나도록 깜깜하던 그가 느닷없이 한밤중에 들이닥쳤다.

"나도 좀 살려줄래?"

그는 첫머리에 나오는, 금상 25년 춘정월 무자는 고구려 산상왕 25년 1월 17일이고 서기로는 221년 2월 26일이라고 했다. 금상 25년이 100년 전, 200년 전도 아니고 1700, 1800년 전이라고? 나는 웃었다. 하지만 그는 퀭한 눈으로 바라만 봤다. 정말이야? 그는 입술을 앙다물고 고개만 끄덕였다. 정말로 정말이야? 그는, 이 책이 고구려 10대 산상왕 시절 좌보를 지낸 목등이 지은 일기라고 했다. 그런데 『삼국사기』나 『삼국유사』를 아무리 뒤져도 목등에 대한 이야기는 없다고 했다. 그리고 금방이라도 주르르 흘러내릴 듯 그의 눈에 그렁그렁 눈물이 고였다. 정말일지도 모른다. 언젠가 집사람이랑 이혼하겠다며 내게 들이닥쳤던 그날 이후, 단 한 번도 그의 이런 모습을 본 적이 없었다. 정말로 정말일지도 모른다. 나는 고구려 역사연구로 박사 학위를 받고 대학에서 교수를 하는 친구 조규민에게 전화를 걸었다. 한밤중 술에 절어 있던 그가 토끼눈을 하고서 나타났다.

그날 이후 우리 셋은 이 책에 빨려들었다. 맨 처음 김태형이 초벌로 번역을 하면 나는 초벌과 원문을 대조하면서 문장을 갖췄고 조규민이 그 문장을 들고『삼국사기』『삼국유사』『제왕운기』『동국통감』『동국이상국집』『고구려사초』『추모경』『조선상고사』와『중국정사조선열국전』에 나오는 중국의 역사책들을 교차비교하면서 첨언했다. 그리고 마지막으로 내가 각색하고 윤색을 했다. 우리는 공부방에서 수시로 만났고 무시로 싸웠으며 때때로 감동 받았다.

아, 작년 크리스마스이브에 있었던 일은 아마도 두고두고 기억에 남을 일이다. 그날도 우리 셋은 공부방에서 머리를 맞대고 공부 아닌 공부를 하고 있었다. 그런데 어느 순간 돌아다보니 우리 집사람, 얘네 집사람, 쟤네 집사람이 빙 둘러서서 팔짱을 끼고 노려보고 있었다. 도대체 이 인간들이 무슨 작당을 하느라 붙어서 다니는지 궁금했던 모양이었다. 우리 셋은 마치 짜기라도 한 듯이 말없이 공부 아닌 공부만 했다. 우리 집사람, 얘네 집사람, 쟤네 집사람은 슬며시 나갔다가 먹을거리를 잔뜩 부려놓고 말없이 다시 나가는가 싶더니 마지막으로 나가던 우리 집사람이 문을 쾅, 닫았다. 곧이어 다시 문이 열리고 쟤네 집사람이 또 쾅, 했다. 한순간 침묵이 흘렀다. 나와 쟤는 얘를 쳐다봤다. 얘가 배시시 미소를 머금는 순간 벌컥, 문이 열렸다. 문

앞에는 얘네 집사람이 큰 대자로 버티고 있었다.

"집에 들어오면 죽을 줄 알아!"

쾅, 우장창! 문 옆에 매달려 있던 액자가 떨어져서 박살이 났다.

아마도 정말, 남자들은 여자들에게 혼나기 위해서 이 세상에 태어난 존재들은 아닐까? 그날 밤 나와 재와 얘는 땅이 꺼지라고 한숨을 몰아쉬다가 죽음을 무릅쓰고 얼렁뚱땅 집으로 돌아갔다. 한동안 공부하기는 글렀다고 여겼지만 이튿날 우리는 꾸역꾸역 모여들었고 공부 아닌 진짜 공부를 이어나갔다.

딱 60주가 흘렀다. 마지막으로 모였던 날 우리는 아무 말도 하지 않았다. 그저 악수를 나눴고 서로를 부둥켜 않았다. '목등일기', 우리는 총 79쪽 1185줄 27,066자인 이 책의 제목을 '목등일기'라고 지었다. 그리고 우리는, '목등일기' 원문과 번역문을 공개하기에 앞서서 소설 형식으로 된 '목등일기'를 먼저 발표하기로 결정했다.

이 글을 적는 지금 나는, 세상에 저절로 우연인 것은 없다는 말을 실감한다. 『삼국사기』와 우왕후, 『고구려사초』와 주태후, 박창화와 일본왕실도서관으로 이어지던 시간들은 결국 '목등일기'를 만나기 위한 전조들이었다. 또한 나는, 역사는 배우고 익히는 것이 아니라 항상 새롭게 써야 한다는 말을 실감한다. 왜 '목등일기'가 그동안 세상에 알려지지 않았는지, 그럼에도 불구하고 왜 필사돼서 몰래몰래 세상에 전해졌는지 어렴풋이나마 알 것도 같다. 그리고 우리는 우리가 이름붙인 『목등일기』가, 필사본이 아닌 원본으로 세상에 나타나기를,

아니 우리 손으로 직접 찾아올 수 있기를 간절히 소망한다.

『목등일기』로 들어가기 전에 몇 가지 사실을 밝혀두고자 한다.『목등일기』를 읽기 위해서는 주석이 필요한 부분들이 아주 많았다. 하지만 나는 주석을 따로 달지 않고 본문에 버무려서 적었다. 각 장마다 붙인 소제목들은 내용을 구분하기 위해서 내가 붙였다. 어떤 장의 경우에는 날짜와 상관없이 내용에 따라서 장을 분리한 곳도 있다. 본문의 날짜는 음력과 양력을 대조해서 함께 표시했다. 그리고 땅이름들은『잘못된 역사지리 바로잡는―우리나라 강역고』를 바탕으로 지금의 위치와 함께 표시하고 싶었지만 소설 형식에서는 오히려 혼란을 가져올 우려가 많았다. 그래서 본문에는 땅이름만 적었다.

『목등일기』에 나오는 고구려 임금들의 재위 순서와 칭호는『삼국사기』와 많이 다르다.『삼국사기』는 동명성왕, 유리왕, 대무신왕, 민중왕, 모본왕, 태조왕, 차대왕, 신대왕, 고국천왕으로 이어지지만『목등일기』는 동명성제, 유류명제, 대주류제, 민중제, 모본제, 신명선제, 태조황제, 폐주 차대제, 신대제, 고국천제로 이어진다.『목등일기』는 고구려 임금들을 한 나라를 다스리는 왕이 아니라 여러 왕과 제후들을 거느리는 황제라고 불렀다. 또한『목등일기』는『삼국사기』에는 나오지 않는 '신명선제'라는 황세가 등장한다. 그리고『삼국사기』의 차대왕을 폐주 곧 쫓겨난 황제, '폐주 차대제'라고 쓰고 있다. 나는,『목등일기』의 재위 순서와 칭호가 옳다고 생각하므로 그대로 따랐다. 그리고『목등일기』에 나오는 '금상'의 칭호는『삼국사기』에서는 '산상왕',『고구려사초』에서는 '산상대제'라고 부르고 있다. 나는 당연히 황제의 칭호인 산상대제를 따랐다.

이제 서기 221년 2월 26일부터 3월 5일까지 8일 동안 고구려 좌보 목등이 짓고, 1707년이 지난 1928년 5월 어느 날 일본에서 뱀장어라고 불리던 사람이 일본 궁내성 실록편수용지에 베껴서 묶은 아주 오래된 일기, 『목등일기』를 시작한다.

사라진 앞부분의 마지막 구절

아, 도대체 자식을 알 수가 없으니 아비 노릇하기가 참으로 어렵구나!

노랑머리 계집

산상대제 25년 1월 17일, 서기 221년 2월 26일

금상 이십오년 춘정월 무자일 청산당에서 쓴다.

눈은 내렸지만 쌓이지 않았고 바람은 불었지만 매섭지 않았다.

달렸다. 안개로 자우룩한 산중은 눈앞을 가늠할 수가 없었다. 살아야 한다. 오로지 살고자 팔을 휘저으며 다리를 내달렸다. 염통이 솟구치고 창자가 목구멍 너머로 쏟아질 것 같았다. 칡넝쿨이 채찍처럼 얼굴을 휘감고 지나갔다. 희끄무레한 생가지가 옆구리를 후려치고 부러져 나갔다. 터질 것 같은 통증이 온몸을 부여잡았다. 순간 시커먼 바윗덩이가 눈앞으로 달려들었다. 질끈 눈을 감고 몸뚱이를 비틀어서 튀어 올랐다. 떨어진다. 떨어져서 나뒹굴 것이다. 구기박질러져서 깨지고 쪼개지고 갈가리 찢어질 것이다. 혹여 날아오를까 싶어서 활개를 쫙 펴고 허공을 저었다. 하나 새처럼 날 수가 없으니 영영 떨

어지기만 할 것 같았다. 떨어지고 있었다. 눈을 뜨자. 허방의 깊이를 봐야 한다. 무엇이 어찌되든지 다가오는 처참한 순간을 눈으로 보고 싶었다. 눈꺼풀이 올라가지 않았다. 봐야 한다. 눈을 떠야 한다. 눈을 떠라, 제발 두 눈을…… 떴다. 아무것도 보이지 않았다. 고요했다. 고요가 사방을 빙 둘러싸고 있었다. 나는 누워 있었다. 죽었는가, 이것이 죽는 순간인가? 울었다. 닭이 울었다. 분명 닭이, 저 멀리서 첫닭이 울었다.

꿈이었다. 꿈은 방정맞았다. 방정맞은 꿈은 잊을 만하면 흐릿한 잠속으로 파고들어서 몸뚱이를 어육으로 만들어놓았다. 하루도 쉬지 않고 새벽을 몰고 오는 첫닭이 아니었다면 나는, 죽었을지도 모른다. 긴 한숨을 몰아쉬었다. 비로소 깜깜하던 방 안이 눈길에 닿았다. 몸을 일으키려고 이부자리를 짚다가 소스라쳤다. 물컹했다. 무언가가 있었다. 정체를 알 수 없는 무언가가 이불 속에서 늙은 몸뚱이를 노리고 있었다. 온몸의 터럭이 곤추서고 목덜미가 서늘했다. 봐야 한다. 정체를 확인하지 않고서는 아무것도 할 수가 없었다.

눈덩이…… 눈덩이가 이부자리 속으로 들어와 있었다. 눈을 부비고 눈덩이를 물끄러미 바라봤다. 계집이었다. 머리터럭부터 발끝까지 온통 하얗게 보이는 계집이 벌거벗은 채 웅크리고 있었다. 길쭉한 두 팔로 감싼 얼굴은 갸름했다. 보드라운 목덜미와 봉긋하게 솟은 젖무덤을 타고 흐르는 선은 잘록한 허리께까지 이어지다가 도톰한 엉덩이를 만나더니 보드레한 허벅지에서 한숨을 몰아쉬다가 매끈한 종아리에서 환호성을 지르고 웅송그린 발가락들에서 잦아들었다. 계집은 하얀 눈덩이처럼 보였다. 만져보고 싶었다. 손을 거두고 말았다.

손이 닿기라도 한다면…… 이내 녹아내릴지도 모른다. 아, 바싹 힘이 든 양물이 성을 냈다. 차라리 보지 말 것을…… 줏대 없는 양물이 까닥까닥 주억거리기 전에 하얀 눈덩이 같은 계집을 이불로 덮었다. 이 계집은 누구일꼬?

나는 늙었다. 얼굴에는 주름이 고랑을 만들고 머리터럭은 억새처럼 하얗게 세어가며 거뭇거뭇 저승꽃은 비늘처럼 돋아나서 온몸을 덮어간다. 아래턱의 어금니들은 힘을 잃은 채 흔들리고 위턱의 어금니들은 벌써 두 개나 빠져나갔다. 눈은 침침하고 코는 갑갑하며 입은 답답하고 귀는 먹먹하다. 허공을 지르던 단단한 팔뚝은 무너져 내리고 땅을 버티고 섰던 다부진 허벅지는 허룽거렸다. 양물만은, 어찌된 영문인지 양물만은 빠뜨리지 않고 새벽에 곧추섰다. 늙는 것이 아쉽고 서러웠지만 여전한 양기는 늙은 몸뚱이를 쓰다듬고 위로했다. 하나 아득한 머릿속만은 위로 받지 못한 채 황량했다. 언제부터인가? 하룻밤만 지나도 거센 물살이 휩쓸고 지나간 모양으로 머릿속은 진창이었다. 이부자리에 든 이 계집은 도대체 누구일꼬? 질퍼덕거리는 진창을 헤집고 어제 일들을 곰곰 되짚었다. 아뿔싸, 우목공의 늙은 딸…… 맙소사, 내가 첩실을 들였구나!

태보 우목공은 당신의 늙은 딸을 내게 맡기고 싶어 하셨다. 처음에는 그저 농이라고 여겼건마는 두 손을 맞잡고 때로는 눈시울을 붉히시는 우목공을 나 몰라라 할 수는 없었다. 이러지도 저러지도 못할 노릇이었다. 돌이켜보면 젊어서부터 좇고 믿으며 기대왔지만 우목공을 장인으로 삼고 늙은 사위가 된다는 것은 딱하기 짝이 없었다.

더구나 신하들의 으뜸인 국상과 더불어 태보 좌보 우보, 삼보에 오른 공들은 중방 좌방 우방으로 부인 셋을 두고 첩실을 다섯까지 거느려서 널리 자식을 퍼뜨리는 것이 성조 동명성제 이래로 내려온 본일지라도 나는 따르지 않았다. 한번 맺은 짝과 평생의 고락을 함께하는 학처럼 살고 싶었다. 나는 오로지 내당의 지어미만을 임자로 삼았다. 누구보다도 내 사정에 밝으신 우목공은 당신의 늙은 딸을 거두지 않는다면 영영 인연을 끊겠노라고 엄포를 놓으셨다. 늙으면 어린아이가 된다더니 우목공께서 영락없는 그 짝이었다. 늙은 몸뚱이를 핑계로 한사코 손사래를 쳐봤지만 우목공의 간곡한 부탁을 더 이상 거절할 수도 없는 노릇이었다. 우목공은 혼인할 때를 놓친 늙은 딸이라며 못내 부끄러워하셨지만 그 늙은 딸의 나이가 고작 열아홉이었다. 내 나이 예순아홉에 열아홉 먹은 첩실이라니…… 손자 장(목장穆萇)이 열아홉이구나! 자손들 보기가 부끄럽고 무시로 담장을 넘나들 민망한 풍문에 곤두섰으며 무엇보다도 고고한 임자를 어찌 볼 것인가 걱정이 앞섰다. 세상의 일이라는 것이 그러했다. 어찌어찌 날짜를 잡고 비록 잔치도 없고 예를 갖추지는 않았지만 분명코 나는, 열아홉 먹은 우목공의 늙은 딸을 첩실로 맞았다.

돌이켜보니 한동안 글을 적지 못했구나. 하니 까마득할밖에…….

이부자리에는 벌거벗은 계집이 들어 있었다. 지난밤 내가 계집의 옷을 모조리 헤치고 벗겼다는 말인가? 하늘의 해를 두고 말한다. 아무리 곱고 탱탱한 계집일지라도 내가, 그랬을 리 없다. 계집이 저 혼자서 홀홀 벗어젖히고 파고들었다는 말인가? 내가 벗겼을 리 만무하니 분명코 계집이 한 짓이다. 고약하다. 사내의 일을 장담해서는 아니되는 법일지니…… 내가 그리했다면 어쩌겠는가? 까물까물하다. 우목공이 보내신 맑은 술 한 잔에 넋을 놓은 모양이었다. 눈덩이처럼 하얀…… 이제는 내 첩실이 된 이 계집의 이름이 무엇이더라? 세상에, 이름조차 모른 채 한 이부자리에 누웠었구나! 비록 첩실이 됐다손 치더라도 홀홀 벗어젖히고 이부자리로 파고든 네년의 이름은 무엇이냐? 묻고 싶었다. 계집은 금방이라도 녹아내릴 듯이 하얗게 잠들어 있었다. 차고 깨워서 캐물을 일이 아니었다. 내가 떠올려야 할 이름이었다. 계집을 깨울까 저어해서 조심스레 포를 걸치고 방문을 나섰다.

미명이었다. 옷섶 사이로 한기가 파고들었다. 저놈은 또 무엇이냐? 희끗희끗 서리가 내린 마당 한복판에 시커먼 두억시니가 서 있었다. 이 또한 홀린 꿈속인가? 두억시니가 나를 바라봤다.

"소인, 밀우이옵니다."

밀우로구나! 한동안 마당에 있었던 모양인지 관과 어깨에 하얗게 서리가 앉아 있었다.

"어찌해서 고하지 않고 그리 있었더냐?"

"공께서는 만날 첫닭과 함께 기침하오신데 어찌 소인이 번거로이 하겠나이까? 첫닭을 기다리는 것이 마땅한 일일 것입니다."

멀리서 닭이 울었다. 한 번도 본 적 없는 저 닭은 충직한 닭이요 내 앞에 있는 밀우 또한 충직한 수하였다. 춥다, 들자꾸나…… 글방으로 자리를 옮겼다.

"검은 글이 적힌 하얀 천 같은 이것은 무엇이옵니까?"

밀우가 글이 적힌 지를 살피며 호들갑을 떨었다.

"지라고 부르는 것이다."

"한나라에서 만든다는 지가 이것이옵니까?"

"한나라가 아니라 우리 땅 낙랑과 환아에서 만든 물건이다. 한나라 족속이 만드는 지紙는 쓰다버린 그물이나 천 조각을 짓이겨서 만드는 형편없는 물건이나 낙랑과 환아에서 만드는 지紙는 초목을 불리고 삶고 찧어서 만들기에 곱고 질기며 향내 나는 물건이란다. 낙랑에서는 조비라고 부르고 환아에서는 조해라고 부르더구나. 조비든 조해든 우리가 만드는 지는, 비록 품이 많이 들고 세월을 필요로 하지만 쓰기도 좋고 간수하기도 좋으니 머지않아 간독簡牘을 대신해서 널리 퍼져나갈 것이다."

"글방에 들 적마다 진기한 물건을 마주하니 소인의 눈이 호강이옵니다."

밀우는 수걱수걱 비위를 맞출 줄 알았다.

"조당朝堂에서 물러나면 예부터 전하는 창고에 가득한 간독들을 모조리 지에 옮겨서 적을 요량이란다. 죽는 날까지 다 적을 수나 있을지……."

"어인 말씀이십니까? 태보에 오르시고 국상의 반열에 오르시어 이 나라를 굳건히 하실 분이십니다. 글 따위를 베끼는 이들은 차고도 넘칠 것입니다. 간절히 바라옵건대 듣잡기 민망한 말씀은 거두어주소서."

그렁그렁 눈물이 고인 밀우는 진심이었다. 밀우의 눈 속에서 목숨을 의탁하던 어린시절의 밀우를 봤다. 멧돼지에 들이받혀서 죽어가던 어린놈을 고쳐서 살려놓았더니 이제는 어엿한 내 손발이 되었구나!

"밀우야, 올해로 몇이더냐?"

"부끄럽게도 소인, 서른아홉이 됐사옵니다."

"나이 드는 게 부끄러운 일이라면 나는 어찌 살라는 것이냐?"

"소인이 미쳤나보오이다. 망령되이 혀를 놀린 이놈에게 벌을 내리소서."

밀우가 더럭 무릎을 꿇고 조아렸다. 말을 물릴 줄 아는 밀우가 좋았다.

"이 시각에 글방을 구경하고자 나를 찾지는 않았을 터, 무슨 일이냐?"

밀우가 그제야 일어나더니 품속에서 둘둘 말린 비단을 꺼내어 놓았다. 펼친 비단에는 글들이 적혀 있었다. 읽을 수가 없었다. 분명 글이되 한 번도 본 적 없는 글자들이었다. 읽을 수 없는 글자들이 빼곡하게 적힌 비단은 모두 세 폭이었다.

"병야에 날랜 놈 셋을 발견하고 뒤를 쫓았습니다……."

지난밤 환도성을 방비하던 성문교위 밀우는 음험한 자들의 침입을 막고자 성벽 곳곳에 매달아 놓은 방울 소리를 들었다. 창수涷水로 이어지는 골짜기와 맞닿은 동쪽 성벽이었다. 성벽을 타고 성안으로 틈입하려던 자들은 모두 셋이었다. 복색이 별나지는 않았으나 놀림이 잽쌌다. 밀우는, 따르던 수하 셋에게 길을 가로질러서 창수에서 기다리게 하고 도망하는 자들의 뒤를 쫓았다. 그중 둘은 창수에 닿기 전에 밀우에게 척살됐고, 우두머리로 보이는 자는 창수에서 기다리던 수하들과 맞닥뜨렸다. 그자는 칼솜씨가 빼어나고 날랬다. 수하 둘이 팔과 다리를 상했고, 그자 또한 어깨에 칼을 맞았다. 마침 당도한 밀우가 곤경에 처한 그자에게 칼을 겨누자 알아들을 수 없는 말들을 뇌까리다가 제 칼에 목을 엎드리어 스스로 숨을 끊었다. 나는 억울하다. 억울해…… 밀우의 수하 중에서 그 말을 알아들은 이가 있었다. 흑수 너머에서 쓰는 말이라고 했다. 흑수 너머라면 말갈이 아닌가?

"진정으로 말갈의 족속이더냐?"

"소인 수하의 어미가 읍루의 족속이라서 그 말을 알아들었습니다."

예부터 말갈과 읍루는 숙신의 족속이었다. 숙신은 우리와 한 핏줄이었던 조선(고조선)을 따르던 족속이었고 전조前朝 부여에 의탁하던 족속은 읍루라고 불렀다. 하나 이도 저도 아닌 채 흑수와 갈수 너머에서 흩어져 살던 남은 족속은 서로가 우두머리를 자처하며 비온 뒤 독버섯 모양으로 불쑥불쑥 나타났다가 사라지기를 여러 해였고 또한 배우고 익히려 들지를 않았으니 풍속은 거칠고 사는 방편이라고는 오로지 도적질뿐이었다. 무도한 이 족속을 말갈이라고 불렀다. 동명성제께서는 도적질을 일삼는 말갈의 족속을 격파하시고 우두머리들의 목을 수시로 베셨으니 그후로 말갈의 족속이 우리나라를 넘보는 일은 결코 없었다. 궁해진 말갈의 족속은, 우리와 한 핏줄이지만 어리석게도 전조 부여의 적통이라고 자처하는 잔殘(백제)과 아득한 시절 우리와 한 어미를 둔 족속이라며 막막하면 애걸하고 통하면 고개를 쳐드는 라羅(신라)를 무시로 넘나들면서 도적질을 일삼았다.

"땅굴을 파고 사는 짐승 같은 말갈이 스스로 숨을 끊었다는 말이냐?"

"부끄럽사오나 소인 앞에서 벌어진 일이옵니다."

비단 세 폭은 자결한 자의 품에서 나왔다. 앞서 밀우에게 척살된 둘은 금으로 만든 빗과 수려한 구슬 한 꾸러미를 지니고 있었다.

"성 밖에서 도적질한 말갈이 성안으로 들어오려다가 자결을 했다?"

"기이하오나 정황상 그리되옵니다."

"성안에 말갈의 은거지가 있다는 소리냐?"

"천부당하오나 말갈이 성안의 누군가와 내통했다면 아귀가 맞사옵니다."

환도성에 말갈과 내통하는 자가 있다? 환도성에는 황궁과 중궁, 우궁과 좌궁을 비롯해서 구궁九宮이 있다. 어느 궁이 비어 있던가? 태후궁, 태후궁이 비어 있구나! 비어 있는 궁은 못질이 돼 있으니 들어갈 수가 없을 테고…… 태자께서 거처하시는 동궁, 공주 분들의 전각, 궁인들의 처소…… 누가 무도한 말갈과 내통한다는 말인가? 성내각사…… 신하들이 머무르는 각사는 낮에는 북적이다가 밤에는 비어 있는 곳이다. 각사에 숨어들었다가 간흉한 모사를 꾀하려고 했다? 한낱 도적떼인 말갈이?

"혹여 이 비단에 답이 있지 않을는지요?"

비단에 적힌 글자들을 꼼꼼히 살폈다. 말갈도 글자라고 부를 만한 것이 있다. 하나 진흙으로 만든 판에 꼬챙이로 끼적일 뿐 비단에 글을 적는 말갈은 없다. 더구나 글자는 말갈의 글자가 아니었다. 비단에 글자를 적었다는 것은 글자가 비단보다 중하다는 것을 안다는 뜻이었다. 누구의 글자일꼬? 금으로 만든 빗과 수려한 구슬 한 꾸러미는 도적질의 증좌였지만 정체를 알 수 없는 글자가 쓰인 비단은……

모호했다.

"비단과 말갈의 일은 입단속을 하겠나이다. 하옵고 주민대가께 고하고 지시를 따르겠습니다."

밀우는 슬기롭고 사리에 밝았다.

나라의 치안과 살림살이를 주관하는 주민대가 명림식부는 명림답부공의 아들이었다. 명림답부…… 지난날 무도하고 잔악했던 폐주 차대제를 주살하고, 금상의 부황이신 백고태자를 신대제로 세우셨으며, 오늘날 국상이라고 부르는 보외태대가輔外太大加에 오르시고, 신대제께서 미령하셨을 때는 섭정하셨으며, 우리나라의 서쪽 땅을 노리며 침입하는 간교한 한나라 족속을 좌원 땅에서 한 놈도 빠짐없이 절멸하셨으니, 양맥왕 명림답부공은 뭇사람이 하늘처럼 떠받들고 모시던 우리나라의 보물 같은 분이셨다. 아들 명림식부는 달랐다. 앞장서서 내세우기를 좋아하고 책임져야 할 일에는 제 살길부터 찾아 나서며 말은 참으로 많으나 쓸 말이라고는 찾기가 어려운 가벼운 이였다. 하나 눈치가 빠르고 잔꾀가 많으므로 조당에서 오래도록 살아남을 것이다. 더구나 동궁께서 명림식부의 딸인 명림전을 가까이 두셨으니 앞으로 어찌 처신할지 궁금할 뿐이다.

밀우는 도적떼를 척살한 공을 명림식부에게 넘겨주고자 했다. 마뜩하지 않으나 옳은 일이다. 밀우는 드러나서는 아니 된다. 나는 밀우의 어깨에 손을 얹었다.

"비단에 적힌 글은 내가 살필 테니 너는 말갈이 도적질한 곳을 반드시 찾아내라. 쉬 드러난다면 이 비단은 하찮은 물건일 것이나 쉬 드러나지 않는다면 이 비단은 하찮은 물건이 아닐 것이다."

"하오면 동궁께는 어찌 하오리까?"

"국본의 심기를 어지럽힐 일은 아닐 것이나 내가 살피마."

말갈이 성안의 누군가와 내통했다면 그들이 척살된 지금 그 흔적을 찾기는 쉽지 않을 것이다. 이 일은 아주 보잘 것 없는 일일 수도 있고 거대한 음모의 한 자락일 수도 있다. 이 일이 동궁을 위하려는 세력의 간계가 아니기를 바랐다. 바란다고 모두 이루어질 것인가? 나는 이마를 짚었다.

"잠시 들겠나이다."

여인의 목소리였다. 이 시각에, 이곳에 들겠다는 여인이 누구일꼬? 나도 밀우도 목소리를 좇아서 방문을 바라봤다. 빠끔히 방문이 열리더니 노랑머리 여인이, 아니 계집이 그릇이 오른 상을 들고 사뿐히 글방으로 들어왔다. 누구냐? 채 입을 떼기도 전에 노랑머리 계집의 입에서 땡고함이 터져 나왔다.

"네 이놈, 당장 칼을 벗지 못할까?"

계집의 눈초리가 밀우를 아래위로 훑었다. 도대체 누구기에…… 우목공의 늙은 딸…… 그랬구나, 우목공의 늙은 딸 아니 이제는 내 첩실이 된 저 계집이 노랑머리였구나! 돌이켜보니 입때껏 계집을 바로 본 적이 없었다. 얼굴은 어찌 생겼는지 소리는 어찌 내는지 몸태는 어떠한지 나는, 아무것도 알지 못했다. 아, 양물을 솟구치게 만들던 벌거벗은 몸태는 이미 봤구나!

등잔불에 비친 계집은 온통 눈덩이처럼 하앴다. 잿빛이 도는 쪽빛을 닮은 파란 눈동자에 꺼풀이 진 눈은 세상을 모조리 살피고도 남을 만큼 커다랗고, 그 아래 오뚝하게 솟은 코는 봉우리인 양 높았으며, 발그레 불그스름한 입매는 아름드리 꽃이 진 튼실한 열매 모양으로 후두두 떨어질 것만 같았다. 둥글둥글 두툼하고 토실토실 오동통해야 아름다운 여인일진대 계집은 껑충했고 매끈둥했으며 하늘거리기까지 했다. 분명코 박색이라고 불러야 마땅할지나 눈길을 거둘 수가 없었다. 계집은…… 묘했다.

"귓구멍이 막혔느냐? 어찌 공의 안전에서 피 묻은 칼을 옆구리에 끼고 상스럽게 얼쩡대느냐는 말이다!"

앙칼진 계집의 닦달에 밀우가 내 눈치를 살폈다.

"아니오. 그러지 않아도 되오. 밀우는 내게는 손발과 다르지 않으니 그러지 않아도 될 일이오."

구차하게도 구구절절했다. 계집이 고개를 숙였다.

"어리석은 소첩을 너그러이 살펴주소서."

얼토당토않은 계집이로다. 계집이 들고 온 상을 탁자 위에 부렸다.

"위와 장을 따듯하게 하시어 몸을 돌보십시오."

계집은 손이 재고 깔끔했다. 어느새 탁자 위에는 고소한 내를 풍기는 잣죽 두 그릇에 무짠지와 싱건지 한 그릇, 보푸라기를 만든 어포가 차려져 있었다.

"소인 밀우, 물러가겠사옵니다."

계집이 말했다.

"죽 그릇이 두 개인데, 사내가 계집 악다구니에 설설 물러서는 것이오?"

밀우는 어정쩡한 얼굴로 나만 바라봤다.

"그대가 정녕코 공의 손발이라면 새벽녘 찬바람에 몸을 상하게 하

지는 마시지오. 그대가 상하면 공의 손발이 상하는 것이요 공의 손발
이 상하면 공을 미령하시게 하는 일이니 응하지 말고 들고 가시지요."

옳다구나! 같이 들자구나, 밀우야! 숟가락을 들자 밀우는 고개를
돌리고 죽 그릇을 단숨에 입속으로 털어넣었다. 아뿔싸, 밀우가 고개
를 숙이는 둥 마는 둥 쏜살같이 방문을 열고 튀어나갔다.

"공께서 아둔한 손발을 두지는 않으셨을 텐데 어찌 저런답니까?"

"뜨거운 죽을 통째로 삼켰으니 목구멍이 데인 듯 홧홧하지 않겠습
니까?"

하하하, 웃었다. 내 웃음에 전했는지 계집도 발그레한 입매로 배시
시 웃었다. 계집은…… 참으로 묘했다.

"어찌 알고 이곳까지 들었습니까?"

"어리석은 소첩이 듣잡기 민망하오니 말씀을 낮추소서."

이제 보니 임자에게 하는 모양으로 말을 높이고 있었다.

"새벽닭에 눈을 뜨고 두런거리는 소리를 좇아서 이곳까지 닿았나
이다. 공께서 머무시는 곳이라고 여기고 아랫것을 시켜서 초조반상
을 차렸사오니 어리석다 마시고 자시옵소서. 하옵고……."

계집이 말꼬리를 흐렸다.

"말씀하시…… 말해보아라."

계집이 고개를 들고 바라봤다.

"소첩, 지난밤 공을 모시는 몸이 됐사오니 어찌 더없는 광영이 아
니라 하오리까? 하오나 기댈 데 없는 너른 댁에서 소첩은 어찌 해야
할지 알 길이 없사옵니다. 혹여 소첩이 벽璧부인께 여쭙고 처소를 찾
아야 하는 것인지 아니면 그저 하룻밤의 광영으로 알고 댓바람으로

본가를 찾아서 식전부터 눈물 바람을 해야 하는 것인지 알 길이 없사
오니 이를 어찌 하오리까?"

맹랑하도다!

"마음고생을 했구나. 하나 첩실의 처소는 임자와 상의할 일이다.
휴양을 떠난 임자가 저녁 무렵이면 당도할 테니 오늘은 짐을 푼 청산
당 작은방에서 머물도록 해라."

계집이 까딱 고개를 숙였다.

"하오면 받잡고 물러가겠나이다."

계집이 방문으로 향했다. 아…….

"물을 것이 있구나……."

"하문하소서."

"지난밤, 말이다…… 네 옷가지들은 어찌 된 것이냐?"

계집이 쪽빛으로 파란 눈동자를 동그랗게 뜨고 바라봤다.

"네 옷가지들을 말이다…… 네가 벗었느냐, 내가 벗겼느냐?"

계집이 동그랗게 뜬 눈을 살짝 감았다. 계집이 찬찬히 수긋했다.
계집이 살짝 방문을 열었다. 그길로 계집이 나갔다. 방문이 닫히고,
그릇들을 놔둔 채, 상도 들지 않고, 답도 하지 않고…… 방자하도다!
여느 때였으면 입에서 불쑥 칼이 튀어나와야 마땅할지나 닫힌 방문
을 물끄러미 바라보고만 있었다. 계집은…… 참으로 묘하고도 묘했
다. 비로소 까물까물하던 기억들이 모조리 떠올랐다.

우목공은 내 손을 맞잡고 눈물 바람을 하셨다. 하라고, 해야 한다
고, 하면 될 일이라고 덤벼드는데 당해낼 재간이 없었다. 우목공은

가라말 두 필에 보옥과 비단을 가득 싣고 온갖 진미가 가득한 궤짝을 진 사내종 다섯에 계집종 다섯을 붙여서 화사하게 단장한 당신의 늙은 딸을 청산당으로 보내셨다. 어제 낮에 벌어진 일이었다.

"벽부인께서 휴양을 떠나셨으니 이참에 늙은 내 딸을 들이시지요. 나중 일은 나중 일대로 해도 될 테고 모름지기 벽부인의 성정을 보건대 벅벅이 헤아려주실 것입니다."

벽부인…… 뭇사람은 임자를 그렇게 불렀다. 벽은 옥구슬을 이르는 말일진대 세상에는 모두 삼벽이 있었다. 내게는 장인이 되시고 임자의 부친이시며 지난날 태보에 오르셨던 상해공은 의술과 약술에 뛰어나셨기에 첫 번째 벽이라고 불리셨고, 내게는 장모가 되시고 임자의 모친이신 백부인은 수를 아름답게 놓으시고 그림을 잘 그리셨기에 두 번째 벽이라고 불리셨으며, 상해공과 백부인 사이에서 나고 내게는 지어미가 되는 상비尚鼻는 부친께는 의술과 약술을 배우고 모친께는 수와 그림을 배웠기에 세 번째 벽이라고 불렸다. 뭇사람 앞에 나서서 내당의 지어미를 칭찬하는 일이 흉은 아니라지만 나는, 사내의 처신에서는 어긋난다고 여겨왔다. 임자는…… 올해로 환갑이 돌아오는 상비는…… 비는 여전히 곱고 향기로우며 한 이불을 덮고 운우의 정을 나누는, 사모하는 여인이었기에 나는 뭇사람이 부르는 벽부인이라는 호칭이 더할 나위 없이 기꺼웠다. 한데 첩실이라니, 그것도 열아홉 먹은!

임자는 해마다 정월 대보름이면 명산을 찾아서 달맞이를 하러 너더댓새 말미로 휴양을 떠나고는 했다. 우목공은 이틈을 타서 당신의 늙은 딸을 첩실로 들인다면 무탈할 것이라며 사달을 일으키셨다. 넋

놓고 있을 때가 아니었다. 내미를 불렀다. 또르르…….

제일 먼저 눈에 띌 것이 무엇일꼬? 가라말은 마장에 두면 될 일이고, 보옥과 비단은 열지 말고 창고로 보내고, 진미가 가득한 궤짝들은 청산당을 지키는 조의皁衣들에게 나눠주고, 사내종들은 뒤섞일 테니 무탈할 테지만 계집종들은 쉬 눈에 띄겠구나, 글자를 적어줄 테니 우목공 댁으로 돌려보내고, 보곡을 불러라…… 청산당 조의들을 다스리는 보곡에게는 안팎으로 입단속을 명하고…… 이제 남은 계집은 아니 첩실은 어찌할꼬? 내미가 손짓발짓을 하며 내게 말 아닌 말을 했다. 또르르, 또르르…….

'소인이 단속하겠나이다. 벽부인께서는 내당에만 머무시고 청산당에는 들지 않으시니 새로 오신 분께서 청산당 밖으로는 한 발짝도 나가지 않게만 한다면 무탈할 것입니다.'

얼떨결에 말 못하는 내미의 손을 덥석 잡았다. 또르르, 내미도 놀랐는지 몸을 돌리고 고개를 숙였다. 내미…… 들을 수는 있으나 말을 못하는 내미는 여러 해 전 임자가 정월 대보름 휴양 차 나선 산중 연못에서 거둬온 계집이었다. 까닭은 알지 못하나 내미는 혀가 없었다. 비록 혀가 없어서 말을 하지는 못하나 귀가 열려서 들을 수 있고 들을 수 있는 만큼 곁에 두고 부리기에 좋은 계집이었다. 더구나 총기 있고 싹싹하기에 임자 또한 가까이 두었고 내당과 청산당을 오가며 잔심부름을 하기에는 제법이었다. 그후로 나는 제가 온 것을 알리라고 또르르, 우는 자그만 방울을 말 못하는 내미의 손목에 달아주었다. 참, 내미는 내 머리터럭과 수염을 멋들어지게 다듬을 줄도 아는구나. 아…….

"내미야, 올해로 몇이더냐?"

내미가 두 손을 쫙 펴 보이더니 다시 한 번 펴고는 손가락 하나를 접었다.

"열아홉……이더냐?"

내미가 고개를 끄덕이고는 소곳이 몸을 돌렸다. 열아홉! 내미도 열아홉, 손자도 열아홉, 계집도 열아홉, 열아홉이 풍년이구나! 내미를 돌려보내고 한동안 머릿속을 되짚어봤다. 계집의 옷을 내가 벗긴 것인가, 제가 벗은 것인가? 맹랑하고 방자하고도 요망한 것…… 계집의 이름은 무엇일꼬? 분명코 기억이 날 듯하면서도 입 안에서 맴맴 돌았다.

조반을 들고 밀우에게 지 한 권과 먹 한 정, 붓 두 정을 보냈다.

상참常參에 들었다.

아니나 다를까, 금상께옵서 자리하신 조당은 주민대가 명림식부의 장광설로 가득했다. 마치 제 손으로 도적떼를 때려잡은 양 있는 말은 덧붙이고 없는 말은 꾸며대며 허세를 부리는 명림식부를 보노라니 명림답부공께서는 어쩌다가 저런 자식을 두셨을꼬, 새삼스레 탄식했다.

"하면 도적의 잘못이냐, 도적맞은 자의 잘못이냐, 도적을 막지 못한 자의 잘못이냐?"

금상께옵서 느닷없이 명림식부에게 하문하셨다.

"아마도 면밀히 살펴보아야 할 것입니다."

당황했는지 명림식부가 떨리는 목소리로 답을 했다.

"도적은 이미 죽었으니 잘못을 따질 수가 없고, 도적맞은 자는 누구인지 찾지 못했으니 또한 잘못을 따질 수가 없으나, 도적을 막지 못한 자는 불을 보듯 뚜렷하니 짐이 벌을 내리면 되겠느냐?"

아이고, 소신을 굽어 살피소서…… 명림식부가 납작 엎드렸다.

"닥쳐라! 너는 이 길로 당장 성 안팎의 방비책을 도모하라. 그것만이 네 죄를 씻는 길이다. 알겠느냐?"

아연실색한 명림식부가 무릎으로 걸어서 조당을 빠져나갔다.

명쾌하도다! 호쾌하도다! 장쾌하도다! 금상을 뵙노라면 언제나 미쁘고 든든하기 그지없었다. 어찌 저리도 늠름하시고 영명하시며 탁월하실꼬? 소신은 오로지 금상의 천추만세를 바라고 바라올 뿐이옵니다. 명림식부가 물러나고 상참이 끝나갈 무렵 훌쩍거리는 이가 있었다. 우보 상제였다.

"국상께서는 이러시면 아니 되십니다. 태보공과 좌보공은 황제폐하께옵서 말씀을 아니 하신다고 어찌 이리도 무심들 하십니까?"

또 무슨 변고인가? 상제가 눈물 바람을 시작했으니 눈앞이 캄캄했다.

"마산궁馬山宮께옵서 기체 미령하시다는 비보를 아침나절에 접했습니다. 한데도 조당에서는 아무도 그 방책을 구하려 들지 않으니 이토록 무심한 일이 또 있다는 말이오? 다른 신하들은 어리석어서 그리할지는 몰라도 국상께서는, 태보공, 좌보공께서는 이러시면 아니 되십니다."

금상께옵서 우두커니 상제를 바라보셨다.

마산궁…… 마산궁은 금상의 모후인 태후가 거처하는 궁이었다.

환도성에 멀쩡한 태후궁을 내버려두고 고향인 마산에 금은보옥으로 궁을 짓고 기거하는 태후, 주태후! 사람이 늙으면 삭신이 노곤한 것은 당연한 이치일진대 상제 너는 어쩌자고 늙은 계집의 한없는 투정을 탑전에서 무례히 입에 담는다는 말이냐? 하나 목구멍 너머로 치밀어 올라온 고함을 꿀꺽 넘겨서 삼켰다.

"비록 짐이 못난 아들이기는 하나 곧 방책을 낼 테니 그만들 물러가라."

금상께옵서는 그 길로 자리를 파하셨다. 더 이상 주태후의 일을 입에 담지 말라는 뜻이리라. 마땅하고 옳은 일이다. 신하들이 우르르 일어나는 와중에 우목공이 두 손을 치켜들고 내게 오셨다.

"아침에 계집종들이 돌아온 것을 보고 얼마나 놀랐는지 아십니까?"

"아직 내자에게 사정을 말하지 못한 터라, 송구하옵니다."

"하면, 계집종들을 데려가실 때는 아예 열을 채워서 드리리다."

"아니옵니다. 보내주신 것만으로도 차고도 넘치옵니다. 그러지 마소서."

우목공은 내 입을 막을 요량인지 손을 내저으며 자리를 피하셨다. 계집의 이름을 물었어야 하는 것을…… 하온데, 지난밤 제 첩실이 된 맹랑하고 방자하고 요망한 우목공의 늙으나 늙은 따님 이름이 무엇이옵니까? 하기야 이제 와서 첩실의 이름을 묻는 것도 낯이 서지를 않는 일이었다.

계집은 우목공과 머나먼 서역 땅 대완의 공주, 엄수추리 사이에서 난 딸이었다. 돌이켜보니 엄수추리의 모습이 계집의 모습과 영락없었구나! 어미는 딸과 참으로 애틋했다고 들었다. 그도 그럴 것이 검은머리들 가운데서 노랑머리는 별났고 별난 만큼 적막했으리라. 우목공은 지난여름 엄수추리가 열병으로 갑작스레 세상을 떠나자 홀로 남은 계집을 혼인시키는 일에 걱정이 앞서셨다. 비록 태보의 반열에 있을지라도 노랑머리 딸과 혼인하겠다는 이들은 쉬 나서지를 않았다. 그렇다손 치더라도 명색이 핏줄로 이어진 딸을 아무에게나 보낼 수도, 영영 데리고 살 수도 없는 노릇이셨으리라. 그때 우목공은 십여 년 전에 내가 했던 말이 떠올랐다고 하셨다.

돌이켜보면 아득하지만 내게는 바람과도 같던 세월이었다. 금상께옵서 황위에 오르신 이듬해 초, 나는 도읍인 서도西都를 떠나서 북해와 맞닿은 머나먼 동해곡의 대사자가 됐다. 동해곡에서 어린 밀우를 만났구나! 서부 대사자를 거치고 주형대가의 직분을 받고서 다시 서도로 돌아오던 해였다. 그해 우목공도 동해곡 대사자로 머물다가 막 서도로 돌아와서 우보에 오르셨다. 아마도 하례를 드리러 우목공 댁에 들렀던 그날이었으리라. 아장아장 걸음마를 하며 꿍얼꿍얼 옹알이를 하는 노랑머리 계집아이가 있었다. 계집아이의 모친이며 우목공의 좌방부인인 대완의 공주 엄수추리도 그때 처음 가까이 봤다.

"머리라도 검었으면 좋으련만, 어찌할꼬?"

둥개둥개, 우목공은 노랑머리 계집아이를 안고서 읊조리듯 말씀하셨다. 나이를 들어서 얻은 딸이었으니 어찌 아니 곱고 어여쁘지 않았겠는가? 하나 우목공은 또한 시리고 아리셨으리라.

"성조 동명성제의 창업공신이신 비류왕 협보공을 기억하십니까?"

우목공이 무슨 소리인가 하고 나를 바라보셨다.

"협보공 또한 노랑머리에 흰 살결을 지니신 분이셨습니다. 하나 그 공적이 예부터 끊이지 않고 대대로 이어지니 비록 계집이라도 애써 걱정할 일은 없으십니다."

그때는 몰랐다. 이 말이 씨앗이 돼서 둥개둥개, 우목공의 입 속에 손가락을 집어넣고 침을 질질 흘리며 헤벌쭉 웃던 그 노랑머리 계집아이를 첩실로 맞게 될 줄은, 그때는 미처 몰랐다. 어찌 보면 우목공은 노랑머리 늙은 딸을 혼인시킨다는 명분으로 내게 덤터기를 씌우신 셈이었다. 아니 바로 그것이었다.

우목공은, 세상의 도를 높이 깨달아서 뭇사람이 하늘처럼 받들어 모셨기에 금상께옵서 선왕仙王으로 명명하신 우소공의 아드님이셨다. 또한 금상의 중궁황후이신 우황후와는 남매지간으로 오라비가 되시니 금상께는 처남이 되시는 분이셨다. 해도 우목공은 단 한 번도 조당에서 목소리를 높인 일이 없으셨고 한나라 족속이 쳐들어왔을 때는 앞장서서 싸우셨으며 쉬 말을 내뱉지 않는 무거운 분이셨기에 내가 당신을 믿고 따르는 까닭이었다. 우목공은 나보다 다섯 살이나 어린 분이셨다. 나는 추호도 우목공을 손아랫사람으로 여기지 않았으며 언제나 예로써 우목공을 대했다. 비록 나이는 어리실지나 태보에 오르신 우목공은 예와 법을 아는 분이셨고 뭇사람의 공경을 받아야 마땅한 올곧은 분이셨다. 에고, 당당하고 늠름하던 사내의 모습은 이제 다 어디로 가고 걸핏하면 눈물을 흘리실꼬? 자식이 뭔지, 아마도 우목공은 혼인하지 못한 노랑머리 늙은 딸이 차마 베어내지 못하는 저린 손마디 같으셨나보구나!

돌이켜보면 우목공이 대완의 공주 엄수추리와 혼인하고 노랑머리 늦은 딸을 보신 까닭은, 지난날 내가 도읍에 머물지 못하고 동부로 서부로 변방의 끄트머리를 찾아서 돌아다녀야만 했던 까닭은 모두 금상의 모후인 주태후 탓이었다. 주태후…… 나는 그 이름이 싫도다. 아, 계집의 어미 엄수추리 아니, 이제는 장모가 되시는 분의 휘자도 떠오르는데 어찌해서 내 첩실이 된 노랑머리 계집의 이름은 아무리 해도 떠오르지를 않는다는 말인가?

퇴청을 했더니 임자가 문 앞까지 나와 있었다. 기껏해야 너더댓새이건만은 언제 봤을까 싶을 만큼 반갑고 기뻤다. 임자의 손을 맞잡고 찬찬히 얼굴을 살폈다. 밝고 둥근 보름달 같았다. 내외라도 하는 양 임자가 슬며시 손을 뺐갔다.

"아랫것들이 웃습니다."

"하하하, 어느 놈들이 웃는가 어디 한번 봅시다!"

줄줄이 나와 있던 식솔들이 터지는 웃음을 참으며 피식거리고 있었다. 오로지 하나만은 웃지 않았다. 임자 뒤편에 오도카니 서 있는 내미…… 내미가 우는 것도 아니고 웃는 것도 아닌 묘한 표정으로 저 멀리 허공을 눈짓했다. 옳구나, 이리 웃을 때가 아니었구나! 임자가, 직접 석반을 준비할 테니 겸상을 하고자 청했다. 나는 그러겠노라 하고는 서둘러 청산당으로 향했다. 내미가 그제야 허공에 대고 하던 눈짓을 멈췄다.

저녁놀이 물든 청산당은 고즈넉했다. 빠끔히 중문을 열고 마당으로 들어서던 나는 부리나케 기둥 옆으로 몸을 숨겼다. 계집이, 노랑머리 계집이 마당 한 귀퉁이에 쪼그리고 앉아서 땅바닥을 끼적거렸다. 무엇을 하는 것일꼬? 계집은 발그레했다. 발그레한 저녁놀이 계집을 홀딱 집어삼킨 것만 같았다. 계집이 문득 고개를 돌려서 내 쪽을 바라봤다. 어이쿠, 얼른 숨었다. 들켰을꼬? 침이 말랐다. 삐걱, 문소리가 들렸다. 고개를 빼고 계집이 있는 곳을 살폈다. 없다! 아니다, 계집이 후원으로 통하는 중문 너머로 사라지고 있었다. 뚜루루······ 학이 울었다. 계집이 학 우는 소리를 쫓아서 후원으로 향하는 모양이었다. 한숨을 몰아쉬었다. 맙소사, 무슨 꼴인고? 누군가가 봤다면 어찌할꼬? 피식 웃음도 나왔다. 어찌해서 몸을 숨겼던 것일꼬? 괜스레 가슴이 두근거렸다. 다가가 계집이 끼적거린 땅바닥을 유심히 살폈다. 글인가, 그림인가? 오라, 꽃이로구나, 꽃을 그린 것이야! 계집이 쪼그리고 앉아 있던 발치에 엄지손톱만 한 노란 꽃들이 잔설을 헤치고 피어나 있었다. 계집의 머리 빛깔 모양으로 노르스름한 꽃······ 눈속을 뚫고 피어난 이 꽃은 이름이 무엇일꼬? 나는 꽃 이름도, 계집 이름도 알지 못했다.

글방에 들어서 글을 적는 지금도 기둥 옆으로 몸을 숨기던 순간처럼 달뜬 듯 하롱하롱하다. 참으로 별일이구나? 또르르······ 마당에서 내미가 기다리는 모양이다. 아마도 임자가 석반을 들자고 보냈으리라. 임자에게 계집의 일을 알려야 한다. 석반을 들기 전에 말할꼬? 석반을 들면서 말할꼬? 아니면 석반을 다 들고 나서 말할꼬? 그중 나은 듯하지만 모르겠구나. 또르르, 또르르······ 내미가 재촉을 한다. 망할 것, 기다려라, 아직 마음의 준비가 아니 됐느니라!

비단 세 폭

산상대제 25년 1월 18일, 서기 221년 2월 27일

금상 이십오년 춘정월 기축일 청산당에서 쓴다.
온종일 햇살은 쨍쨍하고 바람 한 점 불지 않았다.

말을 못했다. 말을 할 수가 없었다. 말을 하고 싶지 않았던 것일지
도 모른다. 지난밤 임자와 석반을 들었다. 석반을 들기 전에도, 석반
을 드는 중에도, 석반을 들고 난 후에도 나는 계집의 일을 말하지 않
았다. 보곡에게 당부한 입단속은 제대로 발휘된 모양이었다. 내미는
계집을 청산당 밖으로는 한 발짝도 내밀지 못하도록 챙겼으리라. 임
자는 계집의 일을 까마득하게 몰랐다.

이부자리가 깔리고…… 임자는 달맞이 갔던 산중의 경치며 만난
이들의 생김새며 들고 맛보던 음식들을 손에 잡힐 듯 눈에 보일 듯

입속에 단침이 고이도록 들려주었다. 초롱초롱 까만 눈동자는 고왔고 동글동글 봉긋한 뺨은 보드레했으며 오종종 붉은 입술은 여전히 젊었다. 어찌 이리도 고울꼬, 아들 둘에 딸 셋을 낳은 여인이 이리도 고울 수 있을꼬? 눈가에 잡히는 주름이며 입가에 굵어진 주름이 지나온 세월을 말할지라도 임자는…… 상비는, 비는 곱고도 고왔다. 나는 두 손으로 비의 뺨을 그러잡았다. 이대로 세월을 붙들 수만 있다면 얼마나 좋을꼬? 비의 입술에 살포시 입술을 포갰다. 비는 놀란 듯 멈칫했지만 이내 두 눈을 꼭 감고 내 어깨를 꽉 잡고 내 입술을 더듬고 내 몸뚱이를 얼싸안았다. 저고리를 풀고 속곳을 내리고…… 들썽들썽 양물이 빠끔한 옥문을 두드리자 고대한 듯 옥문은 주억거리는 양물을 반가이 맞아들였다. 서로가 서로를 얼싸안고 칡넝쿨처럼 뒤엉켜서 놀았다. 아, 그 순간 나는 봐서는 아니 될, 아니 되는, 아니 돼야 할 노랑머리 계집을 보고야 말았다.

길쭉한 두 팔이 내 목을 두르고 갸름한 얼굴이 스르르 다가왔다. 나는 부끄러운 줄도 모르고 계집의 얼굴을 두 손으로 감쌌다. 노르스름한 머리터럭이 손가락 사이로 좌르르 빠져나갔다. 어찌하라는 말이냐? 어찌하라고? 어찌…… 후두두 떨어질 것만 같은 계집의 붉은 입술을 와락 베어 물었다. 아…… 계집이 나를 밀어내더니 허연 목덜미를 드러낸 채 고개를 젖혔다. 나는 보드라운 목덜미를 핥아서 올라가 도톰한 귓불을 물고 깨물며 봉긋하게 솟은 젖무덤을 움켜쥐었다. 순간 계집이 어깨를 잡더니 나를 이부자리로 밀어붙였다. 더럭, 쓰러진 몸뚱이 위로 계집이 올라탔다. 잘록한 허리가, 탱탱한 엉덩이가, 보드라운 허벅지가, 매끈한 종아리가 내 몸뚱이를 휘어감았다. 나는 계집의 먹잇감이 돼 있었다. 이대로 옴짝달싹 못한 채 널브러질 수는 없었다. 비단결 같은 계집의 허리를 감싸안고 이부자리에 돌려 눕혔다. 순간 계집이 쑥 내려가더니 두 손으로 양물을 움켜쥐고는 제 입속으로 쏙 집어넣었다…… 빨고, 깨물고, 핥았다. 눈을 감았다. 더 이상 계집을 거부할 수가 없었다. 아무것도 할 수가 없었다. 온전히 당하고만 있었다. 당하고만 있어도 좋을 일이었다…… 잔뜩 성이 난 양물 앞으로 계집의 옥문이 다가왔다. 하나 양물이 옥문을 두드리면 나 몰라라 빗장을 건 채 모르는 체했고, 홱 토라져 갈라치면 벌컥 옥문을 열고는 혼자서 요분질을 해댔다. 이런 방자한…… 네 이년, 희롱을 멈추지 못할까? 계집이, 아니…… 임자가 내 얼굴을 꼭 그러안으며 말했다

"샤님, 샤님, 몸을 상하실까 저어됩니다."

도리질을 했다.

"너라면, 너와 함께라면 이대로 죽어도 좋을 듯하구나. 비야, 비야……."

비는 임자의 이름이었지만 내게는 계집이었고 그 순간만큼은 계집의 이름이었다. 나는 임자와 방사를 하며 계집을 안았고 계집을 안은 채 임자와 방사를 했다. 어찌할꼬? 훗날 누군가가 이 글을 보게 된다면 무참할 텐데 열없이 이리 석고 있구나! 도내체 이 나이에, 이 몸뚱이에 어디서 솟아난 양기였을꼬? 지난밤 나는, 까무러치도록 방사를 하고 또 했다.

충직한 첫닭이 울었다. 눈을 떴다. 임자는 잠들어 있었다. 임자를

깨울까 저어해서 조심스레 포를 걸치고 방문을 나섰다. 아, 어제도 영락없는 이 모양이었구나!

미명 속 한기에 옷섶을 여미며 걸었다. 어두운 저만치에서 보곡이 나타나더니 고개를 숙였다. 홍복이다. 밖에는 밀우가 있고 안에는 보곡이 있다. 밀우는 이치에 밝았고 보곡은 예의에 밝았다. 청산당 조의로 있던 밀우를 관직에 천거할 때 보곡 또한 천거를 했다. 하나 보곡은 청산당에 머물겠다며 무릎을 꿇었다. 청산당을 지키는 조의는 차고도 넘친다. 보곡은 큰일을 도모하라…… 보곡은 청산당을 떠나지 않았다. 소인에게는 오로지 공의 안위를 살피는 일뿐이옵니다. 소인을 버리지 마옵소서…… 답답한지고. 나는 보곡에게 지고 말았다. 답답하기 짝이 없을지라도 나는 안다. 당장 이 길로 섶을 지고 불속으로 뛰어들라고 해도 대꾸도 없이 망설이지도 않고 뛰어들 수 있는 이가 바로 보곡이라는 것을. 보곡아, 무슨 까닭으로 이리도 혼신을 다하느냐? 개가 주인을 따르는데 이유가 있고 까닭이 있겠나이까? 공께서는 어리석은 소인의 주인이시옵니다…… 이러할진대 어찌 홍복이 아니겠는가? 지금은 홀로 있고 싶구나…… 보곡이 고개를 숙이고 멀어져갔다. 빛을 잃은 새벽별들이 하나둘씩 멀어져가고 머지않아 동녘에서는 붉은 해가 떠오르리라. 나는 금상께옵서 계신 동녘의 환도성을 향해서 두 손을 맞잡고 고개를 숙였다. 보곡의 주인이 소신이듯이 소신의 주인은 높고도 밝으신 금상이시옵니다.

하릴없이 어정버정 청산당 앞에 서 있었다. 저 안에 계집이, 노랑머리 계집이 있다. 깨어 있을꼬, 잠들어 있을꼬? 청산당으로 드는 중문을 열었다. 삐걱…… 빌어먹을, 이놈의 문은 어찌 이리도 요란하다는 말이냐? 청산당은 고요했다. 온 세상이 고요했다. 글방이 불을 밝히고 있었다. 계집이 글방에 들었다는 말인가? 나는 부나비처럼 불 밝힌 글방으로 찾아들었다.

계집은 내가 앉는, 나만이 앉을 수 있는 옥안 앞에 앉아 있었다. 요즈음 젊은 것들은 어찌 이리도 버릇이 없는지…… 내 자식 놈들 또한 크게 다르지 않으니 누가 누구를 탓하겠는가? 계집은 내가 들어오는 줄도 모르고 무언가를 보고 있었다. 비단이었다. 어제 새벽 밀우가 들고왔던 바로 그 비단이었다. 계집은 비단에 적힌 글자들을 읽고, 분명 기다란 손가락으로 짚어가며 읽고 있었다.

"그 글자들을 아느냐?"

놀란 계집이 토끼눈을 하고 일어나더니 수굿했다. 하필이면 등잔불 앞에 서 있을 것은 무엇인고? 불빛이 계집의 옷자락을 파고들더니 하늘거리는 몸태를 고스란히 드러냈다. 지난밤 이부자리에서 제멋대로 희롱하고 농락하던 바로 그 몸뚱이가 버젓이 있었다. 임자의 몸뚱이와 뒤섞인 헛것이었으나…… 계집의 옷가지를 눈으로 헤치고 벗겼다. 모조리 벗겨버리고 던져버렸으나…… 어리고 어린 계집을 앞에 두고 늙으나 늙은 사내놈이 무슨 짓거리일꼬? 무단히 성이 났다. 무참한 까닭이었으리라. 괜스레 목소리가 높아졌다.

"그 글자들을 아느냐고 물었느니라."

"예, 아옵니다."

비로소 계집이 고개를 들었다.

"하면…… 누가 쓰는 글자이더냐?"

"부여의 글자이옵니다."

"가섭원 땅에서 쫓겨난 동부여를 이르는 말이냐?"

"그자들도 옛적에는 이 글자를 썼으나 오늘날 동부여는 우리처럼 한나라에서 온 글자를 쓰는 줄로 아옵니다. 이 글자는 성조 동명성제의 부황이 되시는 부여의 해모수제께옵서 세상을 다스리던 시절에 쓰던 글자이옵니다. 한때는 행인, 구다, 홀본, 환나, 연노, 순노, 낙랑, 황룡, 비류, 청하와 옥저를 비롯해서 여러 족속이 썼으나 이제는 글자만 남아 있고 쓰는 이는 없는 줄로 아옵니다."

계집의 입에서 나오는 말들은 고작 열아홉 먹은 계집의 입에서 나올 수 있는 말들이 아니었다. 하면 해모수제 시절에 쓰인 글자가 수백 년이 지난 지금까지도 남아 있었다는 말인가? 아니다. 글자가 쓰인 비단은 어디 하나 얼룩이 지거나 좀도 슬지 않은 햇것이었다. 계집은 어찌해서 이제는 아무도 쓰지 않는 부여의 글자를 안다는 말인가? 이 모든 것을 우목공이 가르치셨다는 말인가? 온갖 궁금한 것들이 머릿속을 어지럽혔다.

"지금은 쓰지 않는 부여의 글자를 네가 어찌 아느냐?"

"어미에게서 배웠습니다."

"네 어미는 누구에게서 배웠느냐?"

"제 어미는 제 외할아비에게서 배웠다고 들었습니다."

계집의 말은 거침이 없었다. 모두 거짓이 분명했다. 계집의 어미 엄수추리는 대완의 공주였다. 제 외할아비는 대완의 왕일 테고 대완의 왕이 머나먼 동녘 땅 이제는 아무도 쓰지 않는 부여의 글자를 안다는 말도, 제 자식에게 가르쳤다는 말도…… 계집의 입에서 나온 말들은 모두 얼토당토아니한 거짓이었다. 주르르, 노랑머리 계집이 눈물을 흘렸다.

"어찌해서 우는 것이냐?"

"공께서…… 소첩을 믿지 않으시니……."

"나는 믿지 않는다고 하지 않았다. 울음을 그쳐라."

계집은 수긋한 채 울음을 삼켰다.

부여의 글자를 안다는 계집의 말은 믿었다. 다만 제 어미가 제 외할아비에게서 부여의 글자를 배웠다는 그 말은 믿지 않았다. 까닭을 따지고 사정을 캐묻고 싶지는 않았다. 나이가 들어서 좋은 것은 무던하게 기다릴 줄 안다는 것이리라. 기다리마. 네가 네 입으로 사정을 말하고 까닭을 풀어낼 날이 있으리니…… 한동안 생각에 빠져서 입을 다물었더니 계집이 마음을 졸인 모양이었다. 비록 거짓을 말한 것이 분명할지나 어찌된 영문인지 다소곳한 계집이 안쓰러웠다. 안쓰럽다니, 내가 이리도 너르던가?

"비단에는 무엇이라고 적혀 있느냐?"

계집이 고개를 들었다. 쪽빛으로 파란 눈자위에 금방이라도 흘러내릴 듯 그렁그렁 눈물이 고여 있었다. 더는 캐묻지 않을 테니 마음에 두지 말고 말해보아라…… 나는 계집을 그리 바라봤다. 계집이 소맷부리로 눈물을 찍더니 비로소 입을 열었다.

"태곳적 마고麻姑라는 분께서 사시던 시절의 이야기입니다."

"뭇사람이 춤추고 놀 때 부르는 노랫가락이 아니더냐?"

"하오나 세세하고 처음 보는 이야기도 많사옵니다."

"비단 세 폭이 모두 노랫가락이라는 말이냐?"

"아직…… 한 폭도 채 읽지 못했습니다."

귀한 비단에 노랫가락을 적었다? 이제는 아무도 쓰지 않는 부여의 글자들로? 누가? 어찌해서? 또한 말갈의 도적은 어쩌다가 이 비단을 품에 품고 있었다는 말인가? 그저 비단이기에 훔친 것이라면, 아니 쉬 드러나지 않는 음모의 한 자락이라면? 머릿속이 헝클어졌다.

"공께서 보실 수 있도록 소첩이 글자들을 옮겨서 적어보리까?"

도대체 이 계집은 무엇이건대 여러 글자들을 읽고 쓸 줄 안다는 말인가? 우목공은 단 한 번도 이런 말씀을 하신 적이 없으셨다. 일부러 숨기셨던 것인가? 우목공도 미처 모르고 계셨던 것인가? 계집이 커다란 눈을 동그랗게 뜨고 대답을 기다렸다. 나는 고개를 끄덕였다. 계집이 환해지더니 옳다구나, 옥안 앞으로 다가가 앉았다. 어허, 그곳은 나만이 앉을 수 있는…….

"이토록 아름다운 옥안은 세상에 없을 듯하옵니다. 무슨 나무이옵니까?"

"괴목이다. 백산에서 가져온 천 년 묵은……."

"괴목, 괴목…… 네가 괴목이로구나. 참으로 곱기도 하지!"

계집은 옥안을 쓰다듬으며 좋아했다. 아름답다고 하는데, 저리도 좋아라 하는데…… 당장 일어나지 못할까, 운운하며 매몰차게 굴 것까지야 없지 않겠는가? 하늘하늘한 계집이 옥안에 앉는다고 한들 닳아지기야 하겠는가? 설령 닳아진다고 한들 아까울 것은 또 무엇인가?

어느새 글방이 번한 빛으로 가득했다. 나는 계집이 글을 읽고 쓸 수 있도록 지와 붓과 먹과 벼루가 있는 곳을 일러주고는 서둘러 글방을 나왔다. 물끄러미 계집을 바라만 보다가는 곤죽이 된 진창 속을 헤어나지 못할 것 같았기에…….

또르르, 내미에게 계집의 단속을 재차 당부했다. 다행이었다. 계집이, 제 처소는 어찌 됐습니까? 하고 물었으면 난감했을 텐데 비단 세 폭 덕분으로 말미가 생긴 셈이었다. 계집이 글자들을 다 옮겨서 적거든 그때 가서 임자에게 말하리라. 그때 말해도 될 일이 아닌가? 아무렴!

동궁에 들었다.

어제 동궁에 들겠노라고 마음을 먹었건만 막상 닥쳐서는 까마득하게 잊고 있었다. 늙은 탓이리라. 궁인 명림전이 직접 상을 내왔다. 주민대가 명림식부의 딸, 명림전은 제 아비와는 달리 음전한 여인이었다. 동궁을 뫼신 지 벌써 한 해가 지났으니 동궁비가 돼야 마땅할지나 아직도 궁인에 머물고 있으니…… 명림전은 순리대로 될 일이라며 말을 아꼈다.

이는, 주태후 탓이었다. 주태후는 제 조카 주희의 딸, 주남을 동궁비로 삼고자 했다. 주희는, 주태후의 남동생 주설과 임자의 여동생 상담 사이에서 낳았으니 내게도 처조카가 되는 셈이었다. 처조카의 딸이라…… 주남은 주씨 집안이 아닌가? 이리저리 둘러보니 주태후와 얽히고설키지 않은 데가 없구나! 주태후는 온 세상을 제 핏줄로 엮어놓고자 했다.

"동궁이 명림전을 아낍니다."

지난 사월, 문안 차 마산궁에 드신 금상께옵서는 주태후 앞에서 단 한마디만 남기신 채 자리를 떠나셨다. 동궁비만은 결코 주씨 집안으로, 주태후의 마음대로 세우지 못하게 하시겠다는 뜻이셨으리라. 부아가 뒤집어진 주태후는 명림전의 목을 베라, 동궁에게 죄를 묻겠다, 운운하며 길길이 날뛰었으니 이 일로 조당에서는 명림전을 동궁비로 들여야 한다, 주남을 동궁비로 삼아야 한다, 서로 간에 눈치를 보느라 여념이 없었다. 답답하도다. 아직도 늙은 주태후에게 홀려서 사리 분별이 아니 되는 이들이 조당에 넘쳐나다니!

동궁께 말갈의 일을 아뢸까 하다가 거두었다. 내가 살펴야 할 일을 아뢰어서 무단히 동궁의 심기를 불편하시게 할 일이 아니리라. 상참이 가까워서 동궁을 나섰다. 동궁께서는 친히 뜰 앞까지 나오시어 배웅하셨다. 감읍할 따름이옵니다. 동궁께서 명림전과 더불어 백산으로 호랑이 사냥을 떠난다고 하시기에 청산당에 있던 맥궁 한 정을 보곡에게 시켜서 올렸다. 무탈하소서!

상참에 들었다.

우보 이놈을, 상제 이놈을 어찌할꼬? 오독오독 물어뜯어도 분이나 가실까, 잘근잘근 씹어서 삼켜도 원이나 풀릴까? 금상께옵서 자리하신 상참 자리에서 나는, 무참한 짓거리를 저지르고 말았다.

"황제폐하, 우보 상제 눈물을 머금고 아뢰나이다. 폐하께옵서 방책을 내신다고 하셨으나 마산궁을 살피는 일은 세상 무엇보다도 화급한 일인지라 감히 재차 아뢰나이다. 어리석은 신이 살피건대……."

상제 저놈이 또다시 주태후의 끄나풀 노릇을 하는구나! 나는 두 주먹을 움켜쥐고 입술을 앙다물었다.

"바라옵건대 좌보공에게 일러서 마산궁을 살게 하소서. 좌보공의 중방부인 벽부인은 예부터 삼벽이라고 불렸으니 의술에 밝을 뿐만 아니라……."

네 이놈! 닥치지 못할까? 감히 어느 안전이라고 주둥아리를 함부로 놀리느냐? 금상께옵서 방책을 내신다고 하신 뜻을 아직도 모르느냐? 그러고도 네놈이 우보이더냐? 마산궁에 틀어박힌 여우가 늙어서 삭신이 쑤시는 것은 당연한 이치일진대 네놈은 도대체 무엇을 바라고 금상의 심기를 어지럽히려 드는 것이냐? 어리석은 상제야, 상제 이놈아! 금상께옵서 어미를 모른 척할 때는 다 이유가 있고 까닭이 있는 법이다. 앞으로 한 번만 더 마산궁의 늙은 여우년을 두둔해서 주둥아리를 놀려댄다면 당장 네놈의 모가지를 비틀어서 꺾어버릴 테니…….

상제가 나를 쳐다보더니 덜덜덜 입술을 떨었다. 우목공이 나를 바라보면서 고개를 저으셨다. 국상 고우루공이 눈을 감고 한숨을 내쉬셨다. 이 무슨…… 주위를 둘러보니 상참의 신하들이 모두들 나를 바라보면서 어쩔 줄 모르고 있었다. 아뿔싸! 속으로 곱씹는 줄로만 알았던 말들이 입 밖으로 튀어나와서 허공으로 흩어져버렸으니…… 미쳤구나! 이 일을 어쩌누, 어쩌누? 상참은 찬물을 끼얹은 듯 고요했다.

"좌보공……."

금상께옵서 부르셨다.

"황제폐하, 죽을죄를 지었으니 엄한 벌을 내리소서. 달게 받겠나이다."

참담했다. 언젠가는, 내 언젠가는 이런 날이 올 줄, 이런 일이 벌어질 줄 알았다. 나이를 들어도 철모르는 불같은 성정이 이런 난감하고 참담한 순간을 맞이할 줄이야…… 내 진즉에 이럴 줄 알았다.

"좌보공, 엄한 벌을 내릴 테니 짐을 좀 보시지요."

금상께옵서 말을 높이시다니…… 금상께옵서는 한 번도, 단 한 번도 조당의 신하들에게 말씀을 높이신 적이 없으셨다. 하물며 죄인에게야…… 헛것을 들었으리라. 이 순간이 마지막으로 금상을 뵙는 순간이라면 뵈리라, 봬야 하리라. 나는 서서히 고개를 들고 금상의 용안을 봤다. 아, 분명 금상의 용안이더냐? 금상께옵서 환하게 웃고 계셨다. 금상께옵서는 이 못난 죄인의 몰골을 보시더니 하하하, 소리를 내서 웃으셨다. 분명, 분명코 웃으셨다. 상참의 신하들조차 서로가 서로를 살피며 제 귀를 의심하는 듯했다. 하하하…….

"좌보공 덕분으로 실로 오랜만에 웃어봅니다. 좌보공……."

"죽여주옵소서……."

"암요, 죽여드리지요. 좌보공이 이참에 마산궁에 다녀오십시오. 우보의 말대로 좌보공이 맞갖은 분이시니 가서 이리저리 살피고 오십시오. 이쯤 되면 좌보공의 뜻대로 죽여드리는 것이 아니겠습니까? 하하하……."

부복했다. 꿀꺽 마른 침을 넘겨서 삼켰다. 마산궁에 다녀오라는 말씀 때문이 아니었다. 주태후를 살피고 오라는 말씀 때문도 아니었다. 어찌해서 내게, 탑전에서 상스러운 말들을 무참하게도 내뱉은 죄인에게 존대를 하신다는 말인가? 상참의 신하들 또한 고개를 숙이고 부복했다.

"이만 상참을 파하고 어원御園으로 가자. 백잔(백제)에서 보내온 흰 사슴이 새끼를 낳았는데 또한 흰 사슴이더구나. 이는 분명 우리나라에 좋은 일이 있을 징조이니 모두들 보고 즐기고 놀아보자꾸나!"

나는 한동안 부복한 채 숨조차 쉬지 못했다.

어원에 가서도 흰 사슴을 보는 둥 마는 둥 우목공이 손을 잡아도 잡는 둥 마는 둥 무엇을 해도 하는 둥 마는 둥 하다가 청산당으로 돌아왔다. 청산당에 돌아와서도 임자를 보는 둥 마는 둥 말을 시켜도 하는 둥 마는 둥 하다가 뚜루루 소리에 사방을 살폈더니 후원에 앉아 있었다. 후원에서 기르는 학 세 마리가 허공을 바라보며 우는 소리였다. 철이 바뀌었으니 저놈들이 북녘으로 날아가고픈 모양이로구나…… 가지 마라. 가서는 아니 된다. 두고두고 봐야 할 테니 곁에 머물러다오. 괜스레 한숨만 짓다가 문득 바위틈에서 피어난 노란 꽃들에 눈길이 머물렀다. 계집이, 노랑머리 계집이 쪼그리고 앉아서 땅바닥에 끼적이던 엄지손톱만 한 노란 꽃들이었다. 여기도 피어났구나. 계집의 머리 빛깔 모양으로 노르스름한 꽃…… 이리저리 피어나는 이 꽃은 이름이 무엇일꼬?

"보곡아!"

저만치 있던 보곡이 다가왔다.

"이 꽃 이름을 아느냐?"

"공께서 알지 못하시는 이름을 어리석은 소인이 어찌 알겠나이까?"

버럭 부아가 치밀었다.

"이놈아, 내가 모른다고 네놈조차 알지 못한다면 네놈이 내 곁에 머무를 까닭이 없지 않느냐? 네놈이 아는 것은 무엇이냐? 어찌 답이 없느냐? 네놈이 아는 것은 무엇이냐고 묻지 않느냐?"

세상에 이런 억지가 어디 있다는 말인가? 모르는 것을 모른다고 한 것뿐일진대 나는 당장이라도 벨 듯이 보곡을 닦달했다. 아, 이런 모자

란 놈을 봤나? 보곡이 무릎을 꿇더니 고개를 숙였다. 터무니없는 닦
달에 진심을 다해서 사죄하는 보곡을 보자니 또한 열불이 솟구쳤다.

"말하라, 네놈이 아는 것을 알알샅샅이 말하라!"

"오늘 벽부인께서는 수를 놓으셨습니다. 모두 열두 폭으로 된 산
천경개를 수놓으실 것이라고 하셨습니다. 영식 능(목능穆能)경께서
조의를 보내시어 벽부인의 안부를 여쭈셨습니다. 벽부인께서는 아랫
것을 시켜서 진미가 든 궤짝을 보내셨습니다. 하옵고 우목공께서 보
내신 가라말 중 한 필이 새끼를 품은 듯해서 따로 두고 살피라고 일
렀습니다. 또한 하옵고 성문교위 밀우가 지난 새벽 다녀간 후로 연통
을 보내지 않았습니다. 한나절 이상 연통을 거른 적이 없었기에 의아
스럽습니다. 또한 그러하옵고 마장을 살피는 구리와 반빗아치 소오
미가 말다툼을 했기에 붙잡아들여서 물었더니 그 둘은 막 정분이 났
던 차에 소오미가 구리의 행실을 시샘해……."

답답한지고! 보곡은 미주알고주알 밑두리콧두리 캐어낼 모양이었
다.

"그만 가서 학들이 날아가지 못하도록 단단한 뭇줄로 매어나 두어
라."

"따르겠나이다."

애초에 보곡과 말을 섞은 내가 어리석었구나! 학들을 매어두겠다
고 요리 뒹굴고 저리 기어다닐 보곡을 생각하니 저절로 미소가 번졌
다. 어찌 저리도 꽉 막혔을꼬? 성큼성큼 멀어져가는 보곡을 바라보다
가 글방 창가에 눈길이 닿았다. 창문이 열려 있었다. 열린 창문 사이
로 계집이, 노랑머리 계집이 보였다. 무엇을 하는 것인가? 아, 비단에

적힌 글을 읽고 적고…… 배시시 웃었다. 골똘하던 계집이 분명 배시시 웃고 있었다. 뭐라고 쓰여 있기에 웃는 것일꼬? 나는 글방으로, 계집이 있는 글방으로 발길을 옮겼다.

고개를 갸웃하고는 발그레한 입술로 비단에 적힌 글자들을 오물오물 읽는다. 어깨를 살짝 틀어서 손에 쥐고 있던 붓을 벼루에 요리조리 찍는다. 옥안에 놓인 하얀 지 위에 붓을 맞대고 까만 글자들을 사뿐사뿐 적는다. 옳지, 다 적었구나. 고개를 쏙 빼고 입을 호 내밀고 동그래진 눈으로 글자들을 꼼꼼히 살핀다. 옳아, 다 됐구나. 계집은 다시 고개를 갸웃하고는 발그레한 입술로 비단에 적힌 글자들을 오물오물 읽는다. 이제 좀 쉬려무나…… 계집은 비단에 적힌 글자들을 읽고 또 지 위에 옮겨서 적는다. 어여쁘다…… 글을 적는 계집이 이리도 어여쁠 수가 있구나!

계집은 골똘하면 세상일은 까마득한 모양이었다. 계집은 내가 들어온 줄도 모르고 글을 읽고 또 적었다. 글방이 썰렁했다. 조심스레 창가로 다가가서 후원이 훤히 내다보이는 창문을 닫았다. 계집은 여전히 글을 읽고 또 적고만 있었다. 내가 앉아야 할 옥안에는 계집이 앉았으니 나는 계집이 마주 보이는 탁자에 자리를 잡았다. 조심조심, 계집이 놀랄까 저어해서 숨도 쉬지 않고…… 머나먼 서역 땅 대완의 공주 엄수추리의 딸…….

어여쁜 저 계집은 이름이 무엇일꼬?

마주 앉아서 글을 적다

대완…… 대완은 수만 리 머나먼 서역의 땅이었다. 우리나라 서쪽 변방에서 길을 잡고 산산이 조각난 한나라 땅을 모조리 지나서 북방의 흉노 땅을 거치고 서남쪽으로 다시 길을 잡으면 대완 땅에 닿았다. 대완은 북쪽으로는 강거, 서쪽은 월지, 남쪽은 대하가 있고 동쪽은 우전, 동북쪽으로는 오손에 접했다. 대완의 주위로는 작은 속국들이 있었는데 서쪽으로는 환잠과 대익이 있고 동쪽으로는 고사와 우미, 소해가 있었다.

눈이 움푹 들어가고 머리터럭은 노르스름하며 턱수염과 구레나룻을 기르는 뭇사람은 이리저리 몰려다니며 사는 흉노와는 달리 성을 짓고 한 곳에 머물러 사는데 그 수가 수십만에 달했고 성의 수 또한 칠십여 개에 이르렀다. 이들은 주로 밭을 갈아서 벼와 보리를 심고 살며 포도라는 열매로 술을 빚었는데 집집마다 술이 가득하고 모두

들 술을 잘 마셨다. 사내들은 여인들을 귀하게 여겼으며 여인들의 의견을 좇아서 집안일들을 결정했다. 그뿐만 아니라 이사성이라는 곳에는 돌을 밟으면 자국이 생기고 붉은 피땀을 흘리며 쉬지 않고 천리를 달리는 말들이 살았는데 뭇사람은 이 말들을 한혈보마라고 부르며 영물로 여겼다. 하나 영물 한혈보마는 대완의 뭇사람에게 나라를 빼앗기는 치욕의 빌미가 됐으니 이는 모두 한나라 족속 탓이었다.

예부터 한나라 족속은 우리와 형제지간으로 지내온 흉노의 손아귀에서 단 한 번도 벗어난 적이 없는 가엾은 족속이었다. 화하의 족속으로 한나라를 세운 주정뱅이 건달 유방은 흉노를 쳐보겠다며 삼십만 무리를 이끌고 나섰다가 흉노의 묵돌선우에게 호랑이가 토끼 잡듯이 절멸당했고, 제 놈은 백등산에서 포위돼 목숨이 위태로워지자 묵돌선우에게 제 놈의 처 여치를 보내어 치마를 벗게 하고 해마다 딸들과 조공을 바치기로 맹약하고서야 가까스로 살아서 돌아갔으니, 그후로 백 년이 넘도록 한나라는 흉노를 형님의 나라로 받들고 예를 다했다. 하나 교활한 한나라의 족속이 어디를 가겠는가? 간계로 왕위를 차지한 유철이라는 놈은 흉노와 맺은 맹약을 깨고 서역의 월지와 손을 잡은 뒤에 좌우로 흉노를 치겠다는 계략을 세웠다.

월지는, 묵돌선우의 아들인 계죽선우에게 제 나라 왕의 머리통은 쪼개져서 선우(황제)의 술잔이 되고 뭇사람은 살아온 제 땅에서 모조리 쫓겨나 정처 없이 방랑했으니, 흉노와는 철천지원수지간이었다.

유철은 월지를 꼬드기고자 사신을 보내려 했으나 한나라에서 월지에 가려면 반드시 흉노 땅을 거쳐야 했으니 겁에 질려서 나서는 자들이 없었다. 하는 수 없이 유철은 상급을 걸고 사신이 될 자를 구했는데 그자가 장건이었다.

유철에게 부절符節을 받아들고 한나라 땅을 떠난 장건은, 얼마 지나지 않아서 흉노에게 사로잡히고 말았다. 목숨만은 부지한 채 흉노 땅에서 세월을 허송하던 장건은 우여곡절 끝에 흉노 땅을 탈출한 후 대완과 강거를 거쳐서 드디어 월지에 도착했다. 막상 월지에 도착해서 한나라와 함께 흉노를 치자고 청해봤지만 이미 월지는 새로운 땅에 정착해서 옛 원수를 잊은 채 강대하게 살고 있었으니 유철의 잔꾀가 통할 리 없었다. 장건은 하는 수 없이 천신만고 끝에 한나라 도읍인 장안으로 십여 년 만에 되돌아오고 말았다. 비록 빈손으로 돌아오기는 했지만 장건은 지난 세월 보고 들은 것들을 유철에게 세세하게 보고했는데 유철의 귓구멍이 대완의 영물 한혈보마에 솔깃했던 것이다.

유철 이놈은 한혈보마에 회가 동하자 대완에 수차례 사신을 보내어 협박과 회유를 일삼았다. 하나 대완의 무과왕은 한혈보마를 감추고, 무례하기 짝이 없던 한나라 사신들을 욱성이라는 곳에서 모조리 베어버렸다. 아니나 다를까 미치광이가 돼서 길길이 날뛰던 유철은 제 놈이 아꼈던 첩, 이씨의 오라비 이광리를 불러다가 대완 땅 이사성의 한혈보마를 빼앗아오라며 이사장군이라는 칭호를 주고, 유리걸식하는 어린 사내놈들 수만 구를 끌고 가 대완을 치게 했다. 놈들은 머나먼 대완 땅에 도착하기도 전에 굶주리다가 지쳐서 죽어들 자빠지고, 대완 땅 동쪽 끝 욱성에서는 어쭙잖게 성문을 부수려다가 몰살을 당했으니 한혈보마를 탐하던 유철을 어리석은 놈이라고 어찌 아니하겠는가?

하나 쉬파리 같은 유철은 다시금 흉악무도한 죄인들과 아비어미 없는 어린 사내놈들 수만 구를 긁어모으고 소와 양 수십만 마리를 식량으로 삼아서 대완 땅으로 진격하게 했다. 첫 번째 원정에서 제 놈 무리를 몰살시키고도 목숨이 아까워서 한나라로 돌아가지 못한 채 돈황 땅에서 숨어 지내던 이광리는, 모여든 말뚱 같은 놈들을 이끌고 다시 한혈보마를 빼앗으러 대완으로 나섰다. 졸렬한 이광리는 참패했던 대완 땅 욱성은 겁이 나서 감히 치지 못한 채 길을 빙 둘러서 왕궁이 있는 귀산성을 포위하고 공격에 나섰다. 귀산성의 물길을 끊고 성벽을 올라타고 죽을 둥 살 둥 공격한 끝에 근 사십여 일 만에 겨우 귀산성의 외성을 깨뜨리는 데 성공했다.

외성이 깨진 대완의 왕궁에서는 반정이 일어나서 매체라는 자가 무과왕을 죽이고 스스로 왕이라고 칭한 후 이광리와 전쟁을 끝내는 협상에 나섰다. 매체는 이광리에게 더 이상 대완 땅을 침범하지 않는다는 조건으로 한혈보마 서른 필과 한혈보마에는 미치지 못하지만 쓸 만한 말 삼천 필을 주겠다는 제안을 했다. 졸렬하기 짝이 없는 이광리는 당장 전쟁을 거두지 않았다가는 예전처럼 또다시 몰살을 당할까 두려워서 대완의 왕궁은 밟아보지도 못한 채 그 제안을 받아들였다.

어리석은지고! 한나라 우두머리 유철은 겨우 한혈보마 서른 필을 얻겠다고 장장 네 해 동안 수십만 구를 동원하고 그중 대부분을 죽게 만들었으며 온갖 악독한 짓으로 세상을 어지럽혔던 것이다. 유철은 그 모양을 하고서 돌아온 이광리를 비롯한 말뚱 같은 놈들에게 먼 곳에서 고생했다고 상급을 내리고 치하를 했으며, 한혈보마를 보자 서극천마라고 찬양하며 노래를 지어서 불렀으니 이를 어리석다고 하지 않으면 무엇이라고 하겠는가?

어리석은 유철이 이러할진대 나라꼴이 제대로 돌아갈 리가 있었겠는가? 유철이 죽고 무도한 자식 놈이 왕위에 오르자 핏줄 간에 피비린내가 진동하더니 마침내 한나라는 채 백 년을 버티지 못하고 권모와 술수로 세상을 살아온 왕망이라는 놈에게 나라를 빼앗기고 말았다. 나라 이름을 신新이라고 고친 왕망 또한 허풍으로만 세상을 살았던지라 한때는 우리나라를 하구려下句麗 운운하며 헛소리를 지껄이다가 열다섯 해 만에 제 놈 수하들에게 갈가리 찢어져서 살점 한 토막조차 남아나지 않았으니 하늘이 무심하지 않은 까닭이었으리라.

그 이듬해 유수라는 자가 한나라를 세웠던 유방의 자손이라고 칭하며 나라 이름을 다시 한으로 바꿨다. 이때부터 유방이 세운 한나라는 도읍이었던 장안이 서쪽에 있었기에 서한이라고 불렀고, 유수가 세운 한나라는 도읍이었던 낙양이 장안보다는 동쪽에 있었기에 동한이라고 불렀다. 서한이든 동한이든 혹은 신이든 한나라라고 불리는 화하의 족속이 어디를 가겠는가? 핏줄끼리 죽고 죽이고 외척에 십상시라고 불리던 환관들까지 나서서 왕 노릇을 하고 앞으로는 아부하고 비굴하며 뒤로는 허세를 부리고 허풍을 일삼던 한나라 족속은, 마침내 산산이 부서지고 말았다. 오늘날 조조니 유비니 관우니 장비니 하는 무뢰한과 모리배들이 서로서로 영웅이니 호걸이니 칭하고 부르며 한나라 땅을 요리조리 갈라먹고 있으니 이를 어찌 가엾고 불쌍한 족속이라고 하지 않겠는가? 보아라, 오로지 우리나라만이 동명성제 이래로 세세토록 무궁할지어다!

대완…… 유철과 한나라 족속 탓에 혼란에 빠진 대완에서는 다시 반정이 일어나서 죽은 무과왕의 동생 선봉이 왕위에 올랐다. 선봉왕은 한나라와 도탑게 지내보고자 제 아들을 볼모로 바치고 해마다 조공사절을 보냈다. 하나 대완은 이후로도 흉노와 한나라에게 여러 차례 고초를 치렀고 이리저리 찢어져서 이제는 겨우 그 이름만 세상에 남았도다.

돌이켜보건대 지난날 내가 한나라의 간독들을 뒤지고 전해오는 이야기들을 모아서 머나먼 서역 땅 대완을 소상히 알게 됐던 까닭은 우습게도 주태후 때문이었다. 아, 어찌해서 주태후가 아직도 내 곁을 맴돈다는 말인가?

주태후…… 금상의 모후…… 주태후의 어릴 적 이름은 진아였다.
진아의 어미 주번은 마산 땅에서 대대로 점을 치던 무당집 딸년이었고, 진아의 아비 주로는 당저當宁 신대제의 모후이신 상태후를 호위하는 태후궁의 조의였다. 훗날 주로는 딸년 덕분으로 태보의 자리까지 올랐구나! 주로는 태소황제의 보후가 되시는 호화태후의 남동생, 주문이 첩실에게서 난 자식이었으니 억지를 부려서 따지고 들자면 진아에게도 명가의 피가 한 방울쯤 튀었다고 할 수도 있었다. 해도 제 어미 주번이 무당이었으니 진아 또한 천하고도 천한 무당년이 돼야 할 팔자가 분명했다. 하나 열다섯이 되던 해 진아는 제 어미의 여동생 주경을 따라서 궁궐에서 탕을 끓이는 포비泡婢가 됐다. 진아를 궁궐로 불러들인 주경은 황제께서 드시는 음식을 만들어 올리는 상식尙食이었고 또한 상태후의 남동생, 상범의 첩실이기도 했다. 아비 주로는 상태후의 조의였고 이모 주경은 상태후와 시누이올케지간이라고 해도 무방하니 진아는 상태후의 그늘을 찾아든 것이었다.

철없던 시절 나는, 신대제의 중궁황후이시며 내게는 고모님이 되시는 목황후의 생신날 궁궐에 들었다가 포비 진아를 봤다. 돌이켜보면 부끄럽고 부끄러우며 또한 부끄럽도다…… 글을 적어서 남기기로 했으니 마땅히 적어야 하노라. 진아는 궁궐의 그 어떤 여인들보다도 곱고 어여뻤다. 그후로 수십여 년이 지나고 이제는 주태후라는 이름만으로도 치가 떨리고 이마를 짚어야 하며 고개를 절레절레 흔든다지만 그 시절 진아는 분명 한눈에 뭇 사내를 사로잡고도 남을 만큼 아름다운 여인이었다. 탕을 끓이러 궁궐에 들어갔던 진아가 상태후의 눈에 뜨여서 차를 끓이는 차비茶婢가 되고 신대제의 눈에 들어서 궁인의 자리에 오르는 데는 채 한 해도 걸리지 않았다. 이때의 일들은 돌이키기가 참으로 싫구나…… 한 해가 지나지 않아서 진아는 금상이신 연우황자를 생산했으니 무당년이 돼야 할 팔자가 후비의 반열에 올랐던 것이다.

세월이 무상하니 신대제께서 하늘에 오르시고, 내게는 사촌동생이 되시는 남무태자께서 황위에 오르시어 고국천제가 되시니, 진아는 궁궐 한 귀퉁이에서 마산소후라는 이름으로 숨죽인 채 여러 해를 살아야만 했다. 이때를 돌이켜보면 쥐 죽은 듯 숨죽일 줄 아는 진아는 참으로 영악한 계집이로다!

이 무슨 일이더냐? 궁궐 한 귀퉁이에서 쥐 죽은 듯 숨죽인 채 늙어가는 줄로만 알았던 진아 그 계집이 아들 현을 낳았다. 도대체 누구의 씨앗이라는 말인가? 현의 아비는, 고국천제의 중궁황후이신 우황후와 우목공의 부친이신, 우소공이었다. 선인으로 추앙받던 우소공이 진아 그 계집과 간음을 하다니, 어찌할꼬? 진아 그 계집이 우황후의 부친과 짝이 됐으니 그 계집은 우황후의 새어미가 되는 셈이었고 이로서 내 고모님이신 목태후께서 하돈란河豚卵(복어알)을 자시고 급서하신 후로 비어 있던 궁궐의 어른 자리는 진아 그 계집의 차지가 되고 말았다. 아, 영악하다 못해 사악한 년이로다!

조당에서는 옳으니 그르니 말들이 무성했다. 하나 고국천제께서는 진아 그년이 낳은 현을 어루만지시며 내 동생이나 한가지로다 하셨으니 그후로는 누구도 진아 그년과 우소공을 힐난하지 못했다. 진아 그년의 사악함이 어찌 이뿐이었겠는가? 진아 그년은 신대제의 황자이며 제 맏아들인 연우황자를…… 감히 금상의 일을 입에 담다니…… 차라리 글을 몰랐더라면 좋았을 것을…… 소신은 지나온 사실들을 적고자 함이오니 이 몸은 갈가리 찢어져서 짐승의 먹이가 된다 해도 그 벌을 달게 받겠나이다…… 연우황자와 우황후를…… 시동생과 형수를 부추겨서 간음하도록 만들었으니 이를 어찌할꼬?

누가 알았으랴, 세상 일이 그러하니…… 고국천제께서 춘추 마흔셋이 되던 해 오월 스무이렛날 밤에 갑작스레 하늘에 오르셨다. 그날 밤, 변고를 알고 있는 이는 오로지 침전에 함께 들었던 우황후뿐이었다. 우황후는 침전을 걸어 잠그고 그길로 진아 그년에게 달려갔다.

"이 일을 어찌하면 좋겠습니까?"

"어찌하다니요? 황후께서는 이참에 황후를 한 번 더 하시지요. 나는 태후를 한 번 해볼 테니!"

이 무슨 망발이더냐? 우황후는 진아 그년의 속내를 단숨에 알아차렸다. 우황후가 진아 그년에게, 한낱 천하고도 천한 무당집 딸년에게, 아니 스스로 태후의 자리에 오르겠다는 천인공노할 그년 앞에서 무릎을 꿇고 조아렸다.

"제가 할 일을 일러주십시오."

"황후는 이 길로 발기황자에게 들러서 어르고 안심시킨 후에 그대의 정인인 내 아들 연우황자와 함께 궁궐로 드시지요. 중한 일들은 내가 준비하리다."

영악하다 못해 사악하고 사악하다 못해 간악하도다!

고국천제께서는 우황후를 비롯해서 두 분의 황후와 다섯 분의 후비를 두셨으나 공주 두 분만 보시고 황자를 보지 못하셨다. 태자를 세우지 못하고 동궁이 비어 있을지라도 조당에서는 부황 신대제의 차자이며 고국천제의 동복동생인 발기황자가 황위를 이어받을 것이라고 감히 누구도 의심하지 않았다. 진아 그년은 그 누구도 의심하지 않던 일을 의심했고 또한 뒤집어놓았다.

'……짐이 박복해서 황자가 없으므로 태자를 세우지 못했다. 다행히도 부황이신 신대제께옵서 다복하시어 여러 황자를 두셨으니 그중 현명한 황자를 태자로 세워서 대업을 잇게 함이 마땅할지어다. 짐이 이마를 짚어보건대 부황께옵서는 세 분의 황후와 다섯 분의 후비를 두셨으나 오늘날 마산소후만이 계시오니 이제라도 태후의 반열에 오르심이 마땅하고 옳은 일일 것이다. 해서 짐은 부황이신 신대제의 사자四子이며 마산소후의 소생인 연우황자를 태자로 세우고자 하노라. 또한 바라건대 황후는 연우태자와 혼인하고 부덕한 짐의 후사를 도모해야 할지어다.'

국상 을파소공이 그날 밤 부음을 듣고 모여든 신하들 앞에서 고국천제의 유훈을 큰 소리로 읽어 내렸다. 유훈이라니…… 진아 그년 앞에 엎드려서 말하는 대로 부르는 대로 써내려간 글자들이 어찌 고국천제의 유훈이라는 말이냐? 형과 동생의 서열이 뚜렷하건마는 동생이 치받아서 황위에 오르고 대행의 황후가 또 다시 황후에 오르는 일이 고금천지 어디에 있다는 말이냐?

을파소…… 고국천제 시절, 부도한 자들을 주살하고 각 부에 흩어진 인재들을 발탁해서 국정을 바로 잡았으며 빈한한 뭇사람을 위해서 나라의 곡식을 빌려주던 을파소…… 한때는 뭇사람이 신대제 시절 명림답부공처럼 높이 떠받들었던 을파소공이 진아 그년의 끄나풀이 돼 있었다.

훗날 알고 본즉 을파소공은 진아 그년의 주선으로 우황후의 여동생 우간과 오래 전부터 간음을 하고 있었으니…… 아는가? 우황후의 여동생 우간이 바로 발기황자의 중방부인이었도다! 아둔한 발기여, 등잔 밑이 어찌 그리도 어두웠더냐? 일이 이 지경이니, 진아 그년은 한 손에는 우황후를 틀어쥐고 다른 한 손에는 국상 을파소공을 움켜 쥔 셈이 아니었더냐! 정녕코 진아 그년은 사내놈들과 계집년들을 이리저리 짝지어서 접붙이는 오입판의 조방꾸니였구나!

황제를 보위하는 우림羽林들이 둘러싼 황궁 안에서 목소리를 높이는 이는 아무도 없었다. 마침내 연우황자가 황위에 오르고, 대행의 황후 우황후가 또다시 황후에 오르고, 진아 그년이 태후에 올랐다. 이러하니 누가 감히 진아 그년을 무당집 딸년이라고 손가락질할 수 있었겠는가?

그날 밤 소식을 접한 발기황자는 분기탱천했다. 이튿날 아침 발기황자는 사졸 삼백을 거느리고 궁궐로 달려들었다. 궁궐은 이미 우림들로 겹겹이 둘러쳐져서 비집고 들 틈조차 없었으니 겨우 사졸 삼백으로 무슨 정변을 꾀할 수 있었겠는가? 아둔하고 좀스러운 발기여…… 발기는 그길로 옛 연노의 무리들을 꼬드겨서 두눌 땅을 차지하고 스스로 왕이라고 칭하더니 요동 땅에서 왕 노릇을 하던 한나라 족속 공손탁이라는 놈에게 찾아가 우리나라 서쪽 땅을 떼어다 바치고는 황위에 오를 수 있도록 도와달라고 청했다. 아뿔싸, 제 놈이 황위에 오르겠다고 간교한 한나라 족속에게 피로써 지켜온 우리나라 땅을 떼어다 바치다니, 신대제께서는 어쩌다가 그리도 발칙한 반역자를 보셨다는 말인가? 발기 이놈이 내 사촌동생이었다니 또한 부끄럽도다!

이제와 돌이켜보건대, 오늘날 조당에도 나라를 위한다는 놈들 중에는 제 놈들의 알량한 이득을 위해서라면 뭇사람을 저버리고 나라조차도 팔아먹을 수 있는 반역의 씨앗들이 분명코 숨어 있을 테니…… 놈들을 솎아내야 한다. 하늘의 해를 두고 말하건대 이야말로 내가 해야 할 일이다!

세상은 진아 그년…… 주태후의 세상이었다. 기다렸다는 듯이 제 그늘 아래 있던 자들을 모조리 관직으로 불러올린 주태후는, 무엇보다도 먼저 반역자 발기를 치는 일에 앞장섰다. 주태후는 신대제의 삼자三子이고 목태후의 소생으로 내게는 사촌동생이 되시는 계수황자로 하여금 반역자 발기 일당을 휩쓸어 죄다 없애버리라고 명령했다. 수많은 장수들과 제 피붙이들을 놔두고 하필이면 계수황자였을꼬? 만약 계수황자가 반역자 발기를 소탕한다면 이는 목태후 소생의 신대제 자손들이 황위에 오른 금상을 받들어 모시겠다는 뜻이 될 것이고, 만약 계수황자가 반역자 발기와 한편이 돼서 돌아선다면 목태후 소생의 신대제 자손들을 모조리 반역자로 몰아서 처단할 수 있는 명분이 될 것이므로 그 어느 쪽이든 주태후에게는 좋을 일이었다. 계수황자는 반역자 발기 일당을 소탕했고 반역자 발기는 강물에 몸을 던져서 스스로 숨을 끊었다. 바야흐로 세상은 주태후의 세상이었다.

　그해 나는 무엇을 했던가? 제 놈이 황위에 오르겠다고 나라 땅을 팔아먹은 놈과 제 아들을 황위에 올리겠다고 거짓 유훈을 만들어낸 년, 모두가 죽어야 마땅한 연놈들이었다. 나라 땅을 팔아먹은 놈이 스스로 숨을 끊었으니 남은 것은 오로지 주태후와 그 일당뿐이었다. 주태후는 맨 마지막이 될 것이다. 가장 먼저 처단할 자는 거짓 유훈을 받아서 적은 국상 을파소공이었다.

　"네 놈은 신하된 자로서 세상을 어지럽혔으니 마땅히 내 칼을 받아라!"

　나는 을파소공을 찾아가 그의 목덜미에 칼을 겨눴다.

　"목숨을 아끼셔야 합니다. 그대가 국상의 목을 친다면 그대 또한 목이 날아갈 것입니다. 목숨을 아끼십시오. 목숨을 아끼셔야 주태후와 싸우실 것이 아닙니까? 이 나라는 이제 주태후의 나라가 됐습니다. 국상 또한 한낱 주태후의 심부름꾼이 되고 말았으니 어찌 나라를 바로 세우겠습니까? 진정으로 바라건대 그대는 목숨을 아끼시어 이 나라를 바로 세우십시오."

아, 칼끝을 막아선 이가 우목공이었다. 그저 타오를 줄만 알았던 나는 우목공의 일갈에 스르르 사그라지고 말았다. 나라 땅도 팔아먹을 수 있는 반역자 발기가 황위에 오르지 못하고, 마냥 어미에게 기대여 세상 물정 모르는 연우황자가 황위에 오른 것은 어찌 보면 다행한 일이었다. 하나 이 때문에 주태후의 세상이 도래하고 말았으니 을파소공도 우목공도 모두들 주태후를 두려워하고 있었다. 돌이켜보면 나는 한동안 넋을 놓고 있었다. 무엇이 옳은지 무엇이 그른지 가르지 못하는 세월이었다. 이때까지만 해도 나는 주태후의 등에 업혀서 황위에 오른 연우황자…… 금상을 바로 보지 않았다. 바로 볼 까닭이 없었다.

그해 시월 동맹東盟. 추수가 끝나고 성조 동명성제와 성모 유화태후를 모시는 동맹의 수신제 자리에 금상의 즉위를 하례하는 여러 나라의 사신들이 내조했다. 우리와 남으로 접하는 잔과 라, 바다 건너 왜와 북으로는 모용 씨의 자몽, 탁발 씨의 색두를 비롯해서 오환, 우문 등 선비의 여러 나라들과 오손을 비롯해서 멀리 동흉노에서도 사신을 보내왔다. 그뿐만 아니라 우리나라에 호응하는 옛 족속이 모두들 고개를 숙이고 하례했으니 뭇사람은 그 장관에 박수를 하고 너나할 것 없이 몰려나와서 춤추며 노래를 불렀다. 태평성대가 따로 없었다. 그중 뭇사람의 시선을 한눈에 사로잡고도 입을 딱 벌어지게 만든 이들이 있었으니 그들이 바로 머나먼 서역 땅 대완에서 온 사신들이었다. 눈은 움푹 들어가고 머리터럭은 노르스름하며 하나같이 턱수염과 구레나룻을 기른 그들은 대완의 영물 한혈보마를 타고 서도를 가로질렀다.

나는 고개를 저었다. 도대체 대완 땅이 어디라고 우리나라까지 사신을 보낸다는 말인가? 도대체 저들은 쑥대밭이 된 한나라 땅을 어찌 가로질러서 우리나라까지 왔다는 말인가? 나는 믿지 않았다. 이는 모두 영악하고 사악하고 간악한 주태후가 꾸며낸 짓거리일 뿐이라고 여겼다.

금상께옵서 즉위하시고 발기의 반역으로 우리나라의 서쪽 땅을 모두 잃고 말았으니 비록 반역자 발기를 처단했을지나 뭇사람의 한탄이 날로 깊어가던 시절이었다. 주태후는 땅에 떨어진 금상의 권위를 바로 세우고자 한탄하는 뭇사람에게 한바탕 잔치를 베풀었던 것이다. 이를 위해서 주태후는 조당의 신하들에게 서열대로 금 백 냥에서 열 냥씩을 받아냈으니 누가 감히 그 명을 거역할 수 있었겠는가? 주태후의 속셈은 맞아떨어졌다. 뭇사람은 이레 밤낮으로 먹고 마시며 춤추고 어우러졌으니 방방곡곡마다 금상의 천추만세를 외치는 소리가 울려퍼졌다. 조당의 신하들조차 제가 내놓은 금덩이가 아깝지 않았으리라.

나는 바로 보지 않았다. 내조한 다른 사신들은 몰라도 대완의 사신들만은 바로 보이지 않았다. 이들은 뭇사람을 기만하고자 주태후가 꾸며낸 거짓 사신들이 분명했다. 나는 이 사실을 조당에 밝히고 주태후가 근신하도록 만들 작정이었다. 돌이켜보면 잔칫상에 흙모래라도 뿌리고 싶었던 마음이었으리라. 나는 서역 땅 대완에 대해서 샅샅이 파고들었고 그들의 정체를 알아야만 했다.

대완에서 당도했다는 그들은 모두 스물이었고, 그들이 탄 말들 중 한혈보마는 모두 두 필이었다. 한혈보마를 탄 늙수그레한 사내는 일행의 우두머리로 보였고 다른 한혈보마를 탄 이는 훗날 알고 본즉 대완의 공주 엄수추리였으며 나머지는 두 사람을 호위하는 군졸들이었다. 나는 그들을 만나서 살피고자 했다. 태후궁에 여장을 푼 그들을 만난다는 것은 애초부터 여의치가 않았다. 그래, 맞구나! 사신 일행을 태후궁에 들이다니 이는 분명코 주태후의 계략인 것이야! 도대체 그 시절 나는 무슨 생각으로 헤매고 싸돌아다녔을꼬? 주태후가 그깟 일에 흠집이나 날 듯싶었더냐? 나는 우국충정으로 이글이글 불타올랐고 대완에서 왔다는 사신들의 정체를 만천하에 고해바치고만 싶었다. 한혈보마…… 그래, 한나라 유철이란 놈이 그토록 얻고 싶어 했던 한혈보마가 진짜인지 가짜인지만 살피면 될 일이 아닌가?

한혈보마는 피땀을 흘렸다. 세상에서 오로지 한혈보마만이 붉은 피땀을 흘렸다. 목덜미부터 앞다리로 이어지는 전견박부에서 붉은 피땀을 흘리는 말은 세상에서 오로지 대완 땅 이사성에서 산다는 한혈보마뿐이었다. 우림들이 둘러싸고 지키는 궁궐의 한 귀퉁이 마장에 매어져 있던 그 말들은, 대완에서 왔다는 사신들이 타고 온 그 말들은 전견박부에서 붉은 피땀을 흘리고 있었다. 소맷부리로 닦아 내고 침을 묻혀서 칠해보아도 붉은 핏방울이 땀방울에 섞여서 뚝뚝 흘러내렸다. 나는 주저앉고 말았다. 그들은 분명 대완에서 온 사신들이었다. 주태후의 치마폭이 이리도 넓었다는 말이냐?

그날 나는 주태후가 더 이상 한낱 무당집 딸년이 아니라는 사실을, 결코 어쭙잖게 덤벼들어서는 긁고 파고 뒤집고 흩을 수 있는 계집이 아니라는 사실만을 깨닫고 말았다. 나는 근신하며 다음 기회를 도모 하고자 했다. 하나 그해 동짓달 나는, 주태후 앞에서 어육이 되고 말 았으니…… 그날의 일들은 참으로 돌이키기가 싫구나. 해도 언젠가 때가 되면…… 참혹했던 그날의 일들을 적으리라.

"어쩌누…… 이제 저승에 가면 고국천제를 어찌 봬야 할꼬?"

교활한 계집의 혓바닥에 놀아나서 거짓 유훈을 짓고 손발이 되기 를 자처했던 을파소공은 말년에 내 손을 붙잡고 눈물을 흘렸다. 이리 될 줄을 어찌해서 몰랐을꼬? 앞으로 황위에 오를 태자는 무당집 딸 년보다도 더 천한 계집에게서 봐야 하오. 그래야 주태후 같은 년이 다시는 나오지 않을 테니…… 저주였다.

을파소공이 저주한 까닭이었을까? 고국천제의 황후였다가 또다시 금상의 황후가 되신 우황후는 소생을 볼 수 없는 석녀였다. 우황후께 서는 다른 황후와 후비들을 두지 못하도록 시기를 일삼았으니 오라 비 우목공은 항상 가시방석이셨다. 하늘이 무심하지 않은 까닭이었을 까? 옛 관노 땅으로 사냥을 나가셨던 금상께옵서 산중을 뛰어다니며 멧돼지를 때려잡는 한 여인을 보셨으니 그 여인이 오늘날 교체태자 곧 동궁의 모후가 되시는 연소후, 후녀였다. 후녀는 본디 성도 이름도 없는 계집이었다. 후녀의 아비와 어미는 술을 담는 통을 만들어서 연 명하는 이들이었으니 무당집 딸년보다도 더 천하고 천한 계집이 분 명했다. 을파소공의 말이 저주가 돼서 그대로 이뤄진 셈이로구나!

무당집 딸년보다도 천한 술통집 딸년에게서 난 교체태자는 금상의 용안을 빼닮으신 분이셨다. 태자께서는 어려서부터 예와 법을 따지기를 즐기셨으니 신하들에게 귀감이 되셨고, 태자의 모후인 후녀를 수차례 해치려 했던 우황후조차도 태자를 마치 제 자식처럼 아끼셨으니, 어질고 맑은 교체태자가 동궁에 오르신 일은 마땅하고도 옳은 일이었다. 술통집 딸년 후녀는, 교체태자께서 동궁에 오르시고 나서야 비로소 숨을 쉴 수 있었으니 금상께옵서 내리신 연이라는 성을 따서 연소후라고 불리셨다. 주태후만은, 제 년은 무당집 딸년 주제에, 연소후를 술통년이니 주통년이니 하며 업신여겼다.

돌이켜보건대 을파소공의 저주는 궁궐에서 외척들을 멀리하고자 하는 갸륵한 소망이었다. 교체태자께서 동궁에 계시는 오늘날, 연소후는 제 처지를 알기에 수굿하고 우황후는 제 소생이 없기에 조심스러우니 을파소공의 소망이 그대로 또한 이루어진 셈이었다. 하나 이 모든 사달의 근원이 여전히 숨을 쉬고 있으니, 주태후를 어찌할꼬? 동궁께서는 국본이시니 마음에 두지 마소서. 소신이 비록 어리석으나 견마지심을 다하겠나이다.

먹 향내가 가득하도다.

계집은 옥안에 앉아서 글을 옮겨 적고, 나는 계집이 마주 보이는 탁자에 앉아서 떠오르는 기억들을 적는다. 오늘은 참으로 별별 일들이 새록새록 떠오르는구나. 계집과 오붓이 앉아서 글을 적노라니 괜스레 입가에 미소가 머물고⋯⋯ 이리 한가롭게 굴어도 되는가? 마산궁, 주태후, 주진아⋯⋯ 이년을 내일 어찌 만나야 하는가? 괜스레 한숨만 나오누나. 내일의 일은 내일에 걱정해도 될 테니⋯⋯.

어느새 글방이 어둑어둑하다.

계집은 어둑한 옥안에 앉아서 글을 잘도 읽는다. 글자들이 보이느냐? 부엉이 눈이라도 달았다는 말이냐? 아니 되겠다. 불을 밝히자꾸나! 까치발을 하고서 살금살금 다가가서는 조심조심 등잔불을 밝힌다. 계집은 모른다. 또르르…… 아니 된다, 그만 해라, 내미야, 쉿! 얼른 계집을 살핀다. 저리도 흠뻑 빠졌구나. 계집은 방울 소리를 듣지 못한 듯하다. 석반을 들라는 소리이겠구나…… 글방에서 계집과 겸상을 할 수는 없는 노릇이니 임자가 있는 내당으로 가는 게 옳다. 임자가 계집의 일을 알게 된다면…… 아직, 아직은 아니다. 반드시 내 입으로 말할 것이니…… 또르르, 또르르…… 망할 것 같으니라고, 간다고 하지 않느냐?

무엇이라도 주고 싶은데…… 계집이 무엇을 좋아할꼬?

보곡에게 물어볼까? 알까? 제 놈이 알까? 알기는 뭘 알까?

이 일이 또한 큰일이로다

산상대제 25년 1월 19일, 서기 221년 2월 28일

금상 이십오년 춘정월 경인일 청산당에서 쓴다.

낮에는 햇살이 쨍쨍했으나 해질 무렵부터는 구름이 두꺼웠다.

달렸다. 안개로 자우룩한 산중은 눈앞을 가늠할 수가 없었다. 살아야 한다. 오로지 살고자 팔을 휘저으며 다리를 내달렸다. 염통이 솟구치고 창자가 목구멍 너머로 쏟아질 것 같았다. 칡넝쿨이 채찍처럼 얼굴을 휘감고 지나갔다. 이 길을, 안다…… 생가지가 옆구리를 후려치고 부러질 테니, 멈춰야 한다. 멈춰…… 멈췄다. 희끄무레한 생가지가 허리께에 걸려 있었다.

살고자 오로지 살고자 달려왔다. 지금 나는 아무것도 보이지 않는 이곳에 하얗게 서 있다. 길이 없다. 뒤를 돌아봤다. 자우룩한 안개 사이로 가물가물 길이 드러났다. 길은 돌아봐야 보였다. 눈앞은 하얬지

만 돌아보면 비록 아슴푸레할지언정 분명 길이 있었다. 내가 달려온 길이었다. 애오라지 한 곬으로만 달려서 이곳에 서 있다. 자우룩한 안개 속으로 한 팔만 뻗으면 손끝이 닿을 자리에 시커먼 바윗덩이가 있다. 살고자 한다면 더 이상 달려서는 아니 된다. 바윗덩이를 피하고자 몸뚱이를 비틀어서 튀어올라도 아니 된다. 천길만길 허방일 테니…… 팔을 뻗었다. 한 걸음, 두 걸음, 세 걸음…… 바윗덩이는 생각보다 멀리 있었다. 이제 어디로 가야 하는가? 앞이 보이지 않는 안개 속에서 눈뜬 청맹과니가 된 채 사방을 더듬었다. 바윗덩이 아래로는 낭떠러지다. 허방과 길 사이에서 나는 무릎을 꿇고 두 손을 더듬어서 길을 찾았다. 살아야 함으로…… 살아야 한다.

손끝에 무언가가 닿았다. 흠칫 놀라서 손을 거뒀다. 얼핏 사람의 손이라는 생각이 들었다. 천길만길 허방이 분명한 낭떠러지에 사람이 있다니? 진정으로 사람이 있다면? 소리를 쳐볼까? 목구멍 너머로 소리가 나오지 않았다. 아무것도 보이지 않는 안개 속으로 귀를 기울였다. 아무 소리도 들리지 않았다. 잘못 안 것인가? 안개 속으로 다시 손을 밀어넣었다. 무언가가 있다면 내 손을 잡으리라. 손이었다. 분명 사람의 손이 내 손을 꼭 그러쥐었다. 손바닥으로 전해오는 감촉은 갈퀴처럼 거칠고 얼음처럼 차가웠다. 피하지 않았다. 누구라도, 사람이라면 구해야 한다. 살아 있는 사람이 살아 있는 사람에게, 당장 죽을지도 모르는 사람에게, 살려달라고 소리치지도 못할 만큼 두려운 사람에게 손을 내밀어서 구하는 것은 사람이므로 반드시 해야 할 일이다. 납작 엎드렸다. 두 다리로 땅바닥을 붙들어서 버티고 두 팔에 온 힘을 모아서 그러잡은 손을 끌어올렸다. 손은 스르르 올라왔다. 두 손으로 그 손을 움켜쥐고 당겼다.

헉! 가죽만 뒤집어쓴 송장이, 허옇게 산발한 눈깔도 없는 시커먼 송장이 고린내를 풍기며 와락 달려들었다. 나는 널브러졌다. 송장은 갈퀴 같은 손으로 내 얼굴을 감싸쥐더니 널브러진 몸뚱이 위로 올라탔다. 송장은 살아 있었다…… 꿈이다. 방정맞은 꿈속에서, 잊을 만하면 흐릿한 잠 속으로 파고들어서 어육을 만들어놓았던 꿈속에서, 연방 허방으로 밑도 끝도 없이 추락하던 꿈속에서 나는 꿈이라는 사실을 알아차렸다. 닭아, 닭아, 어서 새벽을 울어다오! 송장이, 빌어먹을 송장이 썩어서 줄줄 흘러내리는 얼굴을 들이밀었다. 물러가, 썩 물러가라! 도리질을 했다. 투두둑, 고린내가 진동하는 시커먼 물이 내 얼굴 위로 떨어졌다. 눈 속으로 파고들고 콧속으로 흘러들고 입속으로 비집고 들었다. 악…… 입속으로 비집고 든 송장 썩은 물이, 고린내가 진동하는 시커멓고 찐득거리는 송장 썩은 물이 목구멍 너머로 꿀꺽 넘어갔다. 꿈이다. 제발 꿈속에서 깨어나라. 송장이 내 얼굴을 덮쳤다. 악…….

"샤님, 샤님…… 제 손을 잡으소서!"

얼핏 넋을 차릴 즈음 임자의 소리를 들었다. 샤님…… 임자의 얼굴이 스쳐갔다. 주르르 눈가에서 물기가 흘렀다. 임자의 손이 내 얼굴을 어루만지고 지나갔다. 따듯했다. 따듯한 임자의 손이 내 얼굴을, 내 팔을, 내 가슴팍을, 내 다리를 쓰다듬었다. 허…… 긴 한숨을 토해냈다. 눈을 떴다. 비로소 임자가 보였다. 곱고도 고운 임자가 눈물을 흘렸다.

"죽여주소서. 방사가 지나쳐서 이리 되신 것이오니 소첩을 엄히……."

임자는 말을 잇지 못하고 눈물만 흘렸다.

지난밤에도 나는 임자와 방사를 했다. 임자와 방사를 하며 계집을, 노랑머리 계집을, 머나먼 대완의 공주 엄수추리의 딸인 노랑머리 계집을, 내가 믿고 따르는 우목공의 늙으나 늙은 딸인 노랑머리 계집을, 어찌어찌 이제는 첩실이 됐건마는 임자에게는 차마 말을 못하는 노랑머리 계집을, 이름조차 제대로 떠올리지 못하는 노랑머리 계집을, 어여쁜 노랑머리 그 계집을 안았다. 계집을 안고서 임자와 방사를 하고 또 했다.

"임자의 잘못이 아닙니다……."

임자의 손을 잡았다. 나는, 계집의 일을 임자에게 말하지 않았다. 임자가 차린 미음으로 요기를 했다. 조당에는 보곡을 시켜서 병중이라고 알렸다. 한 숟가락, 한 숟가락 미음을 뜰 적마다 걱정스레 바라보는 임자에게 환한 미소를 지었다. 미안하오, 곧 말하리다. 미안하오, 임자…… 내당을 나섰더니 햇살이 쨍했다. 설핏 눈앞이 감감했다가 환해졌다. 비록 몸뚱이는 허룽거렸지만 넋은 맑고 또렷했다. 후원으로 길을 잡았다.

어느 틈에 벌써 봄이런가? 움트는 새봄이 놀랄까 저어해서 발끝으로 사붓사붓 걸었다. 계집이 머물고 있을 글방으로 자꾸만 눈길이 닿았다. 글방의 창문은 닫혀 있었다. 햇살도 좋은데, 문도 열지 않고 무엇을 하는고? 자리를 비웠는고? 또르르…… 내미의 방울소리가 들렸다. 옳구나, 저기 있구나! 저만치 스무 걸음이나 떨어졌을까 싶은 아름드리 밤나무 아래에서 계집이 내미와 이야기를 나누고 있었다. 들킬세라 얼른 나뭇등걸 옆으로 몸뚱이를 웅크리고 앉았다. 눈만 내밀고 계집을 살폈다. 눈앞이 침침하니 계집의 몸태가 가물가물했다. 두 눈을 게슴츠레 뜨고서 계집을 보고자 애를 썼다. 보인다, 보였다! 내미가 손짓발짓을 하면 계집이 고개를 끄덕이며 되물었다. 계집은 내미가 하는 손짓발짓을 잘도 알아들었다. 아, 내 이야기를 하는 모양이로구나. 내미가 엄지손가락을 치켜들고 손짓발짓을 했다. 계집의 얼굴을 살폈다. 계집이 기다란 두 손으로 발그레한 입술을 가리고 커다란 눈을 동그랗게 떴다. 우는 것인가? 햇살에 반짝 눈물이 비치는 듯도 싶었다. 이 무슨 꼴인고? 나뭇등걸 옆으로 늙은 몸뚱이를 숨기고 두 눈은 게슴츠레 뜨고서 어린 계집을 훔쳐보는 꼴이라니! 얼른 사방을 살폈다. 보곡…… 보곡이 볼까봐서 두려웠다. 보곡은 내 소식을 전하러 조당에 들었구나…… 학이, 저 학들이 모두 보고야 말았으니…… 학들에게 부끄러워서 얼른 몸뚱이를 일으켰다. 무슨 까닭으로 계집 앞에서는 몸을 숨기는 것일꼬? 허어, 어찌 이리도 가슴은 벌렁거릴꼬? 모르겠다, 도저히 모르겠노라!

헛기침을 하며 계집에게 다가갔다. 계집과 눈길이 마주쳤다. 나풀나풀 나비일런가? 계집이 내게로…… 나풀나풀 날아서 왔다. 그렁그렁 눈물이 고인 계집이 내 손을 맞잡고 물끄러미 바라봤다. 눈동자가, 깊은 바다 속 같은 눈동자가 사르르 오므라들었다. 속눈썹이, 노르스름한 속눈썹이 훅 하고 불면 날아갈 듯 파르르 떨었다.

"기체 미령하시다더니 괜찮으시옵니까?"

"누가 그러더냐? 어느 놈이 헛소리를 지껄인 모양이로구나!"

내미가 어리벙벙한 얼굴로 바라봤다. 가라, 그만 가거라! 나는 계집의 어깨너머로 내미에게 말없는 호통을 쳤다. 내미가 못 알아들은 듯 눈만 끔벅거렸다. 꼭 말로 해야 알아듣느냐, 못된 년!

"내미는 물러가라."

내미가 멀뚱멀뚱 바라보다가 물러갔다.

새봄이 움트는 후원에는 오로지 나와 계집뿐이었다. 손안에 쏙 들어온 계집의 손은 따뜻했다. 계집은 말없이 나를 따랐다. 사뿐사뿐, 나풀나풀…… 곱고도 고운 계집과 다붓이 후원을 거닐었다. 무슨 말을 하면 좋을꼬? 끼니는 챙겼느냐? 찬은 입에 맞더냐? 아니다, 하루 삼시세때 끼니마다 먹는 밥을 뭐 그리 대수라고 묻는다는 말이냐? 아니다, 밥은 사람이 사는 전부가 아니더냐! 물어야지, 사람이 사람에게 밥은 먹었느냐고 묻는 것보다 더 중한 것은 없을 테니 당연히 물어야 할지나…… 참으로 옹색하구나! 옳지, 슬쩍 이름이나 물어볼까나? 마침 뚜루루, 학이 울었다.

"하얗고 고고한 저 짐승의 이름을 아느냐?"

계집의 이름을 묻는다는 것이 그만, 학의 이름을 묻고 말았다.

"예, 두루미이옵니다."

"아니다. 두루미가 아니라 학이란다."

"아니옵니다. 학이 아니라 두루미가 맞사옵니다."

감히 내 말에 어기대다니 고얀 계집이로다!

"그리 보시어도 소첩은 엉너리를 부리지는 않을 것이옵니다. 꿔꿔 울면 꿩이요 깍깍깍깍 울면 까치요 뚜루루뚜루루뚜루루 울면 두루미가 아니겠습니까? 공께서 학이라고 부른 저 짐승은 두루미라고 부르는 것이 옳사옵니다."

마치 알아듣기라도 한 듯 뚜루루 뚜루루 뚜루루 학들이 울었다.

"한나라 족속은 두루미를 학이라고 부른다지요? 이곳은 우리나라이니 학이 아니라 두루미라고 불러야 마땅할 것입니다."

당돌하구나! 나를 가르치려 들다니…… 말인즉 옳았다.

"하온데 어찌해서 두루미들을 매어두셨습니까?"

계집이 쪽빛으로 파란 눈동자를 동그랗게, 동그랗게 뜨고 바라봤다. 무슨 변고인고? 계집이 이리 바라보면 가슴팍이 들썽들썽했다. 허, 괜스레 헛기침으로 마른침을 삼켰다.

"날아갈까봐서 그리했단다…… 저, 덩치가 크고 우람한 녀석이 수놈이란다. 그 옆에 음전해 보이는 놈은 암놈이고 그 뒤에 한 발을 들고 까불까불 서 있는 놈은 새끼란다. 학은…… 두루미는 여름이면 동해곡 너머 북녘에서 새끼를 치고 일가를 이루며 지내다가 늦가을이면 이곳으로 와서는 겨울을 나는 짐승이란다. 이제 봄이 오면 제 놈들이 지내던 북녘으로 되돌아가니 사철 중에서 학 아니, 두루미를 보는 철이 겨울뿐이 아니더냐. 두고두고 오래오래 보려고 단단한 뭇줄로 매어뒀느니라."

계집이 한동안 두루미들을 바라봤다.

"가엾구나, 두루미야……."

뭐라? 가엾다니? 무엇이 가엾다는 말이냐?

"보노라면 짠하고 가여우니 가시어요. 보실 것이 있사옵니다."

계집이 뛰었다. 계집이 내 손을 잡고 뛰었다. 나도 얼떨결에 계집

을 쫓아서 뛰었다. 놀란 두루미들이 고리조리 뒤엉키며 허공으로 날
아올랐다가 뭇줄이 당겨져서 그리저리 나뒹굴었다. 계집이 뛰던 걸
음을 멈추고 나뒹군 두루미들을 바라봤다. 나는 아랑곳없이 계집의
손을 이끌고 뛰었다. 아무도 없는 후원을 계집과 단둘이서 뛰었다.
열아홉 먹은 어린 계집과 예순아홉 먹은 늙은 사내가 손에 손을 맞잡
고 뛰었다…… 앞서거니 뒤서거니 글방으로 들었다.

"늙었어, 늙었구나……."

거친 숨이 턱까지 차올랐다.

"아니오, 결단코 아니시옵니다."

숨을 몰아쉬던 계집이 고개를 저었다.

"늙었다. 나는 네 춘당 우목공보다도 다섯 살이나 많으니라."

"공께서는 제 아비보다도 훨씬 굳세고 단단하십니다."

"굳세고 단단하다니 내가 막대기라는 말이냐?"

"그 말이 아니옵고, 젊으시다는 말이옵니다."

"참이더냐?"

"참으로 참이옵니다."

"진정으로 참으로 참이더냐?"

"진정으로 참으로 참이옵고 참이옵니다."

하하하, 설령 거짓이라도 좋았다. 계집이 어벌쩡하니 엉너릿손을
부린 것이라고 해도 마냥 좋았다. 진정으로 참으로 참이옵고 참이옵
니다. 하마터면 나는 후두두 떨어질 것만 같은 계집의 붉은 입술을
와락…… 베어물 뻔했다. 복사꽃보다도 환한 계집이 옥안으로 향했
다. 눈처럼 하얀 목덜미가 눈 안으로 들어왔다. 손을 뻗어서 계집을

획…… 돌려세울 뻔했다. 하늘하늘 곱고도 고운 계집이 옥안에 펼쳐진 지들을 모아서 내게 건넸다.

"아침나절에 모두 옮겨서 적었나이다."

하얀 지에 까만 글자들이 알알이 박혀 있었다. 까만 하늘에는 하얀 별들이 초롱초롱 빛나고 하얀 지에는 까만 글자들이 너울너울 춤을 추고…… 계집도 이리 춤을 출런가? 분명코 글자를 보고 있으면서도 도대체 무슨 글자들인지 눈 안에 들어오지를 않았다. 오로지 하얀 지 위에서 둥기당기 두둥기당기 두둥기당기 둥기당기 둥당당…… 너울너울 계집이 춤을 췄다. 덩실덩실 나도 춤이나 출까나…… 하고 싶다고 모두 할 수 있는 일이 아니고 할 수 있다고 모두 해도 되는 일이 아니었다. 그것이 처신이었다.

"글을 풀어서 옮기기는 했으나 보태거나 빠뜨린 곳은 없사옵니다."

그래, 그래…….

"하오면 소첩은 이만 물러가겠나이다."

오냐 오냐…… 하다가 나가는 계집을 붙잡지 못했다. 나는 계집이 적은 지를 들고 글방에 우두커니 홀로 있었다. 비로소 글자들이 눈 안에 들어왔다. 나는 옥안에 자리를 잡고서 계집이 적은 글을 읽었다.

첫 번째 비단이옵니다.

세상 맨 처음에 소리가 났다. 소리가 난 곳에서 빛이 나왔고 빛이 나온 곳에서 하늘과 땅이 갈라졌다. 하늘은 허공으로 치솟았고 땅은 바닥으로 내려앉았으며 하늘에는 해와 달이 떠오르고 땅에는 물과 흙이 생겨났다. 그 무렵 땅에는 오직 한 분만이 계셨는데 훗날 뭇사람은 이 분을 마고라고 불렀다.

마고께서는 땅에서 가장 높은 곳에 앉으시어 강과 산을 만드셨다. 강은 산을 휘감고 흘러서 깊은 골과 너른 벌을 만들었고, 벌이 끝나는 곳에서는 강들이 모여들어서 바다를 이뤘다. 강과 산과 골과 벌과 바다에는 초목과 벌레와 짐승들이 어울려서 살았으니 이는 모두 마고께서 하신 일이었다.

마고께서는 겨드랑이로 당신을 닮으신 궁희와 소희를 홀로 낳으셨다. 궁희는 황궁과 청궁 두 천인을, 소희는 백소와 흑소 두 천녀를 낳으셨다. 비로소 천녀들과 천인들이 음과 양의 조화를 이루고 무시로 사람의 씨앗을 널리 뿌리게 됐으니 이는 모두 마고께서 원하신 일이었다.

마고께서는 땅 위의 일들을 모두 마치시자 궁희와 소희를 좌우로 거느리시고 하늘로 오르셨다. 훗날 뭇사람은 이 세 분을 삼신三神이라고 불렀다. 마고께서는 궁희와 소희를 당신의 앞과 뒤에 두시어 안으로 필弼하고 밖으로 보輔하게 하시고 하늘의 가장 높은 곳에 앉으시어 천추, 천선, 천기, 천권, 옥형, 개양, 요광으로 빛나는 일곱 개의 별이 되셨으니 북녘 하늘에서 빛나는 칠성七星이 곧 마고이시도다!

마고께서 하늘에 오르시자 땅에서는 음과 양의 기운이 들끓어서 사람의 씨앗으로 넘쳐나게 됐다. 마침내 뭇사람은 먹을 것을 찾아서 다투고 서로를 죽고 죽이는 일이 그치지 않았으니 마고의 후손이신 황궁과 청궁, 백소와 흑소께서는 제각각 무리를 나누어 이끄시고 사방으로 터를 찾아서 흩어지셨다. 이때에 마고의 맏손자가 되시는 황궁 천인께서는 해가 뜨는 동녘에 자리를 잡으셨으니 이들 무리를 한때는 이夷라고 불렀고 또한 동호東胡라고도 했더라.

글은 중간에 끊어진 듯했다. 비단 세 폭에 적힌 글은 하나로 죽 이어지는 글이 아니었다. 아마도 글이 적힌 비단들 중에서 중간중간 세 폭만 빼내온 모양이었다. 말갈의 도적은 이 끔찍하고도 참혹한 비단을 어디서 났을꼬? 계집이 옮겨서 적은 다른 두 폭은 차마 그 내용을 입에 담을 수가 없으니 어찌 또한 이곳에 옮겨서 적을 수가 있겠는가? 해도 적어야 하는가…… 마땅히 적어서…… 아니다, 이 추잡하고도 요사스런 글은 결단코 적지 않겠노라!

글은 이러했다.

두 번째 비단이옵니다.

이로써 글자가 여러 무늬에서 나왔으니 해가 뜨는 동녘 땅은 도의 근본이었고 법의 근원이었다. 이후로 동녘 땅에는 갖추지 못한 것이 없었기에 화하의 족속이 두루두루 배워다가 따라했다. 보아라, 널리 어지신 호금모후의 치세가 이와 같았으니 또한 마고의 자손이 아니시더냐!
소록모후를 기리노라.
소록모후의 성은 화禾요 휘는 소록이니 호금모후의 손녀이시다.

소록모후께서는 동호와는 한 핏줄이고 흉노와는 한 뿌리이며 선비와는 한 무리였고 조선과는 한 가지였던 부여의 해해사라는 사내를 짝으로 맞아서 선우를 삼고 연지闕氏(황후)에 오르셨다. 세월이 흘러서 해해사선우를 따르던 애종이라는 놈이 해해사선우를 죽이고 반역을 꾀하자 소록모후께서는, 몸소 칼을 드시어 반역자 애종을 주살하시고 해해사선우의 동생 해우루를 선우의 자리에 세우셨다. 하옵고 소록모후께서는 해우루선우를 다시 짝으로 삼으시고 대를 이어서 연지의 자리에 오르시어 나라를 다스리셨으니 여인이 사내를 다스리는 일이 이로서 말미암았도다. 훗날 소록모후께서는 여인들에게 빠져서 지내던 해우루선우를 궁궐 한구석으로 물러나게 하시고 맏아들 해모수를 황제의 자리에 세우셨으니 이로서 흉노를 따르던 연지와 선우의 나라가 황후와 황제의 나라가 됐더라. 이로써 동녘의 모든 종자들이 태후에 오르신 소록모후께 앞을 다퉈서 부복했고 비로소 세상이 밝게 빛났도다. 보아라, 너른 마음과 도리로써 세상을 환히 밝히신 소록모후의 치세가 이와 같았으니 또한 마고의 자손이 아니시더냐!

세 번째 비단이옵니다.

마침내 잔인하고 무도하며 방탕으로 세상을 어지럽히던 모본제가 제 놈이 아끼고 사랑하던 두로의 손에 칼질을 당해서 죽었다. 보아라, 사내의 나라가 이리도 어리석고 참혹했도다!

이때 호화모후께서는 어지러워진 국본을 바로잡고자 오래전부터 짝으로 삼았던 재사황자를 황위에 세우셨다. 이로서 모본제를 이어서 신명선제가 즉위했다. 이듬해 호화모후께서는 신명선제에게는 온 나라를 순행하며 선仙을 돌보게 하시고 맏아들 어수를 태자로 삼아서 국기를 튼튼하게 하셨으며 당신께서는 몸소 나라를 다스리셨으니 비로소 세상이 아름다웠다.

호화모후께서는 신장은 팔 척이요 근수는 백삼십 근이셨으니 뭇 사내들을 휘어잡아서 꿇리고, 창과 칼을 들어서 우리나라를 넘보는 한나라 족속을 눈에 띄는 족족 짓이겨버리셨으니 그 휘자가 영원무궁토록 이어질지어다.

호화모후께서는 맏아들 어수가 나이가 들어서 마흔다섯이 되자 세상을 다스려보아라, 하시며 신명선제에게 양위를 명하시고 황제의 자리에 세우셨으니 비로소 어수가 태조황제가 됐더라. 이로써 호화모후께서는 태후에 오르시고 신하들의 우두머리에 우뚝 솟으시어 스스로 태보가 되셨다. 태보에 오르신 호화모후께서는 예, 악, 사, 기, 화, 산, 약, 도에 이르는 팔례八禮를 널리 펼치시고 채금사를 둬서 금金과 패貝를 주관하게 하셨으며 늙은 홀아비와 늙은 홀어미, 아비어미 없는 아이와 자식 없는 늙은이들을 두루 살피셨고 곡식을 기르고 누에를 치는 일에 앞장을 서셨으니 봉과 황이 서도에서 머물고 난과 작이 궁궐에서 노래를 했도다. 보아라, 용맹하시고 정한하신 호화모후의 치세가 이와 같았으니 또한 마고의 자손이 아니시더냐!

주진아, 네 이년!

이 추잡하고도 요사스런 글을 적은 이년의 혓바닥을 뽑아내고, 이년의 눈구멍을 도려내며, 이년의 손모가지는 짓이기고, 이년의 머리통은 산산이 깨부술 것이며, 이년의 몸뚱이는 서걱서걱 작두질을 해서 산과 들의 벌레들이 요기로 삼게 할 것이다!

계집이 옮겨서 적은 글을 내려놓자마자 나는, 불쑥 입에서 주태후의 이름이 튀어나왔다. 분명코 이 글은 주태후와 그 일당이 꾸미는 간계의 한 자락이었다. 면면한 고래의 내력을 모조리 모후들의 찬으로 가득 채우고 근본도 없는 마고의 자손이라고 추켜세운 이 글을, 주태후가 아니면 감히 누가 적을 수 있겠는가? 이마를 짚었다. 도대체 주태후는 무엇을 획책하고자 이 글을 적었다는 말인가? 어찌해서 이 글을 부여의 글자들로 적었다는 말인가? 무슨 까닭으로 이 글이 말갈의 도적들에게서 나왔다는 말인가? 긴 한숨이 몰려나왔다. 이 추잡하고도 요사스런 글을 곰곰 되짚었다.

전조 부여의 해모수제 이래로 성조이신 동명성제, 그 아드님이신 유류명제, 그 아드님이신 대주류제, 유류명제의 아드님이신 민중제, 대주류제의 아드님이신 모본제, 대주류제의 아드님이신 신명선제, 그 아드님이신 태조황제로 이어지는 존귀한 내력을 주태후는 황제들의 모후 곧 태후들의 세상으로 바꿔놓았다. 세 번째 비단에 태조황제의 모후이신 호화태후 시절의 일들이 적혀 있으니 마산궁 어딘가에 숨겨져 있을 마지막 비단에는, 금상의 모후인 주태후의 이름이 버젓이 적혀 있을 것이다. 이는 모반이다. 또한 이 추잡하고도 요사스런 글을 지금은 아무도 쓰지 않는 부여의 글자들로 적은 까닭은 모반의 뜻이 쉬 드러나지 않도록…… 아니다, 이는 우리나라의 존귀한 내력이 전조 부여에서 이어지므로 주태후 또한 제 년의 정통성을 드러내고자 부여의 글자들로 적은 것이 틀림없었다. 이는 모반이요 반역을 도모하는 증좌가 분명했다. 말갈의 도적은 도적이 아니었을 것이다. 척살된 말갈들에게서 나온 금으로 만든 빗과 수려한 구슬 한 꾸러미는 도적질의 증좌가 아니라 소임을 다하라고 받은 대가였을 것이다. 나는 억울하다, 억울해…… 옳아, 말갈의 우두머리가 자결하기 직전에 했다는 말이 이제야 아귀가 맞는구나! 말갈…… 주태후는 북녘의 짐승만도 못한 말갈의 족속을 끌어들여서 모반과 반역과 정변을 획책했을 것이다. 다시 이마를 짚었다. 말갈의 족속에게서 이 추잡하고 요사스런 비단들을 건네받기로 한 놈은 성안의 누구였을꼬? 한낱 조당의 신하는 아닐 것이다. 주태후가 황위에 세우고자 꾀하는 놈…… 주태후가 제 뱃속으로 낳은 사내는 금상…… 아, 현! 우황후와 우목공의 부친이신 우소공에게서 씨앗을 받은 현뿐이다! 하나 고국천제께서 황자의 칭호를 내린 현황자는 지금 책성의 태수로 나가 있지 않는가? 두 손으로 이마를 짚었다. 이 추잡하고도 요사스런 비단들을 건네받기로 한 놈은 성안의 누구였을꼬? 어찌해서 단지 세 폭뿐이었을꼬? 머릿속이 헝클어졌다. 이 추잡하고도 요사스런 글이 주태후의 소행이라는 사실만은 불을 보듯 훤한 일이었다. 현황자를 살펴야 한다. 또한 성안을 이 잡듯이 샅샅이 살피리라…… 아, 내일 날이 밝으면 주태후를 만나러 가야 하는구나!

사내의 웃음소리가 들렸다.

감히 청산당에서 어떤 놈이 웃음을 흘린다는 말인가? 웃음소리는 이내 멈췄다. 분명 후원에서 난 소리였다. 후원이 내다보이는 창가로 다가갔다. 얼핏 계집의 목소리도 들렸다. 노랑머리 계집이 다른 사내 놈과 말을 섞었다는 말인가? 벌컥, 창문을 열어젖히려다가 멈췄다. 귀를 기울였다. 더 이상 계집의 말소리도, 사내의 웃음소리도 들리지 않았다. 밀우…… 언뜻 밀우라는 생각이 들었다. 웃음을 흘린 사내는 밀우가 분명했다. 밀우가 계집과 말을 섞고 또한 웃었다는 말인가? 계집은, 노랑머리 계집은 내 계집이다! 얼굴이 화끈 달아올랐다. 빠끔히 창문을 열었다. 눈으로 봐야만 했다. 사방을 살폈다. 사방곳곳을 놓치지 않으려고 살피고 또 살폈다. 어둑어둑한 후원에는 아무도 없었다. 아니 아무것도 보이지 않았다. 또르르, 내미를 불렀다.

"밀우가 들었느냐?"

내미가 고개를 끄덕였다.

"계집은 어디에 있느냐?"

내미는 계집이 청산당 작은방에 있다고 했다.

"방금 전까지 후원에는 누구누구가 있었느냐?"

묻지 말 것을…… 도대체 무엇을 알려고 한다는 말인가? 아니다! 반드시 알아야 하는 일이다. 계집이, 노랑머리 내 계집이 비록 내 손 발일망정 밀우와 말을 섞고 함께 웃었다면 더구나 청산당에서…… 내 청산당 안에서 웃어젖혔다면…… 있을 수가 없는 일이었다. 설령 밀우라고 할지라도! 내미가 곰곰 생각하더니 검지 하나를 펴 보였다.

"혼자, 밀우 혼자 있었다는 말이냐?"

내미가 다시 고개를 끄덕였다.

내가 들은 것은 무엇인가? 주태후 때문에 온통 곤두섰더니 헛것을 들었다는 말인가? 또르르, 내미가 손짓을 하며 밀우가 오랫동안 기다렸다고 했다. 내미가 거짓을 고할 리 만무하니 헛것을 들은 것인가?

"내미야, 밀우가 후원에서 웃은 적이 있더냐?"

갸웃갸웃하던 내미가 옳다구나, 고개를 끄덕였다.

'후원에서 기다리던 밀우교위가 장미토를 보고 웃었습니다.'

아무렴 웃을 일이지! 후원에서 기르는 장미토…… 꼬리가 한 자나 기다란 토끼, 고놈을 볼 적마다 엉덩이를 실룩거리는 모양새에 나도 빙긋빙긋 웃었으니…… 얼핏 들은 계집의 목소리는…… 세상에, 이제는 하다하다가 별의별 계집의 헛것까지 다 듣는구나! 한데 내미는 어찌해서 밀우가 온 것을 고하지 않았더냐?

'새로 오신 분께서 말씀하시기를, 공께서 글방에서 나서시기 전에는 그 어떤 것도 고하지 말라고 하셨습니다.'

그랬구나…… 계집은 제가 옮겨서 적은 글이 무슨 글인지, 그 글을 읽고 내가 무슨 생각을 할 것인지 짐작했던 모양이었다. 내미가 석반을 어디서 들겠냐고 물었다.

"청산당…… 아니다, 내당에서 들어야겠다. 먼저 밀우를 들라고 일러라."

밀우가 글방으로 들었다.

"어제는 말갈을 쫓느라고 연통을 올리지 못했습니다."

"말갈의 흔적은 찾았느냐?"

"찾은 듯하옵니다."

"마산궁이더냐?"

"어, 어찌 아시옵니까?"

밀우가 어리벙벙한 얼굴로 바라봤다.

"어찌해서 말갈의 흔적이 마산궁에서 나왔는지 소상히 말하라."

금으로 만든 빗이 단서였다. 금으로 빗을 만들 수 있는 장색匠色은 황부에서 몇이 되지 않았다. 그들을 두루 살폈더니 그 빗은 한나라 땅 유주에서 건너와서 지금은 말촌에서 일가를 이루고 사는 거무리라는 장색이 만든 빗이었다. 거무리에 따르면 그 빗은 지난해 여름 우보 상제의 조의, 가불이 시켜서 만든 것이라고 했다. 가불은 그 빗이 마산궁으로 들어갈 빗이라며 수차례 채근하고 단속을 했다고 했다. 밀우가 알아낸 것은 여기까지였다. 이 추잡하고도 요사스런 비단들은 마산궁의 늙은 여우 주태후에게서 나온 물건이 분명했다. 모든 것이 주르르 한 줄로 꿰졌다.

"밀우야, 책성 태수가 환도성에 든 적이 있더냐?"

"책성 태수라고 하시면…… 현황자께서는 책성으로 떠나신 후로 한 번도 환도성에 드신 적이 없습니다."

밀우가 어찌 돌아가는 사정인지 궁금해했다. 나는 더 이상 입을 열지 않았다. 어찌해서…… 모르겠다. 더 이상 밀우에게 말하고 싶지 않았다. 더 깊이 더 깊숙하게 찔러서 살필 때까지 그 누구에게도 이 추잡하고도 요사스런 비단들을 말하지 않겠노라…… 세상에서 오로지 나와 계집만이 알고 있는 셈이구나!

"밀우는 책성에서 온 자가 성안을 드나든 적이 있는지 면밀히 살펴라. 성안에 말갈과 핏줄로 이어진 자가 있는지도 모조리 살펴라. 이 일은 지위의 높고 낮음이 없으니 아무리 사소한 일이라도 놓쳐서는 아니 된다."

밀우가 깊숙이 고개를 숙였다.

"하옵고, 내일 마산궁에 드시는 일은 어찌하오리까? 따르오리까?"

"아니다. 밀우는 주어진 일만 다하라. 앞으로 모든 일은 내 면전에서 입으로만 고하라."

밀우가 물러갔다.

내당에 들어서 임자와 석반을 들었다. 나는 계집의 일을 말하지 않았다. 임자는 내일 마산궁으로 떠나는 나를 염려했다. 나는 빙긋이 웃기만 했다. 임자가 수굿하니 입을 열었다.

"몸엣것이 비치기에 오늘은 청산당에 침소를 보라고 이르겠습니다."

임자가 몸엣것을 보는구나…… 아직도, 아직도…… 자식을 볼 수도 있다는 말인가? 방사가 걱정돼서, 나를 염려해서 그리 말하는 것인가? 까닭이 무엇이든…… 청산당에서 계집과, 노랑머리 내 계집과 한 이부자리에 들어야 하는가? 하마터면 배시시 웃을 뻔했다. 얼른 입을 가리고 헛기침을 했다. 수굿한 임자는 미소를 머금은 내 얼굴을 보지 못했다. 다행이었다. 이 무슨 난리라는 말인가? 속내를 들킬까 봐서 서둘러 자리에서 일어났다. 미안하오, 임자…… 내 곧 말을 하리다.

내당을 나서자 내미가 따르며 물었다.

'침소를 어찌 하오리까?'

나는 아무 말도 하지 않았다.

어디로 가야 하나? 괜스레 어슬렁거리는데 보곡이 다가와서 고개를 숙였다. 내미를 물리치자, 쭈뼛쭈뼛 머뭇거리던 보곡이 소맷부리에서 비단에 싸인 물건을 꺼내어 건넸다. 무엇이냐?

"여인들이 좋아하는 물건이라고 하더이다."

아, 계집에게 줄 만할 물건을 알아오라고 했더니 찾은 모양이었다. 비단을 풀고 봤더니 보옥으로 알록달록 꾸민 옥비녀였다. 오, 계집의 눈빛을 닮은 옥빛에 눈이 부셨다. 보곡 이놈이 꽉 막힌 줄로만 알았더니 제법이로구나!

비단에 싸인 옥비녀를 허리춤에 넣고 청산당으로 향했다. 글방이 불을 밝히고 있었다. 무엇을 하고 있을꼬? 석반은 들었을꼬? 찬은 입에 맞았을꼬? 어디 물을 것이 밥 먹었냐는 소리뿐일꼬? 피식피식 터지는 웃음을 애써 참으며 나는 부나비처럼 날아서 글방으로 들었다. 참으로 이 무슨 꼴인가?

계집은 나만이 앉을 수 있는 옥안을 마치 제 것인 양 차지하고 있었다. 무엇을 하는고? 계집은 내가 들어온 줄도 모르고 그림을 그리고 있었다. 살금살금 계집의 뒤편으로 다가가서 조심조심 숨을 참으며 요리조리 계집이 그리는 그림을 살폈다. 후원 바위틈에서, 청산당 마당 한 귀퉁이에서 눈 속을 뚫고 피어나던 엄지손톱만 한 노란 꽃들이었다. 하늘하늘 제 생김만큼이나 곱고도 어여쁜 계집의 붓놀림은 마치 노란 꽃들을 싹둑 베어내다가 하얀 지 위에다 다붓다붓 펼쳐놓는 듯했다. 이제 노란 꽃물만 들인다면 영락없이 노랑머리 내 계집을 닮은 노란 꽃이었다. 계집은 제 닮은 꽃을 그리고 있었다.

"그 꽃은 이름이 무엇이냐?"

계집이 토끼눈을 하고는 일어섰다.

"이름을 모르옵니다."

이름을 모르옵니다. 그 말이 살처럼 날아와서 가슴팍에 박혔다. 나도 네 이름을 모른단다…… 속내를 들킬까봐서 얼른 헛기침을 하고는 계집의 안색을 살폈다. 계집의 커다란 눈자위에 눈물이 고여 있었다.

"어찌해서 눈물이 고였느냐?"

"공께서, 내일 아침녘에 멀리 떠나신다고 들었습니다. 아직 처소를 찾지 못한 소첩은 몇날 며칠을 쓸쓸한 청산당에서 홀로 지내야만 할 테니 혹여 벽부인께서 제 몰골을 보시기라도 한다면 소첩은 그길로 내쳐질 것이오, 어미없는 이 몸은 늙은 아비를 찾아가 엎드려서 눈물 바람을 하다가는 한기에 병이 들고 울화에 치밀어서 자리에 누울 것이니, 세상을 떠난 어미가 보고파서 엄마, 엄마 부르다가 꿈속에라도 어미가 나타나서 이리 오너라 아가야, 아가야 이리 오너라 손짓이라도 한다면 소첩은 엄마, 엄마…… 어미를 따라나설 것이니, 가여운 이 신세가 하도 서럽고 슬퍼서 저절로 눈물이 흐르나이다."

아, 요물이고 요물이며 또한 요물이로다!

우지 마라, 우지 마라. 내, 어린 너를 홀로 두고 어디를 가겠느냐? 내, 어찌 어여쁜 너를 애를 태우며 속을 졸이며 주인 없는 청산당에서 홀로 지내게야 하겠느냐? 우지마라, 우지 마라…… 나도 모르게 계집을 품에 안고서 토닥거렸다. 계집은 내 품에 조그맣게 안겨서 훌쩍거렸다. 몽클한 계집의 젖가슴이 내 가슴팍에서 콩닥거렸다. 나는 내일 아침에 계집과 더불어 떠나기로 약조를 했다, 하고 말았다, 할 수밖에 없었다. 미쳤구나, 미쳤어! 하늘에 해를 두고 말한다. 이 세상에서 가장 힘이 센 놈은 계집이, 어린 계집이, 어여쁜 어린 계집이 주르르 흘리는 눈물뿐이니 그 눈물은 사내를 녹이고 바위를 꿰뚫고 땅을 가르고 하늘을 무너뜨리며 마침내 온 세상을 암흑으로 만들어버렸다. 나는, 늙으나 늙은 나는 어리나 어린 계집을 품에 안고서, 품안에 품고서 멍텅구리가 돼버렸다.

"하오면 이리 하면 될 것이옵니다. 벽부인은 공께서 나서시는 길을 배웅하실 테니 소첩은 길을 따라 나서는 사내종 계집종들 틈에 끼여서 숨을 것이옵니다. 머리에는 건을 써서 노랑머리를 꼭꼭 감추고 두 손은 요렇게 모아서 고개를 푹 숙이면 되지 않겠사옵니까? 아직은 벽부인께 들키면 아니 될 일이오니! 하시온대 공께서는 내일 아침녘에 어디를 멀리 가시는 것이옵니까?"

하하하, 어디를 가는 줄도 모르고 쫄레쫄레 따라나서겠다고 이리도 요사를 부려대다니 분명코 요물이 분명하도다. 나는 세세한 사정은 그만두고 마산궁의 주태후가 미령하다기에 황제폐하의 명을 따라서 살피러 간다고만 말했다. 계집이 내 소맷부리를 잡고서 눈을 동그랗게 뜨고 말했다.

"소첩을 데리고 마산궁에 드시면 분명 소용에 닿으실 것이옵니다."
"무슨 소리냐?"
"도인법導引法을 아옵니다."
"하하하, 도인법은 또 무엇이더냐?"
"팔다리를 움직여서 기를 바로 돌게 하는 굴신, 맑은 기운은 마시고 탁한 기운은 내뱉어서 기를 오래도록 머물게 하는 호흡, 몸뚱이를 두드리고 눌러서 막힌 기를 통하게 하는 마사가 그것이옵니다. 미령하신 태후폐하께 도인법을 알려드린다면 여러모로 보탬이 되실 것이옵니다."

도대체 너는 누구더냐?

"누구에게 배웠느냐?"

"제 어미에게 배웠습니다."

"네 어미는 도대체 누구이더냐?"

"제게는 벗이요 스승이며 세상에 저를 낳으신 어미였사옵니다."

계집의 눈자위가 촉촉해졌다.

"그리우냐?"

"그립다고 다 볼 수 있고 볼 수 있다고 모두 만질 수 있겠나이까? 항상 제 마음속에 더불어 계시리라고 소첩은 믿어 의심하지 않사옵니다."

계집은 한동안 말이 없었다. 나는 계집의 노르스름한 머리터럭을 매만졌다.

"네 생각이 장하구나. 네 어미는 항상 너와 더불어 계실 것이다."

계집이 내 소맷부리를 잡았다.

"가시어요. 침소에 드시면 도인법을 보여드리겠나이다. 공께서 먼저 하셔야지요. 분명코 효험을 보시고 무병장수하실 것이옵니다. 가시어요, 어서요!"

맙소사, 이제는 계집이 먼저 침소에 들자고 소맷부리를 잡아끌었다.

"아니다. 글방에서 할 일이 있구나. 먼저 가 있어라. 곧 가마!"

나는, 나는 아직, 나는 아직 준비가 되지 않았느니라.

"하오면 소첩이 이부자리를 펼칠 것이니 어서 오시어요, 어서요!"

계집이 훨훨 날아서 글방을 나갔다.

피식, 헛웃음이 터졌다. 글방에서 내가 할 일이 무엇이란 말인가? 사내와 계집이 함께 이부자리에 드는데 준비는 무슨 준비가 필요하다는 말인가? 그냥 쭐레쭐레 못 이기는 척 따라나설 것을! 이놈의 입이 방정이었다. 사내가 뱉은 말이 있으니 글방에서 뱅뱅 맴이라도 돌아야 할 일이었다.

얼마나 지났을까? 계집이 훨훨 날아간 지 한 시진쯤 흘렀으리라. 한동안 글방을 맴돌다가 오늘 있었던 일들을 적었다. 하고 또 이러고 있다. 이제 가봐야겠다. 계집이 무병장수하는 도인법을 보여준다고 했으니 가서, 살펴서, 꼼꼼히 봐야겠구나…… 오, 옥비녀! 옥비녀를 슬쩍 건네면 계집이 어떤 표정을 지을꼬? 직접 꽂아주면…… 아무렴, 그래야겠구나!

허, 참…… 참으로 허무맹랑하도다!

가자고 할 적에 맥없이 따라나설 것을, 소맷부리를 잡아끌 적에 못 이기는 척 끌려 나갈 것을…… 큰방에 늘었더니 계집은 하얗게 삼들어 있었다. 방 안 한가득 이부자리를 펼쳐놓고 기다리다가 지쳐서 잠이 든 모양이었다. 깨울까 말까, 말까 깨울까 한동안 계집을 노려보고 쳐다보고 눈만 부라리다가 비단으로 싼 옥비녀를 머리맡에 두고는 방문을 나서고 말았다. 또한 글방에서 이리 끼적이니…… 어디 날이 오늘뿐이더냐!

묘…… 계집이 어리니 참으로, 묘하구나!

계집이 그려놓은 이름도 모르는 꽃 그림 위에 묘자 한 자를 적었다. 묘, 묘, 참으로 묘한 계집이로다! 오, 아침에 눈을 뜨면 계집은 머리맡에 놓인 옥비녀를 보고 어떤 표정을 지을꼬? 이나저나 묘하고도 묘한 계집의 이름은 정녕 무엇일꼬?

멀리서 첫닭이 운다.

망할 것 같으니라고, 벌써 새벽을 몰고 오면 어쩌자는 것이냐! 이제 보니 저놈이 충직한 밀우가 아니라 꽉 막힌 보곡이었구나! 아니다. 꽉 막힌 보곡도 제법이거늘 저놈의 닭은 누굴 닮았다는 말인가?

이제 주태후를 만나러 가야 한다. 이 일이 또한 큰일이로다!

마산궁

산상대제 25년 1월 20일, 서기 221년 3월 1일

금상 이십오년 춘정월 신묘일 성문교위 밀우의 사랑에서 쓴다.

아침부터 꾸물거리더니 마침내 눈보라를 몰고 왔다.

사슴처럼 곱던 눈매가 삵처럼 쫙 찢어졌더라.

마산궁으로 떠나는 일행은 단출했다.

새벽녘 미명에 보곡이 청산당 조의 용구, 용우와 함께 먼저 출발했다. 조당에서 보내온 물품들을 가득 실은 수레 셋과 청산당 일행의 먹을거리를 실은 수레 하나가 그 뒤를 따르고 몸이 잽싼 사내종 열다섯에 계집종 넷이 수레들을 호종했다. 종들 사이에 옥비녀를 꽂았을 노랑머리 내 계집이 있었을지나 나는 보지 않았다.

나는 조반을 들고 날이 밝은 뒤에 임자의 배웅을 받으며 말을 타

고 청산당을 나섰다. 청산당 조의 초주, 진기, 조수우, 강우리, 강치리가 앞뒤로 나를 호위했다. 한 시진을 넘게 달려서 당도한 와산 고물촌에서 먼저 출발했던 보곡의 일행을 만났다. 고물촌에서 요기를 하고 말들에게 물과 꼴을 먹일 요량이었다. 고물촌장 복리가 직접 나서서 말들을 먹이고 일행을 살폈다. 갸륵한 복리에게 후한 상을 내리도록 보곡에게 일렀다. 마산궁은 고물촌에서 한 마장 거리에 있으니 말을 달리지 않아도 한 시진이면 당도할 거리였다. 초주와 진기를 마산궁으로 먼저 보내어 우리 일행이 들 것임을 알렸다.

계집은 어디에 있을꼬? 고물촌에 도착하자마자 계집부터 찾았다. 계집종들 사이에 있을 텐데…… 소오미, 주고리, 미종, 방추…… 보이지를 않았다. 보곡이 다가오더니 화톳불 쪽을 바라봤다. 자그마한 보퉁이를 멘 계집이 화톳불 앞에 앉아 있었다. 옥비녀를 꽂은 모습을 기대했으나 계집은 계집종 차림을 하고 있었다. 슬쩍 눈이 마주친 계집이 환한 미소를 지으며 손을 까닥거렸다. 하마터면 나도 모르게 손을 까닥거릴 뻔했다. 보곡이 곁에 있었기에 얼른 눈길을 거뒀다. 계집을 보살피라고 보곡에게 당부했다.

길을 나섰다. 고물촌의 아이들과 뭇사람이 장대기에 알록달록한 천들을 매달아 들고 왁자지껄하니 일행을 따라나섰다. 가슴을 쫙 펴고 허리를 꼿꼿이 세우고 고개를 치켜들었다. 흔들리는 말머리에 맞춰서 양 다리에 힘도 줬다. 계집이 보고 있으리라. 바로 뒤에서 늠름한 내 모습을 보고 있을 테니 배시시 입가에 미소가 번졌다. 하……

주태후를 어찌 만날꼬? 생각한다고 방도가 생길 일이 아니니 그저 닥치는 대로 닥쳐서 대하리라. 주태후의 속내를 속속들이 파헤쳐서 볼 수만 있다면 얼마나 좋을꼬?

 마산궁 문이 열렸다. 나는 일행을 이끌고 마당으로 들었다. 마당에
는 조의들과 종들이 서열대로 시립해 있었다. 조의가 백에 사내종과
계집종을 합해서 얼추 이백이었으니 눈 안에 들어오지 않는 자들까
지 합한다면 마산궁의 무리는 사오백이 족히 넘을 듯싶었다. 주태후
는 여기서 도대체 무엇을 획책한다는 말인가?
 "소인 마산궁 선인 소슬, 좌보공을 뵈옵니다."
 소슬은 계집이었다.
 "먼 길에 무탈하셨는지요?"
 소슬은 사내처럼 건장했으며 용모가 곱고 여간 미색이 아니었다.
 "태후는 어디에 있느냐?"
 나는 태후부터 찾았다.
 "태후폐하께옵서는 오수 중이시오니 오운전五雲殿으로 먼저 드시
지요."
 황제폐하의 명을 받든 삼보가 들었다는데 낮잠을 자다니 아니, 제
뱃속으로 낳은 아들이 문안을 여쭈러 사람을 보냈다는데 훤한 대낮
에 널브러져 잠이나 처자고 있다니…… 주태후는 천하의 몹쓸 년이
분명했다. 나는 긴 한숨을 몰아쉬고 주태후가 거처한다는 오운전으
로 향했다. 힐끗 고개를 들어서 노랑머리 내 계집을 살폈다. 시립한
내 무리 속에서 껑충한 계집은 쉬 눈에 띄었다. 계집이 눈을 맞추며
활짝 웃었다. 나는 보일 듯 말 듯 고개를 끄덕이고 소슬을 따라나섰
다. 이제 보니 마당에 짐을 푼 내 일행이 마산궁의 무리에게 겹겹이

에워싸여 옴짝달싹 못하는 형국이었다. 나는 걸음을 멈추고 보곡에
게 말했다.

"보곡아, 날이 궂으니 막幕을 지어라."

말이 떨어지기가 무섭게 보곡이 사방을 살폈다. 막을 지어라. 만약
을 대비해서 진영을 갖추라는 뜻이었다. 방원진을 치겠나이다. 보곡
의 눈빛이 그리 말했다. 옳다, 우리는 겨우 서른 남짓이니 방어를 우
선하고 돌파를 도모하라! 계집을, 노랑머리 내 계집을 보살펴라! 만약
을 대비하는 것은 언제나 옳은 일이다. 보곡이 깊숙이 고개를 숙였다.

오운전…… 사방으로 청룡, 백호, 주작, 현무를 온갖 보옥으로 꾸
며서 붙이고 방 안 한가운데는 황금실로 짠 포를 감싼 평상이 덜렁
자리한 오운전은 주태후의 사치와 방탕을 한눈에 보여주고도 남을
만큼 휘황찬란했다. 이 순간 돌이켜보건대 예사롭지 않은 오운전의
꾸밈이 의미하는 바를 그때는, 몰랐다. 나는 텅 빈 평상을 바라본 채
한동안 오운전에 홀로 앉아 있었다. 태후폐하 납시오…… 주태후가
좌우로 나인 여덟씩을 줄줄이 거느리고 들어왔다.

"좌보공께서는 예를 갖추소서."

소슬이 다가와서 말했다. 나는 일어나지 않았다. 주태후가 잠시 내
곁에 머무는가 싶더니 평상으로 올라가 앉았다. 상제 이놈, 네놈이
저년을 미령하다고 했더냐? 금은보옥으로 치렁치렁 치장을 하고 온
갖 향내를 솔솔 풍기며 움직일 적마다 구슬 소리 방울 소리를 울려대
는 저년이 어찌 아프고 불편한 년이더냐? 나는 주태후를 빤히 바라
봤다. 주태후를 언제 마지막으로 봤던가? 금상께옵서 즉위하시던 해

동짓달 나는, 주태후가 차려놓은 잔칫상에서 어육이 된 채 질질 끌려 나왔다. 그날 가까이 보고 이제야 비로소 마주하니 어느덧 스물다섯 해가 지났도다. 얼굴은 허옇게, 눈썹은 까맣게, 입술은 벌겋게 칠했을 망정 저년도 이제는 늙었구나! 불안한 것이야, 계집의 화장이 두꺼워지는 것은 늙고 불안한 징표일 테니…… 주태후와 눈이 마주쳤다. 보일 듯 말 듯 주태후의 입가에 미소가 번졌다. 후, 긴 한숨이 몰려나왔다. 황제폐하의 명을 따라서 늙은 여우 굴에 들었으니 마뜩하지 않으나 예는 갖춰야 할 듯싶었다. 나는 앉은 채로 입을 열었다.

"황제폐하의 선명을 받들어 좌보 목등, 태후를 뵈옵니다."

"파사삭 늙었네! 노린내가 진동할 줄 알았더니 향내는 좋네!"

방자한 년! 제아무리 태후라고 할지라도 황명을 받든 한 나라의 삼보에게, 나보다도 네 살이나 어린 계집년이 함부로 이름을 입에 올리며 혓바닥을 반 토막만 놀려대다니…… 할 말은 해야만 했다.

"황제폐하께옵서 태후의 옥체를 살피라고 이르셨습니다."

"제 놈은 팔다리가 없어서 못 오는 모양이지?"

네 이년, 그 입 다물지 못할까?

"국상 고우루공께서 온갖 약재를 보내셨습니다."

"쓰잘머리 없는 늙은이가 오래도 살지, 두억시니는 무엇을 할꼬?"

내, 네년의 반 토막 혓바닥을 쭉 뽑아낼 것이다!

"태보 우목공께서 산해진미를 보내셨습니다."

"멍청하지, 황제를 둘씩이나 품고 사는 제 동생 년은 쓸 만한데 말이야!"

황제폐하께서는 어찌 제게 이런 시련을 내리셨나이까?

"우보 상제공이 비단을 보냈습니다."

"그 종자는 말똥이나 치우면 딱 좋은 물건인데, 어미아비를 잘 둔거지!"

나는 고개를 숙였다. 한 마디만 더, 찢어진 목소리를 들었다가는 당장 평상으로 뛰어올라가 저년의 모가지를 비틀어서 뽑아버릴 것만 같았다.

"목등……"

주태후가 나를 불렀다.

"목공, 고개를 드시지요."

드시지요? 뭐 하자는 속셈이냐? 갖은 시비를 걸어대며 갈가리 찢어졌던 주태후의 목소리가 사뭇 다정하게 들렸다. 날름 고개를 들 수는 없었다. 저년은 나를 모욕했다. 황제폐하를 욕보이고 이 나라의 삼보를 하찮게 여겼다. 제 년이 아무리 황제폐하의 어미라고 할지라도…… 저년이 획책하는 음모, 그 음모를 알아내야 하니…… 나는 그만, 고개를 들었다. 주태후가 배시시 웃었다.

"목공은 무엇을 가지고 오셨습니까?"

무엇을 가지고 왔느냐? 내가 무엇을 가지고 왔던가? 순간 머릿속이 하였다.

"좌보공은 소인을 데리고 오셨습니다."

계집이었다.

노랑머리 내 계집이 제 눈빛 모양으로 눈부신 옥비녀를 꽂고 하늘하늘 비단옷으로 갈아입고서 오운전으로 들어왔다. 곱도다…… 보곡 이놈은 도대체 무엇을 하건대 노랑머리 내 계집을 이곳까지 들게 한다는 말인가?

"보곡을 나무라지 마옵소서. 소첩이 들겠노라고 했습니다."

계집이 곁으로 다가와서 말했다. 계집은 내 속내를 읽은 모양이었다.

"박색이로다! 목공은 못난 그년을 어디에다 쓰라고 데려오신 것이오?"

계집이 힐끗 나를 보더니 고개를 숙인 채 주태후에게 말했다.

"소인은 도인법을 익혔나이다. 좌보공은 태후폐하께서 기체 미령하시다는 비보를 접하시고 소인으로 하여금 도인법으로 태후폐하를 받들라고 이르셨습니다."

참으로 맹랑하고 방자하고 요망한 계집이로다! 얼른 주태후를 살폈다. 호호호, 주태후가 오운전이 떠나갈 듯 박수를 하며 웃었다.

"진정 목공이 나를 그리 염려하셨다는 말입니까?"

아니다. 하나 그렇다고 하는데 굳이 아니라고 말할 필요가 있겠는가? 주태후가 노랑머리 내 계집을 아래위로 살피며 물었다.

"네년이 익혔다는 도인법이 무엇이더냐?"

"옛날 옛적 세상을 다스리시던 음강씨께서 창안하신 무병장수에 이르는 법이옵니다. 음강씨께서는, 강둑이 무너져서 거꾸로 흐르는 강물을 마신 사람들이 병이 난 것을 보시고는 사람의 몸도 강물과 같아서 순리대로 흐르도록 하라고 가르치셨습니다. 그 방법을 도인법이라고 하는데 작게는 굴신과 호흡, 마사 세 가지로 이뤄져 있사옵니다. 굴신과 호흡은 소인을 따라서 태후폐하께서 직접 행하사옵고 마사는 소인이 직접 태후폐하께 행하는 법이옵니다. 이 세 가지 법을 행하신다면 태후폐하께서는 무병하시고 장수하실 것이옵니다."

나도, 주태후도 물끄러미 노랑머리 내 계집을 바라만 봤다.

"도인법을 창안한 음강씨가 어떤 분인지 아느냐?"

주태후가 오른 무릎을 세우고 턱을 고이더니 물었다.

"태초에 마고라는 분께서 세상을 만드시고 북녘 하늘에 오르시어 칠성이 되셨으니 아름다울지나 어리석은 세상은 곧 혼란에 빠지고 말았습니다. 이때 마고의 맏손자가 되시는 황궁 천인께서 무리를 이끄시고 해가 뜨는 동녘에 자리를 하셨으니 그곳이 세상의 근본이 되었나이다. 그후로 풍씨 성을 지닌 복희라는 분께서 여와와 더불어 세상을 다스리셨으니 두 분께서는 남매이며 또한 부부의 연으로 맺어진 사이였사옵니다. 복희와 여와 두 분의 뒤를 이어서 공공, 태정, 백황, 중앙, 역륙, 여련, 혁서, 존로, 혼돈, 호영, 주양과 갈천을 거쳐서 도인법을 창안하신 음강에 이르고 뒤를 이어서 무회까지 풍씨 성 열다섯 대가 이어졌나이다. 하옵고 염제신농이 풍씨 이후의 세상을 다스리고 황제헌원에 이르러 소호금천, 전욱고양, 제곡고신, 제요도당, 제순유우로 이어지니 이는 곧 우리나라의 내력이라고 할 것입니다. 하오니 도인법을 창안하신 음강씨께서는 아득하오나 틀림없는 우리나라의 조상이라고 불러야 마땅하옵니다."

아, 도대체 너는 누구이더냐?

자그마한 노랑머리 속에는 도대체 무엇이 그리도 한가득이더냐? 노랑머리 내 계집의 입에서 나온 말들은, 서한의 사마천이라는 자가 쓴 『사기』의 삼황오제와 예부터 뭇사람이 춤추고 어우러질 때 부르는 노랫가락을 한데로 뭉뚱그린 이야기였다. 비록 그 이름은 조금씩 달랐지만 사마천은 삼황오제를 모조리 한나라 족속의 조상이라고 받들었으나 노랑머리 내 계집은 삼황오제를 우리나라의 조상이라고 말하고 있었다. 나는 무엇이 옳은지 그른지 알지 못했다. 분명한 것은, 노랑머리 내 계집은 내가 알고 익힌 것보다도 훨씬 더 많은 것들을 알고 익혔다는 사실이었다. 이 계집은, 노랑머리 내 계집은 무엇이라는 말이냐? 아, 이름이…… 이름이 무엇이었더라!

"노랑머리 네년도 음강씨를 조상으로 둔 것이냐?"

주태후가 배시시 웃으며 물었다.

"소인의 아비는 이 나라의 태보인 목자를 쓰는 분이고, 소인의 어미는 서역 땅 대완에서 온 엄수추리라는 분이었으니 비록 피가 섞여서 반쪽이오나 소인 또한 음강씨로부터 이어지는 한 가지임에는 틀림이 없사옵니다."

"엄수추리의 딸이라…… 옳지, 옳구나, 노랑머리 네년이 영락없구나! 아무렴, 어미가 이 땅에 사는 사내의 씨앗을 받았으니 틀림없는 한 가지로다! 소슬아, 보아라! 어떤 씨앗이라도 품어서 사람을 만들어내는 이가 바로 어미란다. 엄수추리의 딸아, 아느냐? 내가 네 어미 엄수추리와 네 아비 우목을 짝지었느니라. 엄수추리의 딸을 보게 되다니 필시 인연은 인연이로다…… 네년은 이름이 무엇이더냐?"

말하지 말라! 내 입으로 물어서 내 귀로 들어야 하는 이름이다. 결단코 주태후의 입을 빌려서 듣고 싶지는 않았다. 나는 버럭 소리를 질렀다.

"당장 그 입을 다물라!"

놀란 계집이 수긋했다. 주태후가 물끄러미 나를 바라봤다.

"이 계집은 제 첩실입니다. 어린 첩실이 철이 없어서 길을 따라나서더니 이제는 물정을 모르고 오운전에 들어서 함부로 입을 놀렸으니 태후는 저를 보시어 너그러이 살펴주십시오. 하옵고 제가 가져온 것은 이것이옵니다."

나는 품속에 품고 있던 둘둘 말린 비단 세 폭을 꺼내어 보였다.

"그렇습니까? 목공은 평생 상비만을 부인으로 삼아서 고고하게 사시는 줄로 알았더니 첩실을 들이셨습니까? 하면 상비에게도 젊은 사내를 들이어주셨습니까? 호호호…… 뭘 그리 놀라십니까? 소슬아, 아니 하신 모양이다. 쯧쯧, 사내가 계집을 들였으면 부인에게도 사내를 들이어주는 것이 예부터 내려오는 본이거늘 어쩌다가 이 나라의 좌보조차 저 모양이 됐을꼬? 이것이 다 너절한 한나라 놈들한테 배워온 못된 사내들의 처신이 아니더냐? 머지않아서 내, 못된 사내들을 모조리 벌할 것이니라!"

네 이년, 네년이 무엇이건대 벌을 운운하느냐!

입에서 불쑥 시퍼런 칼날이 튀어나올 뻔했다. 찢어진 입일망정 주태후의 말은 옳았다. 지난 세월 한나라 족속과 겨루고 다투는 동안 싫다, 싫다 하면서도 한나라 족속의 문물들이 이곳저곳을 파고들었고, 때로는 한나라 족속이 떼를 지어서 들어와 방방곡곡 터를 잡았으니 그들의 풍속이 널리 퍼져서 예부터 내려오는 우리나라의 본들이 사라지고 무뎌진 것은 분명한 사실이었다. 해도 주태후 네년이 무엇이라고 바뀌고 달라지는 세상을 벌한다는 말이냐? 사내들을 모조리 벌하겠다고? 아니다. 아무렴, 저년의 흰소리에 말을 섞을 일이 아닐지니 나는 그저 입술을 앙다물고 이마만 짚었다.

"호호호, 목공도 어쩔 수 없는 사내인 것을, 늙었다고 어찌 사내가 아니겠습니까? 계집이 너무 어립니다. 지나친 방사에 몸조심하셔야지요. 아니 그렇습니까? 아무튼 박색일지라도 목공이 첩실 하나는 제대로 고르셨습니다!"

실실 웃음을 흘리던 주태후가 소슬을 바라보자 소슬이 내게로 다가왔다. 소슬은 비단을 보더니 멈칫했다. 소슬의 눈동자가 흔들렸다. 분명코 마산궁 선인 소슬은 비단의 정체를 알고 있었다. 소슬이 비단을 건네받아서 주태후에게 바쳤다. 주태후가 비단을 펼쳐들고 한 폭씩 살폈다.

"소슬아, 이것은 말갈이 훔쳐간 「모후경母后鏡」이 아니더냐?"

"예, 그러하옵니다."

소슬이 힐끗 나를 바라보며 말했다.

뭐라? 말갈이 훔쳐갔다? 주태후가 말갈에게 전하라고 시킨 것이 아니고? 「모후경」…… 주태후가 획책하는 세상을 적어놓은 비단이 「모후경」이었구나! 그래, 그 「모후경」이 말하고자 하는 바를 주태후의 찢어진 입으로 반드시 들으리라!

"닷새 전 병야에 말갈의 도적 다섯이 오운전에 들어서 「모후경」이 적힌 비단들과 금은보옥을 훔쳤습니다. 도적 다섯 중에서 둘은 마산궁 조의들에게 사로잡혔고 우두머리를 비롯한 셋은 훔친 물건들 중에서 비단 세 폭과 금으로 만든 빗과 구슬 한 꾸러미만 겨우 챙겨서 말을 타고 달아났습니다. 사로잡힌 말갈의 도적들이 토설하기를, 놈들은 우림교위 우어지에게서 마산궁을 살피고 글이 적힌 것들을 훔쳐오라는 명을 받았다고 했습니다. 하오니…… 좌보공께서는 우림교위 우어지에게 전해졌을 「모후경」 세 폭이 어찌해서 좌보공의 손에 들어갔는지 소상히 밝혀주십시오."

소슬이 빤히 바라보면서 물었다.

"네 이년, 네년이 이 나라의 좌보인 나를 문초하는 것이냐?"

소슬을 뚫어져라 노려보던 나는 그 눈길을 주태후에게 옮겼다.

"소슬이 어리석어서 함부로 입을 놀렸으니 너그러이 살펴주세요."

주태후가 손가락으로 평상을 톡톡 두드리며 말했다.

"한 번씩 살핀 셈이니, 「모후경」 세 폭을 어디서 구했는지 말씀하시지요."

일이 이상하게 돌아가고 있었다.

두 년이 내뱉은 말들은 밀우에게 척살당한 말갈들이 주태후의 수하가 아니라 도적이라는 소리가 아닌가? 아니다, 도적이 아니라 우림교위 우어지의 끄나풀이라는 말이었다. 우어지⋯⋯ 우어지는 우목공의 막내아드님이니 노랑머리 내 계집의 오라비가 아닌가? 우어지가 그동안 마산궁을 살피고 있었다는 말인가? 우목공은 이 사실을 아시는가? 다시 찬찬히 짚었다.

황제폐하를 보위하는 우림은 주병대가 상원이 관할한다. 상원은 주태후의 끄나풀 노릇을 하는 상제의 조카이니 상원이 마산궁을 살필 까닭이 없다. 또한 주병대가는 좌보인 내가 관할하지 않는가? 우림교위 우어지는 누구의 명을 받고 마산궁을 살폈던 것인가? 우목공? 우목공은 나와 모든 일을 상의하시니⋯⋯ 금상, 금상이시구나! 마산궁에서 달아난 말갈 셋은 우림교위 우어지에게 「모후경」 비단 세 폭을 전하려고 성벽을 타넘다가 이 사실을 모르는 밀우에게 척살을 당한 것이다. 말갈과 우어지는 금상의 밀명을 받은 이들이었으니…… 금상께옵서는 주태후가 꾸미는 음모의 언저리를 줄곧 살피셨다는 뜻이로구나!

'비록 짐이 못난 아들이기는 하나 곧 방책을 낼 테니 그만들 물러가라.'

사흘 전 상참에서 상제가 주태후의 소식을 전하며 눈물바람을 할 때 금상께옵서 하신 말씀이 까닭이 있었구나! 「모후경」을 도적맞은 주태후는 상제를 시켜서 미령하다는 구실로 금상을 살폈던 것이다. 하면 주태후가 미령하지 않다는 사실을 아시는 금상께옵서는 무슨 까닭으로 내게 주태후를 문안하라고 하신 것인가? 혹여 금상께옵서 말갈이 훔친 비단이 내게 있다는 사실을 아신 것인가? 아니다. 이는 오직 나와 밀우, 노랑머리 내 계집만이 아는 일이다. 더구나 비단에 적힌 글을 읽은 이는 나와 노랑머리 내 계집뿐이다. 또한 이 모든 것들의 아귀를 맞춘 이는 오직 나뿐이다. 온몸이 부르르 떨렸다.

"소슬아, 목공이 사로잡힌 말갈들을 두 눈으로 보셔야 할 모양이다."

주태후가 양 무릎을 짚으며 곧추앉았다.

금상께옵서는 어찌해서 내게 주태후를 만나라고 하셨을꼬? 그 까닭이 무엇이든지 나는 금상께옵서 주태후를 살폈다는 사실만은 결단코 드러나게 해서는 아니 된다. 나는, 분명코 금상을 지켜야 한다.

"짐승보다 못한 말갈들을 향내 나는 오운전에 들일 필요가 있겠습니까?"

"그렇지요? 나를 살피신 까닭이나 말씀해주시지요."

"그 답은 「모후경」이라고 불리는 글 속에 이미 다 있지 않습니까?"

"그래요? 「모후경」을 어찌 보셨습니까? 목공이 뭘 보셨는지 궁금

합니다."

"그 글은 추잡하고 요사스런 글입니다. 흉악하고 무도하며 패악스런 「모후경」은 동명성제 이래로 이어져온 우리나라의 근본을 한낱 여인네들의 나라로 속이고 꾸며서 모반과 반역과 정변을 획책하려는 간악한 무리의 증좌이더이다. 태후, 나는 태후의 흉중에 모반과 반역과 정변의 뜻이 숨겨져 있음을 일찍이 봤습니다. 해서 우림교위 우어지에게 시켜서 마산궁을 살피라고 했습니다…… 태후, 내가 그 추잡하고 요사스런 「모후경」 쪼가리를 세상에 드러내지 않고 태후에게 다시 들고 온 까닭은 천륜 사이에 피비린내가 나서는 아니 되기 때문입니다. 만약 그런 일이 생긴다면 우리가 갈가리 찢어진 한나라 족속과 다들 바가 무엇이겠습니까? 바라건대, 간절히 바라옵건대 태후는 쉬십시오. 황궁의 일은 황궁에 두시고 이제 편히 쉬셔야 할 것입니다."

주태후의 미간이 일그러졌다. 소슬이 두 팔을 한데 모았다. 소슬의 토시 속에는 비수가 숨겨져 있을 테니 그 비수는 내 목울대를 향해서 날아오리라. 소슬이 주태후의 명을 기다렸다. 나는 얼른 소맷부리에 손을 넣었다. 손 안에 비표飛鏢가 잡혔다. 만약을 대비해서 온몸 곳곳에 숨겨온 비표 한 벌, 아홉 중 한 자루였다. 나는 날아가는 새도 잡아내느니, 누구의 손이 더 빠른가 한번 보자꾸나! 노랑머리 내 계집이 물정 모르고 나와 소슬 사이에 서 있었다. 난감했다. 만약 비표와 비수가 서로 날아간다면 노랑머리 내 계집의 몸뚱이를 비껴갈 수 없을 테니…….

"소슬아, 목공이 이미 보셨으니 그만 거둬라."

소슬이 두 팔을 내렸다. 나도 소맷부리에서 손을 빼냈다. 주태후는 평상에 앉아서 모든 것을 보고 있었다. 주태후가 입을 열었다.

"아비를 모르는 자식놈은 있을지언정 어미를 모르는 자식놈은 없는 법이지요. 어미가 자식을, 아들놈을 낳아서 황위에 올리고 세웠더니 이제는 제 놈이 세상의 전부인 양 찧고 까불더이다. 동궁비를 세우는 일에 말을 보냈더니 제 어미의 말을 똥친 막대기 보듯이 내팽개쳤습니다. 해가 다 되도록 제 어미가 어찌 사는지 문안조차 없더니 이제는 짐승 같은 말갈의 도적들을 시켜서 어미가 사는 궁을 감히 넘보라고 했습니다. 목공…… 목공이 나를 미워하시는 바를 어찌 모르겠습니까? 골수에 사무치셨을 겁니다. 하나 목공은 설령 내 앞에서 부러질지언정 사람을 시켜서 내 뒤를 캐실 분이 아닙니다. 목공이 내 아들놈을 아무리 지키려고 해도 나는 압니다. 말갈의 도적들은 내 아들놈이 시킨 일입니다. 목공…… 내 아들놈에게 가서 전하세요. 이 어미가 너른 마음으로 이르노니 진정으로 어미를 살피려거든 스스로 황위에서 내려오라고 전하세요. 황위가 비었다고 이 나라가 망하기야 하겠습니까? 황위가 비었다고 뒤를 이를 황제의 씨가 마르기야 하겠습니까? 내 아들놈 연우에게 가서 전하세요. 황위에서 내려와 어미 앞에 무릎을 꿇고 용서를 구하는 것만이 목숨을 보존하는 길이라고 전하세요. 오직 그뿐입니다."

나는 두 손으로 이마를 짚었다.

"누굽니까? 동궁입니까? 책성 태수로 나가 있는 현황자입니까? 태후는 도대체 누구를 황위에 올리겠다는 말입니까?"

주태후의 입가에 미소가 번져갔다.

"이 나라는 어리석은 사내들의 나라가 아닙니다."

"태후…… 하면…… 혹여……."

설마…… 손에서 땀이 흘렀다. 나는 멀거니 태후를 바라봤다.

"그래야지요. 내가 황위에 오를 겁니다. 하늘에 해를 두고 말하건 대 이 나라는 어리석은 사내들의, 사내놈들의 나라가 아니라 넓고도 넓은 어미들의 나라입니다. 내가 올라야지요. 내가, 스스로 황제가 될 겁니다."

주태후가, 주진아 이년이 정녕 망령이 들었구나!

주태후라면 분명코 허언이 아니리라. 당연히 황위에 오를 것이라 고 믿어 의심하지 않았던 발기황자를 멍텅구리로 만들고, 그 누구도 눈길을 주지 않던 세상 물정 감감한 연우황자를 황위에 올린 자가 누구이더냐? 국상 을파소공을 한 손으로 주무르고 우황후를 두 대 에 거쳐서 황후에 올린 자가 또한 누구이더냐? 한낱 무당집 딸년에 서 태후에 오르고 이제는 스스로 황제가 되겠다고 말하는 이년을 누 가 감히 망령이 들었을 뿐이라고 허투루 보겠는가? 비로소 주태후 가 오운전의 사방을 청룡, 백호, 주작, 현무로 꾸미고 한가운데 황금 실로 치장한 평상에 앉은 까닭을 알아차렸다. 주태후가 앉아 있는 평 상은 세상의 중심인 황제가 앉아야 할 바로 그 자리였다. 털끝이 쭈 뼛 서고 온몸이 으쓱했다. 주태후가 말하는 대로 이뤄진다면? 끔찍했 다. 내가 지금 여기에 앉아서 할 수 있는 일은 무엇인가? 주태후의 목 을 따서 들고 가는 일뿐이리라. 온몸에서 진이 빠져버린 나는 아무것 도 할 수가 없었다. 나는 가까스로 몸을 일으켜 세우고 멍하니 서 있 던 노랑머리 내 계집에게 말했다.

"가자……."

축축하게 젖은 손으로 계집의 손을 잡았다.

"목공! 환도성에 드시거든 불효한 내 아들놈 연우에게 반드시 전하세요. 성문은 단단히 걸어잠그고 두 눈은 희번덕 부릅뜨고 밤에는 절대로 잠들지 말라고 말입니다. 머지않아서 어미가, 이 나라의 주인인 어미가 수만의 군사를 이끌고 쳐들어갈 테니! 아시겠습니까?"

주태후의 속셈이 저것이었구나!

"목공의 첩실은 조만간 마산궁에 들어라. 무병장수하는 도인법을 행해야 하지 않겠느냐? 옳아, 네 어미 엄수추리가 어쩌다가 머나먼 대완 땅에서 이곳까지 오게 됐는지 소상히 알려주마. 알겠느냐?"

계집이 주태후에게 고개를 숙였다. 나는 계집의 손을 끌었다.

"태후폐하, 좌보를 이대로 두시렵니까?"

소슬이 등 뒤에서 지껄였다.

"두어라, 첫정이니라……."

주태후가 말했다.

나는 계집의 손을 끌고 오운전을 나왔다.

"어쩌자고 오운전에 들었더냐?"

"도인법이 소용이 닿을까 해서 들었나이다."

"주태후 저년은…… 두렵지도 않더냐? 어쩌자고, 어쩌자고?"

"밖에는 용맹한 청산당의 식솔들이 진을 쳤고 곁에는 현명하신 공께서 계시온데 무엇을 두려워하겠나이까? 두려워할 것도, 걱정할 것도, 아무것도 없었나이다."

나는 계집의 말에 배시시 미소가 번졌다.

"옥비녀는 마음에 드느냐?"

계집이, 노랑머리 내 계집이 내 손을 꼭 그러잡으며 고개를 끄덕였다. 옥빛을 닮은 계집의 눈동자를 손가락으로 톡, 만져보고 싶었다…… 미쳤구나! 계집과 주거니 받거니 놀 때가 아니구나! 속히 마산궁을 벗어나야 한다. 어서 황궁으로 들어서 주태후의 간악한 음모를 아뢰야 하느니라. 나는 방원진을 치고 있던 청산당 일행을 이끌고 마산궁을 나섰다.

날은 어두웠고 눈보라가 몰아쳤다.

말을 잘 달리는 청산당 조의 초주과 진기를 마산궁 인근에 매복시키고 동태를 살피라고 일렀다. 주태후가 모든 것을 알아버린 나를 해할 수 있으니…… 용구와 용우를 일행의 끄트머리에 세우고 보곡에게는 사내종들을 일자로 세워서 만약을 대비하도록 했다. 나는 노랑머리 내 계집을 앞에 태우고 선두에서 말을 몰았다. 만약의 경우가 생긴다면 나는 일행을 모조리 산개하리라. 마산궁의 무리와 맞서지 마라. 우리는 놈들을 수효로 당해낼 수 없으니 각자 살길을 도모하라. 명이다. 살아야 한다. 한집에서 한솥밥을 먹는 우리는 한식구이니 사내와 계집을 막론하고 끝까지 살아서 식구의 원수를 갚아야 한다. 죽어서도 주태후의 일당을 모조리 쓸어내리라! 지엄하신 분부 목숨 바쳐서 따르겠나이다…… 눈보라를 뚫고 청산당으로 향하는 나와 내 일행은 결연했다.

머릿속이 진창이었다. 주태후의 간악한 음모 때문이 아니었다. 무슨 까닭으로 금상께옵서는 주태후를 문안하라고 하신 것인가? 참으로 상참에서 무참한 언사를 지껄인 나를 벌하시려고, 오로지 그뿐이셨다는 말인가? 도대체 주태후의 모반과 반역과 정변의 음모를 어찌 아뢴다는 말인가? 그후로 불어닥칠 피바람을 무엇으로 감당한다는 말인가? 아, 주태후는 어쩌자고 모든 것을 알아버린 나를 내버려뒀다는 말인가? 두어라, 첫정이니라…… 주태후의 목소리가 연방 귓전을 어지럽혔다.

"소인 보곡, 아뢰옵니다."

허옇게 눈보라를 뒤집어쓴 보곡이 곁으로 다가왔다.

"이대로 길을 재촉하시면 몸을 상하실까 저어되옵니다."

눈보라는 한 치 앞을 분간하기가 어려웠다. 함께 말을 탄 노랑머리 내 계집이 눈보라를 뒤집어쓴 채 오들오들 떨고 있었다. 사내종들과 계집종들의 몰골 또한 다르지 않았다.

"마산궁은…… 초주와 진기는 연통이 있었느냐?"

"방금 초주가 달려와 아뢰길, 마산궁은 닫혔다고 했습니다."

"고물촌에서 일단 눈보라를 피하자꾸나! 고물촌에 연통을 넣어라!"

"성문교위 밀우의 집으로 길을 잡으심이 어떠하실는지요? 고물촌은 거리는 가까우나 고개를 셋이나 넘어야 하고 밀우의 집은 고물촌보다 멀기는 하오나 길이 쉬우니 밀우에게 연통을 넣는 것이 좋을 듯하옵니다."

"행하라!"

나는 밀우의 집으로 향했다.

길은 멀고 눈보라는 쉬 그치지 않았다.

두 시진을 넘게 어둠 속 눈보라를 헤치고서야 밀우의 집에 당도했다.

밀우와 그 안사람 술이가 집 안의 무리를 이끌고 나와서 내 일행을 맞았다. 밀우의 집은 내 일행으로 터져나갈 듯 복작거렸다. 나는 청산당 조의들과 사내종들에게 밀우의 집을 경계하도록 했다.

"오늘밤은 소인의 내자가 좌보공을 모실 것이옵니다."

석반을 마치자 밀우가 제 안사람 술이와 무릎을 꿇고 앉아서 말했다. 허허허, 나는 헛웃음만 웃었다. 상전이 수하의 집에 들어서 수하의 처첩을 하룻밤 품에 품는 것은 예부터 아름다운 풍속이었다. 나는 오직 내당의 임자뿐이니 따르지 않았다. 겸연쩍은 일을 만들어서 무엇 하겠는가? 저만치 다소곳이 앉아 있던 노랑머리 내 계집이 물끄러미 나를 봤다. 임자 몰래 첩실을 들인 나는 무엇이더냐? 괜스레 얼굴이 화끈했다. 할 말이 궁하니 풋, 코웃음도 나왔다. 서둘러 밀우와 그 안사람을 방 안에서 내쫓고 싶었다. 내가 내 계집과 오붓이 두런거려야 할 것이 아니냐? 짐짓 목소리를 높였다.

"밀우 네가 나를 희롱하는 것이냐?"

"감히 소인이…… 얼토당토아니하옵니다."

"너와 네 안사람의 뜻은 가상하나 그만들 물러가라."

"침수는…… 새로 드신 분과 함께 침수에 드시겠나이까?"

고놈 참!

"하오면 지난 밤 명하신 일들은 언제 아뢰오리까?"

아뢰다니? 아, 책성 태수 현황자와 말갈의 일…… 주태후에게서 모두 듣지 않았는가? 문득 내일 금상께 아뢰올 일들이 머릿속을 어지럽혔다. 이 순간 주태후는 무엇을 할꼬? 엄중한 이 순간 나는 이리 한가로이 굴어도 되는 것인가?

"공께서는 내일 황제폐하를 배알하셔야 하오니 오늘밤 상주문을 지으실 것입니다. 밀우교위는 지필묵을 준비해주시고 부인은 공께서 드실 차를 준비해주십시오. 공께서 머무시는 동안 주위를 소란하게 하는 일이 없도록 살펴주시고 지필묵은 두 벌을 준비해주십시오. 소첩이 공의 곁에서 보필하겠나이다."

옳구나! 노랑머리 내 계집은 더할 나위가 없었다.

밀우와 그 안사람은 수긋한 채 물러갔다. 이제 방안에는 나와 노랑머리 내 계집뿐이었다. 참으로 잘했다고 할 것인가? 쓸데없이 나섰다고 할 것인가? 내 계집이 힐끗 살피더니 샐쭉 미소를 머금었다. 그래 그래, 잘했다! 나도 모르게 배시시 웃었다. 밀우 요놈이 내게 무슨 짓을 한 것일꼬? 고놈 참, 별일이로구나!

밀우가 지필묵 두 벌을 들고 왔다. 모두 내가 내려준 물건들이었다.

나는 이리 앉아서 오늘 지나온 일들을 적고 계집은 저만치 앉아서 그림을 그린다. 무엇을 그리느냐고 물었더니 나를 그린다고 했다. 나를 그린다고…… 그 말이 나를 설레게 했다. 계집을 품안에 품고 어우러지는 것보다 이리 마주 앉아서 글을 적는 것이 더더욱 묘하고도 설레니, 이는 또 무슨 조화일꼬?

이제 금상께 올릴 상주문을 지어야 한다.

두루미

산상대제 25년 1월 21일, 서기 221년 3월 2일

금상 이십오년 춘정월 임진일 청산당에서 쓴다.

구름 사이로 간간이 햇살이 들었지만 찬바람에 옷깃을 여몄다.

어떻게든 끝은 날 테고 무엇이든 될 테지만 이리도 가슴을 졸인다.

지난밤 상주문을 짓지 못했다. 계집도, 노랑머리 내 계집도 나를 그리지 못했다. 계집은 붓을 잡고 골똘하게 앉아만 있었다. 자그마한 머리로 무엇을 그리도 헤아리느냐?

"눈앞에 계시온대 어찌해서 그릴 수가 없는지 모르겠사옵니다."

노곤한 까닭이었으리라. 계집은 지필묵을 밀치고 이부자리를 폈다. 나는 그 모습을 물끄러미 바라만 봤다. 계집이 내게 누우라고 했다. 나는 말 잘 듣는 어린아이처럼 자리에 반듯하게 누웠다. 계집

이 머리맡에 앉았다. 길고 가느다란 손을 넣어서 목덜미를 당기고 주물렀다. 마사라고 했다. 이마와 머리를 누르고 쓰다듬었다. 도인법이라고도 했다. 하늘하늘한 손가락이 어찌 그리도 매서운지 나도 모르게 신음소리가 새어나왔다. 주르르, 눈물도 흘렸으리라. 힘을 빼셔야지요…… 아이고…… 몸에서 힘을 빼셔야 한다니까요…… 아이고야…… 계집은 내가 아파하는 곳을 잘도 알아차렸다. 당기고 주무르고 누르고 쓰다듬어서 기어이 신음소리를 듣고야 말았다. 사내 체면에 아프다는 소리를 할 수가 없으니 견디고 견딜 수밖에…… 견디고 견디다보니 견딜 만했고 견딜 만하니 늙은 몸뚱이가 허공으로 붕 떠올라서 구름 위를 날아다녔다. 아마도 스르르 잠이 들었던 모양이다. 그 뒤로는 떠오르는 기억이 없다. 아, 계집이 말했다.

"다음번에는 소첩과 더불어 굴신과 호흡도 해보시어요."

눈을 떴더니 날이 훤했다. 닭 우는 소리를 듣지 못했다. 방정맞은 꿈도 꾸지 않았다. 이리도 깊이 잠들었던 것이 언제였던고? 밀우는 내가 기침한 후에야 문안을 하고, 늦은 등청을 했다. 계집과 밀우 안사람 술이가 조반상을 차려왔다. 나는 노랑머리 내 계집과 겸상을 했다. 찬으로 차린 물고기의 눈알만 쏙쏙 빼먹는 계집을 보며 박장대소했다. 오물오물 딱딱한 눈알을 씹어먹던 계집이 젓가락을 문 채 얼굴을 붉혔다. 하…… 이름이 무엇일꼬, 이름이?

"황궁에 드시는 일을 내일로 미루시면 어떠하실는지요?"

조반을 마치자 계집이 말했다.

"오늘은 청산당에서 기력을 보하시고 내일 드시옵소서."

"금상께 추잡하고 요사스런 「모후경」을 속히 아뢰야 하느니라."

"황제폐하께옵서는 태후폐하를 살피라고만 하신 줄로 아옵니다."

말인즉 옳았다. 나는 계집에게 까닭을 물었다.

"무슨 뜻이냐?"

"소첩이 아둔해서 어찌 감히 나랏일을 아뢸 수 있겠나이까? 하오나 황제폐하와 태후폐하의 일은 따지고 보면 어미와 자식의 일이옵니다. 황공무지하오나 어미와 자식의 일에 공께서 나서신다면 모양새가 좋지 않을 듯하옵니다."

"추잡하고 요사스런 「모후경」은 어미와 자식의 일이 아니라 황위를 노리는 주태후의 간악한 음모였느니라. 너도 듣지 않았느냐?"

"진정으로 태후폐하께서 차마 입에 담기 두려운 음모를 도모하셨다면 송구하오나 청산당 일행은 마산궁에서 살아남지 못했을 것이옵니다. 하오나 청산당 일행이 이리 무탈한 것은 「모후경」의 일이 황위를 노리는 간악한 음모가 아니라 자식을 그리워하는 어미의 일이기 때문일 것이옵니다. 어미와 자식의 일은 자식이 이길 수밖에 없사옵니다. 자식이 이겼으되 이긴 것으로 보여서는 아니 되고 어미는 졌으나 진 것으로 보여서는 아니 되는 것이 이번 일인 듯하옵니다. 소첩이 이마를 짚어보건대 황제폐하께옵서 태후폐하께 수긋하시고 배알하시는 것만이 유일한 방도가 아닐까 하옵니다. 핏줄이옵니다. 핏줄이 아니라면 제아무리 가까워지려고 해도 가까워질 수가 없고 핏줄이라면 제아무리 멀리 하려고 해도 멀어지지가 않는 법이옵니다. 어미와 자식은 천륜이옵니다."

말인즉 또한 옳았다. 나는 계집에게 다시 방도를 물었다.

"추잡하고 요사스런 「모후경」을 아뢰지 말라는 말이냐?"

"아니옵니다. 아뢰셔야지요. 하오나 지금은 아닌 듯하옵니다. 황제폐하께옵서 말갈의 도적을 보내시고 그 도적이 마산궁에 사로잡혀 있는 한 「모후경」이 말하고자 하는 바가 세상에 알려진다면 파탄의 사달이 될 뿐이옵니다. 「모후경」은 황제폐하와 태후폐하께서 천륜의 정을 돈독히 하신 후에 알려져도 늦지 않을 일이옵니다. 해서 훗날, 태후폐하께서는 한편으로 치우치시어 모후들만의 일을 적으셨으나 황제폐하께옵서는 공평하고 무사하게 세상의 일들을 적으시면 되실 일이옵니다. 지나온 우리나라의 내력이 많고도 많아지는 것이 어찌 나쁜 일이겠사옵니까? 글은 글로써 다스리고 칼은 칼로써 다스리는 법입니다. 뭇사람을 다스리는 이가 두려워할 것은 오로지 뭇사람의 손가락질뿐이오니 글을 칼로써 다스리려 한다면 세세토록 손가락질을 면하기 어려울 것이옵니다. 간청하옵건대 황궁에 드시는 일을 내일로 미루소서. 공께서는 황제폐하를 마산궁으로 드시게 하실 방도만 구하소서. 지금은 오로지 그뿐이옵니다."

어리다고 모를까, 늙었다고 다 알까?

지난밤 상주문을 짓지 못했던 까닭이 이것이었구나? 벌떡 잠자리에서 일어나 황궁으로 향하지 못하고 조반상을 받으며 꾸물거렸던 까닭이 바로 이것이었구나? 나는 내 원한에만 사무쳐서 주태후를 봤다. 「모후경」은 간악한 음모일 뿐이었다. 하나 내 계집의 말대로 「모후경」은 자식을 그리워하는 어미의 글일 수도 있었다. 어미가 옹하고 자식까지 옹해진다면 누가 그 매듭을 풀 수 있겠는가? 어미와 자식 사이에 끼어들어서 내 사무친 원한을 덧씌웠더라면 매듭은 더 이상 매듭이 아니라 뽑아내고 잘라내야 할 응어리가 될 수밖에 없었다.

만약 상주문을 짓고 벌떡 일어나서 황궁으로 향했더라면 모반과 반역과 정변의 음모로 「모후경」을 아뢨더라면 나는, 어미와 자식 사이에서 피비린내를 진동하게 만든 만고에도 씻지 못할 죄인이 되었으리라. 계집은, 노랑머리 내 계집은 옳았다. 나는, 늙은 나는 나이만 먹었지 늙기만 했지 어렸다. 부끄러웠다. 나는 계집에게 배우고 또한 익혔다. 하나 머릿속이 말끔해진 것은 아니었다. 금상께옵서는 어찌해서 나를 주태후에게 보내셨던 것일꼬?

한낮이 돼서야 청산당으로 향했다. 일행의 맨 앞에서 말을 몰았다. 행렬은 일자를 유지했다. 계집을, 노랑머리 내 계집을 앞에다 태우고 다붓이 말을 타고 싶었지만 훤한 낮이라서 저어했다. 보곡에게 계집을 수레에 태우고 보살피라고 일렀다.

밀우의 집을 떠난 지 일각이나 됐을까? 노랑머리 내 계집이 말을 타고서 곁으로 다가왔다. 어찌해서 수레에 있지 않고? 나무랄 요량으로 얼른 보곡을 찾았다. 허어, 무슨 조화인가? 보곡 이놈이 조의 중에서도 가장 어린 조수우와 함께 말을 타고 있었다. 보곡의 말을 빼앗았느냐? 노랑머리 내 계집은 보곡의 말을 타고 있었다. 보곡을 도대체 어찌 구워삶았다더냐? 눈길이 마주친 보곡이 얼른 고개를 숙이더니 차마 얼굴을 들지 못했다. 하하하, 어쩌다가 이리도 잔망스런 계집이 내게 왔을꼬? 묻고 싶었다. 보곡 저놈이 순순히 말을 내주더냐? 이랴, 계집은 대답 대신 말 옆구리를 박차더니 훨훨 달려나갔다.

"보곡아, 나는 알아서 갈 테니 너는 청산당으로 길을 잡아라!"

나는 저만치 멀어져가는 계집을 향해서 말을 몰았다.

계집의 곁으로 다가갔다. 계집이 힐끗 보더니 이랴, 앞서 나갔다. 말발굽에 밟힌 눈이 흙탕이 돼서 얼굴에 튀어 박혔다. 방자한 년……뒤질세라 계집을 따라잡고는 그 앞에서 말을 달렸다. 돌아보니 말발굽에 튀어오른 흙탕이 계집의 얼굴에도 튀어 박혔다. 하하하…… 따라올 테냐? 하면 따라와보아라!

얼마쯤 달렸을까? 말을 멈추고 돌아다봤다. 계집이 보이지 않았다. 홱 토라져 가버린 것인가? 하, 이런 난감할 일이 있나? 어리고 어린 계집에게 고대로 앙갚음을 해대다니 무슨 짓거리인가? 혹여 눈이라도 다친 것인가? 돌멩이가 튀어서 얼굴이라도 때렸다면 낙마를 해서…… 달려온 길을 되짚어서 달렸다. 이쯤일 텐데…… 사방을 살폈다. 옳아, 저기! 계집은 낭떠러지 끄트머리에 서 있었다. 와락 달려들었다가 말이 놀라기라도 한다면 아니 될 일이니 열 걸음쯤 뒤에서 계집을 불렀다.

"무엇을 하느냐?"

아, 다치지는 않았느냐고 물을 것을!

"오소서. 어서 오시어 이리 보소서……."

계집이 손짓을 했다. 나는 계집의 곁으로 다가갔다.

아…… 발 아래로 심심산천이 펼쳐져 있었다. 높고 낮은 봉우리들이 서로 다퉈서 하늘로 치솟고 그 사이로 물줄기가 모여들어서 도도히 흘렀다. 발 아래로 펼쳐진 세상이 눈앞으로 와락 달려들었다.

"아득한 저 산등성이를 넘으면 서역이옵니까?"

머나먼 서역 땅 대완의 공주 엄수추리의 딸인 노랑머리 내 계집이 물었다.

"눈앞에 보이는 만큼을 넘고 넘어도 닿지 못할 만큼 더 먼 곳이란다."

"소첩의 어미는 어쩌다가 그리도 먼 길을 건너서 이곳까지 오셨을까요?"

계집이 바라봤다. 다행히도 다친 곳은 없어 보였다. 얼굴에 튀어박힌 흙탕이 말라서 얼룩얼룩했다. 나는 대답 대신 소맷부리에서 수건을 꺼내어 건넸다. 계집이 수건을 받아들더니 다시 물었다.

"마산궁에 들어서 태후폐하를 배알하면 아니되는지요?"

네가 뭘 어쩌자고?

'목공의 첩실은 조만간 마산궁에 들어라. 무병장수하는 도인법을 행해야 하지 않겠느냐? 옳아, 네 어미 엄수추리가 어쩌다가 머나먼 대완 땅에서 이곳까지 오게 됐는지 소상히 알려주마. 알겠느냐?'

주태후의 말이 떠올랐다.

"어미의 일을 듣고 싶은 것이로구나?"

"예, 돌아가신 어미의 일들을 알고 싶사옵니다."

"알아야지, 들어야지. 하나 네 말대로 금상께옵서 마산궁과 천륜의 정을 돈독히 하신 후에 가는 것이 옳을 것이다. 그때가 되면 가거라. 보내주마. 가서 들어라."

계집이 깊숙이 고개를 숙였다. 마음이 짠했다. 이제는 반드시 금상께옵서 마산궁과 화해하시도록 해야만 한다. 금상께옵서 어미인 주태후와 천륜의 정을 돈독히 하셔야 비로소 내 계집이 어미의 일들을, 내 장모께서 우리나라에 들어오시어 내 장인이신 우목공과 혼인한 까닭을 들을 수 있을 테니…… 대완의 공주 엄수추리가 우목공과 혼인하고 좌방부인이 된 것은 모두 주태후가 시킨 일이었구나!

　금상을 황위에 올리고 대행의 황후 우황후를 또다시 황후에 올린 주태후는, 우황후의 오라비인 우목공을 제 편으로 삼고자 제 늙은 오라비 주곡을 우목공의 어린 따님 우첨과 혼인하도록 시켰다. 당시 동해곡 태수였던 주곡의 나이가 쉰이었고 우첨의 나이가 열넷이었으니 두 사람의 나이 차가 서른여섯이었고 우첨은 제 아비보다도 아홉 살이나 많은 사내와 혼인한 것이었다. 망할 년, 주태후는 줬으면 받기도 해야지요, 운운하며 우목공에게 대완의 공주 엄수추리를 부인으로 삼으라고 시켰다. 그때는 오직 주태후의 세상이었으니 우목공은 그 일들을 옳다 그르다 할 처지가 아니셨다. 세월이 흘러서 우목공과 대완의 공주 엄수추리 사이에서 따님을 보셨으니 그 따님이 바로 노랑머리 내 계집이었다. 우목공은 어쩌다가 예나 지금이나 늙은 사위들만 보시게 되셨을꼬? 하, 나와 내 계집은 나이 차가 쉰이다. 쉰 살, 더도 덜도 아니고 딱 반, 백 년!

　돌이켜보건대 한혈보마를 타고 금상의 즉위를 하례하러 왔던 대완의 공주 엄수추리가 우리나라에 머물게 된 까닭을, 주태후의 말을 따라서 우목공과 혼인한 까닭을 나는 알지 못했다. 우목공도 말씀하지 않으셨고 나 또한 캐묻지 않았다. 어쨌든 우목공의 부인이 되신 분의 일을 캐물을 수는 없었으니…… 엄수추리도 제 딸에게 제 사정을 말하지 않았다는 소리인가? 주태후만이 아는 속사정은 무엇일꼬? 노랑머리 내 계집을 위해서라도 나는 금상과 주태후를 화해시켜야만 하는구나!

"아무래도 씻어야겠다."

계집의 얼굴에 말라붙은 흙탕이 마른 수건으로는 쉬 지워지지 않았다.

"공께서도 씻으셔야 하옵니다."

계집이 배시시 웃었다. 그래, 물을 찾아보자꾸나!

낭떠러지에서 머지않은 곳에 샘이 있었다. 주위는 꽁꽁 얼었을망정 퐁퐁 솟아나는 샘은 씻고 마시는 데 부족함이 없었다. 물은 찬 기운을 몰아낼 만큼 따듯했다. 계집은 물에 적신 수건으로 내 수염과 옷에 묻은 흙탕을 닦아주었다. 나는 말 잘 듣는 어린아이처럼 계집에게 얼굴을 맡겼다. 계집의 손에서 허연 김들이 모락모락 피어올랐다…… 이리 다오! 나도 물에 적신 수건으로 계집의 노란 머리터럭에 묻은 흙탕을 닦아주었다. 말개진 계집의 얼굴에서도 허연 김들이 모락모락 피어올랐다. 하마터면, 하마터면 와락 달려들어서 하늘하늘한 계집을 얼싸안고 잔설이 쌓인 흙바닥을 뒹굴 뻔했다.

"어을於乙이옵니다."

샘에 손을 담그고 수건을 빨던 계집이 말했다.

"소첩은, 어을이옵니다."

무슨 소리인가?

옳아, 그토록 애타게 입 안에서만 맴돌던 노랑머리 내 계집의 이름이 어을이었구나! 어을, 어을, 어을이라면 샘이 아니냐? 보이지는 않으나 그 깊이를 알 수는 없으나 까마득한 땅속 깊은 곳에서 쉬지 않고 솟아나는 어을이, 가는 있으나 가없는 하늘을 오롯이 제 품속에 담아두는 어을이, 내를 이루고 강을 이루며 마침내 바다를 가득 채우는 어을이, 목마른 들짐승이 목을 축이고 하늘을 날던 날짐승이 깃을 담그고 길 가던 뭇사람이 숨을 돌리는 어을이, 그 어을이 바로 내 계집이었구나! 어을, 어을, 어을…… 우목공은 따님의 이름을 참으로 잘도 지으셨습니다. 아…… 계집은, 아니 어을은 내가 제 이름을 알지 못한다는 사실을 이미 알았다는 말인가?

"송구하오나 지난밤 침수에 드신 후에 공께서 적으신 글을 봤습니다. 태후폐하께서 소첩의 이름을 하문하셨을 때 공께서 말문을 막으신 까닭을 봤나이다."

내가 적은 글을 봤다면 혹여, 낯부끄러운 글도 봤는가? 아니, 아니…… 지난밤 내가 또 무엇을 적었을꼬? 어을의 일을 내가 적었던고? 가물가물했다.

"소첩은 그간 까닭도 모르고 저어했나이다."

무엇을 말이냐?

"소첩의 몰골이 마음에 들지 않으시어 소첩의 이름을 부르시지 않는 것인지, 잔망스런 계집이어서 소첩의 이름을 입에 담지 않으시는 것인지, 이러다가 영영 이름을 잊어버리고 청산당 한 귀퉁이에서 시들어가는 것은 아닌지 두렵고도 무서웠사옵니다…… 이제와 비로소 까닭을 알았으니 소첩은 여한이 없나이다."

하, 맹랑하고 방자하고 요망하도다!

"어을아……."

쪽빛으로 파란 어을의 눈동자가 동그래졌다.

"어을아, 이제는 결코 네 이름을 잊지 않으마. 어을아!"

쪽빛으로 파랗고도 파란 눈에서 주르르 파란 물이 넘쳐흘렀다.

"공께서 이름을 불러주시니 소첩은 몸 둘 곳을 모르겠나이다."

"어을아…… 이제는 나를 공이라고 부르지 말거라."

"하면, 어찌 부르오리까?"

"임이라고 불러라."

임이라니, 비록 첩실이라고 할지나 어을은 겨우 열아홉이었다. 열아홉 먹은 계집이 예순아홉 먹은 사내에게 임이라고 부르는 것은 남들이 들을까봐서 낯부끄러운 소리였다. 염치없게도 나는 어을이 부르는 임이라는 소리를 듣고 싶었다. 정녕…….

"임아……."

"오냐, 어을아……."

어을이 내 손을 맞잡고 벙글벙글 웃었다.

"혹여 남이 들을까 부끄러우니 단둘이 있을 적에만 임이라고 부르리다."

속도 깊지, 어을은 마치 내 속내를 들은 듯했다.

"어을아, 늙은 나를 임이라고 부르는데도 좋으냐?"

나는 가느다란 어을의 손을 꼭 잡고 물었다.

"예, 소첩은 좋고도 좋사옵니다."

"무엇이 그리도 좋으냐?"

"소첩은 그냥 임이 좋사옵니다."

"늙으나 늙은 내가 어찌해서 그냥 좋으냐?"

"꿈인 듯도 싶고 생시인 듯도 싶으나, 오래고 오래 전 신선을 뵌 적이 있나이다. 임께서는 소첩이 뵌 신선과 꼭 닮으셨나이다."

"소상히 말해보아라. 어쩌다가 나를 닮은 신선을 봤느냐?"

"어릴 적 아비는 소첩을 품에 안고서 둥개둥개 놀아주시고는 하셨습니다. 그날도 아비 품에 안겨서 이리저리 꽃구경을 하는데 어디서 오셨는지 알 길은 없사오나 구름 같은 관을 쓰신 산 같은 어른이 다가오시더니 걱정할 일이 없느니라, 하시고는 환하게 웃으시더니 연기처럼 사라지셨습니다. 그 일이 있은 후로 소첩은, 걱정거리가 생길 적이면 항상 꿈속에서 그 어른을 뵀나이다. 걱정할 일이 없느니라…… 어느 날 소첩이 어미에게 그 어른 이야기를 들려드렸더니 어을이를 지켜주실 신선께서 오셨다가 가셨구나, 하셨습니다. 곰곰 생각해보니 신선이 분명하셨습니다. 신선을 뵙고 싶을 적이면 일부러라도 걱정거리를 만들어서 걱정을 하고, 걱정을 하노라면 언제고 신선께서 소첩의 꿈속에 나타나셨습니다. 걱정할 일이 없느니라…… 어미가 세상을 떠나신 후로는 아무리 애를 쓰고 꿈을 꿔봐도 신선을 뵐 길이 없었나이다. 하온데 아비의 말씀을 받들어서 청산당에 들던 날, 임을 뵙고 소첩은 그만 놀라서 어쩔 줄을 몰랐나이다. 분명 신선이셨습니다. 어릴 적 아비의 입 속에 손가락을 집어넣고는 헤벌쭉 웃다가 뵀던 바로 그분이셨습니다. 걱정할 일이 없느니라…… 비록 머리터럭은 백발이 되시고 말씀을 하지는 않으셨으나 분명코 소첩의 꿈속에 나타나셔서 환하게 웃으시던 바로 그분이셨습니다. 소첩은 지금도 임께서 어릴 적 뵀던, 소첩의 꿈속에 나타나셨던 신선이시라고 믿어 의심하지 않사옵니다."

아, 어을아…….

십수 년 전, 우목공이 우보에 오르시던 날 나는 하례를 하고자 우목공 댁에 들렀다. 그날 나는 아장아장 걸음마를 하며 꿍얼꿍얼 옹알이를 하던 노랑머리 계집아이, 어을을 봤다. 노랑머리 어을을 걱정하시는 우목공에게 나는 노랑머리였던 협보공을 떠올려서 위로를 드렸다. 비록 계집이라도 애써 걱정할 일은 없으십니다…… 우목공의 입속에 손가락을 집어넣고 침을 질질 흘리며 헤벌쭉 웃던 노랑머리 계집아이에게, 이제는 내 첩실이 된 어을에게 말했다.

"걱정할 일이 없느니라……."

십수 년 전 어을이 봤다는 신선은 참으로 나였다.

나는 말하지 않았다. 가만히 손을 당겨서 어을을 품속에 꼭 안았다. 콩닥콩닥 어을의 젖가슴이 내 가슴팍에서 뛰놀았다. 어을아, 어을아, 내가 너를 가져도 되느냐? 정녕, 임이 돼도 좋으냐? 나서 자라고 늙어가다가 죽어서 사라지는 하늘의 이치가 어찌 나라고 비켜가겠느냐? 오호라, 늙어서 남은 것이라고는 첫닭이 울면 눈을 뜨고 부엉이가 울면 잠자리에 드는 늙고 오래된 버릇들뿐일지니 아, 나는 안타깝고 서글프고 억울했다. 두 눈을 멀쩡히 뜨고 도적질 당한 것도 아닐진대 젊고 당당했던 나날은 간 곳이 없고…… 나는 늙고야 말았으니 어린 너를 어찌 거두겠느냐? 어을이 서른이 되고 마흔이 되고 쉰이 되어도, 얼굴에는 주름이 패고 머리터럭은 하얗게 세어가도, 다붓이 두 손을 맞잡고 청산당 후원을 하하 호호 웃으며 거닐고 싶어도…… 나는 죽어서 사그라지고 없을 테니…… 어을을 볼 날이 얼마나 남았을꼬? 억울하고 답답하고 또한 원통했다.

주르르, 서글픈 눈물이 흘렀다. 뺨을 타고 흐르는 눈물이 투두둑 어을의 뺨 위로 떨어졌다. 어을이 올려다봤다. 길고 가느다란 어을의 손이 흐르는 내 눈물을 닦았다. 내 두 뺨을 꼭 감쌌다. 내 늙은 입술을 어루만졌다. 스르르 어을의 입술이 다가와서 내 입술을 맞췄다. 촉촉한 어을의 입술이 늙은 내 입술을 적셨다. 양물이 꿈틀거렸다. 꿈틀거리는 양물은 이미 내 것이 아니었다. 어을이 느꼈으리라······ 이 일을 어쩌누? 나는 어을과 입술을 맞춘 채로 숨도 쉬지 못했다. 그 순간 히히힝, 내 말이 콧바람을 불지 않았더라면 나는 숨도 쉬지 못하고 그대로 죽었으리라!

"걱정할 일이 없으십니다."

어을이 내 눈을, 늙은 내 눈을 맞추며 말했다.

어을아, 아느냐? 나는 말이다, 어을이 너를 부인으로 삼을 수가 없느니라. 오래 전 나는 내당의 임자만을 부인으로 삼기로 하늘의 해를 두고 맹세했으니 영영 너는 내 부인이 되지 못하고 첩실로 남을지도 모르니라······ 차마 입 밖으로 말이 돼서 나오지 못했다. 지나온 세월을 한낱 사람이 돌이켜서 거스를 수 없으니 분한 마음에 한숨만 몰아쉬었다.

말들은 고삐를 당기지 않아도 채찍을 치지 않아도 알아서들 잘도 청산당으로 향했다. 한동안 말을 하지 않았다. 어을 또한 말이 없었다. 아무렴 어떠랴, 나란히 말을 탔으니 세상이 온통 내 것이었다. 어을과 더불어 있는 순간순간이 귀하고도 중하고 아름다웠다.

"임아, 궁금한 것이 있사옵니다."

청산당이 반 마장쯤 남았을 무렵 어을이 말했다.

"황제폐하께옵서는 어찌해서 말갈의 족속을 마산궁으로 보내셨을까요?"

"말갈은 본래 날랜 족속이니 마산궁을 살피기에는 맞갖은 놈들이다."

"말갈이 마산궁을 떠나서 환도성에 닿는 데는 얼마나 걸릴까요?"

"글쎄다, 말을 달렸다면 아마도 두 시진이면 충분할 것이다."

어을은 고개를 끄덕이더니 다시 물었다.

"임아, 「모후경」이 적힌 비단은 언제 처음으로 보셨나이까?"

"어을이 네가 청산당에 들던 이튿날 새벽에 밀우가 들고 왔느니라."

"하오면 소첩이 밀우교위를 닦달하던 그날 새벽이니 나흘 전이옵니다."

나는 어을이 무엇을 말하고자 거푸 물어대는지 알지 못했다.

"밀우교위는 「모후경」이 적힌 비단 세 폭을 어찌해서 구한 것이옵니까?"

나는 밀우가 말갈의 족속을 척살한 이야기를 들려주었다.

"참으로 이상한 일이옵니다."

어을이 물끄러미 나를 바라봤다.

"무엇이 말이냐?"

"마산궁 선인 소슬이 아뢰기를 닷새 전, 날이 바뀌었으니 엿새 전 병야에 말갈이 마산궁을 범했고 그중 둘은 사로잡혔으며 나머지 셋은 「모후경」 비단 세 폭과 금으로 만든 빗과 구슬 한 꾸러미를 챙겨서 말을 타고 도망했다고 했사옵니다. 말을 탄 말갈이 마산궁을 떠나서 환도성에 닿는 데는 두 시진이면 충분하온데 밀우교위가 말갈을 척살한 것은 나흘 전이니…… 이틀이 비는 셈이옵니다. 하옵고 마산궁에 사로잡힌 말갈이 말하기를, 놈들은 우림교위인 소첩의 오라비 어지에게서 명을 받았다고 했사옵니다. 도망한 말갈은 소첩의 오라비를 찾아가야 옳지 않습니까? 혹여 은거지가 있다면 그곳에서 소첩의 오라비를 만나야지요. 한밤중에 소첩의 오라비가 성안에 있을 리 만무한데 어쩌자고 성벽을 타 넘었을까요? 임아…… 말갈은 비단 세 폭을 품에 품고 이틀 동안 어디서 무엇을 했을까요? 말갈은 어쩌자고 엄중한 환도성을 한밤중에 타 넘다가 밀우교위에게 척살을 당했을까요?"

아, 어찌해서 이를 살피지 않았던고?

도적을 맞은 마산궁이 거짓을 말할 까닭은 없었다. 밀우가…… 말갈에 관한 모든 것은 오로지 밀우에게 들은 것들뿐이었다. 하나 밀우는…….

"임아, 밀우교위를 믿으시옵니까?"

어을은 밀우를 의심했다. 나는 입을 닫았다. 밀우는 내 손과 발이다. 내가 내 손과 발을 믿지 못할 까닭이 무엇인가? 어을의 의심은 분명 일리가 있었다. 나는 밀우가 알려준 것 말고는 아는 것이 없었다. 머릿속이 진창이 됐다. 마산궁을 빠져나온 말갈의 족속은 이틀 동안 어디서 무엇을 했을꼬? 무슨 까닭으로 환도성의 성벽을 타 넘으려고 했다는 말인가? 만약, 만약에 말이다, 내가 알지 못하는 밀우의 속내가 있다면? 밀우에게 직접 물어야겠다. 묻지 않고서 홀로 짚어서 의심하는 것은 사내가 할 일이 아니다. 내가 입을 다물었더니 어을 또한 더 이상 입을 열지 않았다.

어느새 저만치 청산당이 눈 안에 들어왔다.

청산당의 식솔들이 모조리 몰려나와 있었다. 임자가 나를 맞고자 맨 앞에 서 있었다. 아뿔싸, 어을을, 어을을 봤을 텐데 이를 어쩌누? 누구냐고 물으면…… 어을을 품속에 감추고 올 것을…… 머릿속이 진창이니 방도를 낼 궁리조차 못 했구나! 어쩔 것이냐? 이 나라의 좌보인 내가, 비록 늙었을망정 아직은 팔팔한 사내인 내가, 부인 셋에 첩실 다섯을 두어도 마땅한 내가 늘그막에 비로소 첩실 하나를 들였다는데 임자가 나설 일이 무엇이겠는가? 더구나 좇고 믿으며 기대어 온 우목공의 따님이니 처신에 조금도 어긋남이 없는 첩실이 아닌가? 나는 마른 침을 꿀꺽 넘겨서 삼켰다. 말에서 내리자 임자가 다가왔다. 아니, 내 곁을 스쳐서 막 말에서 내리는 어을에게 다가갔다.

"공을 모시느라 고생이 많으셨소."

임자가 어을의 두 손을 덥석 잡고 말했다.

"이제야 벽부인을 뵈오니 송구하옵니다."

어을이 고개를 숙이고 말했다.

"기거할 곳을 마련하지 못했으니 오늘은 머물던 청산당 작은방으로 드시구려…… 내미는 공께 내당으로 드시라고 아뢰라."

임자가 다시 내 곁을 스쳐갔다. 찬바람이 일었다. 임자는 내 얼굴을 쳐다보지도 않았다. 그간의 사정을 모두 알고 있는 것이 분명했다. 입을 놀린 것이 누구일꼬? 내미가 분명하렷다. 내미가 무슨 죄가 있겠는가? 이를 어찌한다?

"보곡아, 무엇 하느냐? 어서 말들을 먹이고 쉬게 하라!"

나는 애꿎은 보곡을 닦달했다. 보곡이 얼른 말들을 끌고 가자 내미가 다가오더니 또르르, 손짓발짓을 했다.

'벽부인께서 말씀하시기를 내당으로 듭시라고 하셨……'

"시끄럽다, 이년아!"

망할 것 같으니라고, 나도 들었느니라!

나는 괜스레 헛기침을 하고는 내당으로 향했다. 어을의 눈길이 날아와서 뒤통수에 박혔다. 식솔들은 고개를 숙였을망정 나를 힐끗거렸다. 이놈들을 모조리 벗겨서 볼기라도 칠까 하다가…… 그만 뒀다. 변고로다, 변고로다! 이 일을 어찌한다, 어찌한다! 분명 당할 일이었으니 당해야만 했다. 임자가 저리도 무심했던가? 임자가 저리도 쌀쌀했던가? 우목공이 말씀하시길 평생을 더불어 살아도 여인네들은 도통 알 수가 없다고 하셨는데 드디어 나도 그 일을 보는구나!

내당에 들었다. 곧이어 임자가 들어왔다.

"임자도 알다시피 우목공이 이만저만 어지간한 분이 아니시지 않습니까? 들이라고 들여야 한다고 따님을 첩실로 들이지 않으면 연을 끊겠노라고 겁박을 하시는 통에 일이 이리 되었습니다. 임자에게 미처 말을 하지 못한 것은…… 나랏일이 위중한지라 겨를이 없었으니…… 하, 딱 오늘 말을 하려던 참에 임자가 보게 됐으니 참으로 잘되지 않았습니까? 임자, 나는 말이요…… 임자와 마흔다섯 해를 살면서 단 한순간도 잊지 않은 것이 있습니다. 아십니까? 수많은 여인들 중에서 비 그대를 만난 것은 하늘의 인연이 분명할지니 죽어서도 동혈同穴의 벗이 되겠노라……."

구차하고 옹색하고 궁핍하고…… 얼굴이 벌겋게 달아올랐다. 이쯤 되면 임자가 나를 바라보고 입을 열어야 마땅한 일이었다. 임자는 고개를 모로 돌린 채 말이 없었다. 언제였던가? 국상 고우루공이 거나하게 취하셔서 내 손을 맞잡고 말씀하셨다.

'사내가 말입니다. 사내란 게 무엇을 하려고 태어났는지 아십니까? 뭐라 뭐라 해도 내 말이 딱 옳을 것입니다…… 사내는 말이요, 계집들에게 혼나려고 세상에 태어나는 겁니다. 어려서는 어미에게 혼나고, 혼인해서는 부인에게 혼나고, 부인이 늙으면 첩실에게 혼나고, 혼나고 혼나다가 이제는 딸년에게까지 혼이 납니다. 제아무리 칼을 휘두르며 말을 내달려도 사내는 계집들에게 혼나려고 태어났다는 이 말입니다…….'

나는 그 소리에 박장대소했다. 한데 그 일이 내 일이 될 줄은 어찌 몰랐을꼬? 어려서는 어미에게 혼났고, 오늘에서야 비로소 부인에게 혼나고 있으니…… 늙으나 늙은 내 앞일이 막막하구나!

"보시지요."

임자가 방물바구니에서 둘둘 말린 지 한 장을 꺼내어 내 앞에 내려놓았다. 나는 임자가 내려놓은 지를 펼쳐들었다. 글이 적혀 있었다. 눈에 익은 글자체였다. 누구의 글자더라? 아, 밀우의 글자구나! 나는 적힌 글을 찬찬히 읽었다.

찬바람이 불어도 노란 꽃은 피고
눈보라가 쳐도 언 강물은 풀리건만
앙상한 고목에 기대어 무엇을 바랄까?
죽 사발을 들이켠 사내가 더더욱 좋지 않은가?

부들부들 손이 떨렸다. 노란 꽃은 어을이었고, 앙상한 고목은 나였으며, 죽 사발을 들이켠 사내는 밀우였다. 밀우가, 밀우 이놈이 나를 능멸하다니! 이 글을 적은 지는, 이 글을 적은 먹은, 이 글을 적은 붓은 내가 내려준 물건들이 아니던가? 내가 내려준 물건들로 나를 능멸하고 내 계집을, 내 어을을 꾀어내려고 요사를 부린 난잡하고 추잡한 글이었다.

"누가 적은 글인지 아시겠습니까?"

나는 대답 대신 물었다.

"이 글을 어디서 나셨습니까?"

"우목공의 따님이 머무는 청산당 작은방에서 찾았습니다."

임자가, 내가 자리를 비운 틈에 청산당에 들었다는 말인가?

"공께서는 제가 청산당에 든 것이 그리도 마음에 걸리십니까? 새로이 사람이 들었다는데 머무는 곳을 살피는 것은 당연하지 않습니까? 힐난할 것이 없으십니다."

샤님…… 임자는 샤님이라고 부르던 나를 뭇사람이 부르는 공이라고 불렀다. 임자는 스스로를 낮춰서 소첩이라고 부르지도 않았다. 임자의 목소리는 단호했다. 한 번도 단 한 번도 들어보지 못한 임자의 목소리였다. 임자의 말은 틀린 것이 하나도 없었다. 하나 은근히 부아가 치밀었다. 아니다, 부아가 치밀어야 할 상대는 임자가 아니라 밀우였다. 밀우 이놈이 이 추잡하고 난잡한 글을 도대체 언제 어을에게 건넸다는 말인가?

"내미가 아뢰길, 이틀 전 저녁에 밀우교위가 청산당에 들었다고 하더이다. 그날 밀우교위가 후원에서 우목공의 따님에게 이 글을 전했다고 했습니다."

패씸한 년, 내미 이년은 그날 후원에 밀우뿐이었다고 했다. 그날 내가 들은 말소리는 밀우 이놈의 말소리였고 웃음소리는 어을의 웃음소리가 분명했다. 내미 이년은 무슨 까닭으로 밀우가 장미토를 보며 홀로 웃었다고, 어을은 청산당 작은방에 있다고 거짓을 고했을꼬? 내미 이년은 임자가 거둬온 계집이었으니 그동안 청산당에서 일어난 일들을 임자에게 고해바쳐왔던 것이 분명했다. 내미 이년도, 밀우 이놈도, 나를 농락하고 있었구나! 믿을 연놈들이 아니었구나! 어을아…… 도대체 너는 어쩌자고 추잡하고 난잡한 이 글을 그대로 지니고 있었느냐?

"공께서 첩실을 들이시는 일이 어찌 감히 입에 담을 일이겠습니까? 오히려 공을 살피지 못하고 첩실을 들이시라, 부인을 들이시라 청하지 못한 제 불찰이 더더욱 크옵니다. 이마를 짚어보건대 꽃 같은 여인이 사내에게서 연서를 받은 일은 허물이 아니겠지요? 하오나 우목공의 따님은 청산당에 들어서, 공께서 머무시는 청산당에 들어서, 공을 모셔야 할 청산당에 들어서 외간 사내에게 연서를 받았고 또한 지녔습니다. 우목공의 따님이 아직은 어려서 철이 없다고는 할지나 해야 할 일과 해서는 아니 될 일을 구별하지 못하는 여인은 아닐 것입니다. 공께서는 이 일을 마땅히 살피셔야 하옵니다. 하옵고 이후로 첩실을 들이고 부인을 들이는 일은 제가 나서서 살피겠습니다."

무엇을 그리도 살피고 또 살피겠다는 말인가?

나는 발칙한 글자들이 적힌 지를 움켜쥐고 청산당으로 향했다.

큰방에도, 작은방에도, 글방에도 어을은 보이지 않았다. 어을은 후원에 있었다. 어을아, 어을아! 나는 소리쳐서 부르며 어을에게 다가갔다. 우두커니 저만치를 바라보던 어을이 돌아다봤다. 눈자위에 눈물이 그렁그렁했다. 물어야 할 것은 물어야 했다.

"어쩌자고 밀우 그놈이 건넨 발칙한 글을 고하지 않고 지녔더냐?"

눈물이 그렁그렁한 어을이 말했다.

"임아…… 이제 밀우교위를 믿지 않으시옵니까?"

움켜쥔 지를 흔들며 어을에게 몰아쳤다.

"믿었느니라. 내 손과 발이라고 여겼느니라. 네게 이런 발칙한 글을 건네다니 밀우 그놈은 나를 능멸한 놈이 분명하다. 말하라, 어을이 너는 어찌해서 이 글을 고하지 않았느냐?"

어을은 찬찬했다.

"임아, 밀우교위가 임을 능멸한 것이 어찌 그 글뿐이겠습니까? 밀우교위는 말갈의 일을 임께 거짓으로 아뢴 것이 분명하옵니다. 하오나 임께서는 밀우교위를 의심하는 소첩에게 아무 말씀도 하지 않으셨사옵니다. 믿으신 것이지요. 아니, 믿고 싶으셨을 것이옵니다. 임아, 임께서 믿고 싶으신 것은 밀우교위가 아니라 밀우교위를 믿고자 하는 임의 마음이었을 것이옵니다. 임께서 임의 마음을 믿으시는데 소첩이 어찌 그 마음에 어기대리까? 밀우교위의 글을 아뢰지 않은 것은 허접스런 그 글이 임의 마음을 상하게 할까 저어했기 때문이옵니다."

몰아치고 다그쳤던 늙은 내가 오히려 부끄러웠다.

"글은 사람의 마음이옵니다. 사람의 몸뚱이를 부릴 수는 있어도 마음만은 부릴 수가 없사옵니다. 미욱한 소첩에게 달뜬 밀우교위의 마음을 어찌 마음대로 부릴 수 있겠습니까? 하오나 밀우교위가 정녕코 임의 손과 발이라면 손과 발은 결단코 임의 마음에서 어긋나서는 아니 되는 법이옵니다. 설령 마음에 품었더라도 눈으로 봐서도 입으로 뱉어서도 글로 적어서도 아니 되옵니다. 하온데 밀우교위는 글로 적었고 임께 거짓을 고했습니다. 분명 무엇이 있습니다. 임의 손과 발이었던 밀우교위가 방자하고 오만해진 것은 분명코 까닭이 있을 것이옵니다. 소첩은 그 까닭이 두렵고도 무섭습니다.”

어을이 두렵고도 무서워하는 일을 어찌해서 나는 이리도 감감했다는 말이냐? 도대체 나는 무엇을 하느라고 곁을 살피지도 못하고 이다지도 어리석었다는 말이냐? 핏줄이 아니라면 제아무리 가까워지려고 해도 가까워질 수가 없고 핏줄이라면 제아무리 멀리 하려고 해도 멀어지지가 않는 법이옵니다…… 손과 발이라고 믿어 의심하지 않았던 밀우가 나를 농락하고 능멸했다니! 핏줄이 아니면 결코 가까워질 수가 없는 것인가? 어을이 없었더라면 사리에 밝고 총명한 어을이 없었더라면 나는 어리숙하고 늙으나 늙은 멍텅구리가 되고 말았겠구나! 어을아, 너는 내 핏줄이더냐? 멀리 하려고 해도 멀어지지가 않는 내 핏줄이더냐? 임자…… 임자는 내 핏줄이십니까? 울컥, 정체 모를 서러움이 밀려왔다.

“임아…….”

어을이 주르르 눈물을 흘렸다. 눈물을 흘리고 싶은 것은 늙은 나란다. 어쩌자고 어을이 네가 눈물을 흘리느냐? 어떡하라고 청산당에 든 후로 단 하루도 눈물 마를 날이 없는 것이냐? 이제는 울지 말거라. 걱정할 일이 없느니라…… 늙었을망정 늙은 내가 어을이 너를 울지 않게 하마!

"두루미가, 두루미들이 죽었사옵니다."

두루미들이 죽다니? 나는, 멍하니 바라보는 어을의 눈길을 쫓았다.

발갛게 물든 저녁놀이 드리운 저만치에 하얀 두루미 두 마리가 뒤엉킨 채 널브러져 있었다. 가느다란 다리로 땅을 버티고 있어야 할 두루미들의 꼴이 아니었다. 자그마한 새끼 두루미가 깃을 활짝 펴고 널브러진 두 마리 곁을 경중경중 뛰어다녔다. 잘 가라, 잘 있으라, 마지막 인사라도 하는 것이냐? 새끼는 아비어미 곁에서 오래도록 슬프고도 슬픈 춤을 췄다. 뚜루루…… 허공을 향해 서러운 고갯짓을 해대던 새끼가 우르르 땅을 박차더니 펄럭 깃을 펼치고 발간 하늘을 싹둑 잘라내며 허공으로 훨훨 날아올랐다. 날아갔다. 하얀 새끼 두루미가 발갛게 물든 저녁놀 속으로 휘청거리며 날아갔다. 하얀 몸뚱이와 검은 깃이 머리 꼭대기 벼슬처럼 발갛게 타들어갔다. 발갛게 타들어가다가 가맣게 사그라졌다. 두루미는 그렇게 소멸했다.

날아가지 못하도록 단단한 못줄로 다리를 매어두었던 두루미 아비어미는 부리가 모두 쪼개져 있었다. 새끼의 다리에 매어져 있던 못줄을 끊고자 연신 부리로 쪼아댔던 모양이었다. 두루미 아비어미는 못줄이 이리 엉클어지고 저리 엉클어져서 한 덩이가 된 채 죽어 있었다. 새끼를 날려보내고자 제 놈들이 살던 머나먼 북녘 땅으로 돌려보내고자 커다란 깃을 펼치고 가야 할 길을 가르치고 알려줬을 것이다. 그리하다가 마침내 못줄이 목을 조이고 숨통을 조이고 염통을 조이고 조여서 두루미 아비어미는 숨을 거두고 말았을 것이다.

나는 하늘을 나는 영물을 죽였다. 날고자 하는 본능을 매어서 나뒹굴게 만들더니 마침내 죽게 했다. 나는 죄를 지었다. 그저 두고두고 오래오래 보고 싶다는 사나운 욕심에 사로잡혀서 아비어미와 자식 사이의 정을 가르고, 하늘을 날아다녀야 할 영물을 죽였다. 나는 이 죄 때문에 벌을 받을 것이다. 벌을 받아야 마땅한 일이다.

보곡을 불러서 두루미 아비어미를 한곳에 묻어주라고 했다.
어을과 나란히 서서 그 모습을 고스란히 지켜봤다.
어을이 주르르 눈물을 흘렸다.
나도 눈물이 흘렀다.

어둑한 글방에 홀로 들었다.
불을 밝히지 않았다. 후원으로 향하는 창문을 열고 두루미들이 사라진 저만치를 한동안 바라봤다. 발갛던 저녁놀이 사그라지고 시나브로 어둠이 깃들었다. 눈 안에는 아무것도 들어오지 않았다. 그저 칠흑 같은 어둠뿐이었다. 검은 하늘에는 달이 뜨고 별들이 떠올랐을 것이다. 내 눈에는 아무것도 보이지 않았다. 아무것도…….
"보곡은 다시는 저년을 청산당에 들이지 마라!"
방자한 년! 또르르, 석반을 들라며 찾아온 내미를 물리쳤다.
손으로 더듬어서 불을 밝히고 옥안에 앉았다. 거센 물살이 휩쓸고 지나간 모양으로 머릿속은 텅 비어 있었다. 무엇을 해야 할꼬? 내일 금상을 배알해야 하니 상주문부터 지어야겠구나…… 무엇이라고 적어야 할꼬?
마산궁은 무탈하더이다. 금상은 속히 마산궁에 들어서 어미와 자식의 연을 이으십시오. 고개를 숙이시고 그간의 잘못을 빌어서 용서를 구하십시오. 어미 앞에서는 잘못이 없어도 잘못을 비는 것입니다. 어미의 마음이 상했으니 자식은 비는 것입니다. 아시겠습니까? 그것만이 이 나라를 평안케 할 것입니다. 구구절절 말하자면 입만 아프니 내 말대로 하시구려. 하다보면 아실 것이요, 그래야 금상이 금상 노릇을 하는 것이요. 아시겠소? 아셨으면 딴 생각 말고 내 말대로 행하시오, 금상!

하, 이리 적어서 금상에게 내던지고 그 길로 줄행랑을 놓을까?

오호라, 밀우…… 그간 밀우 이놈이 꿇은 무릎이 몇이더냐? 흘린 눈물은 얼마이며, 수굿수굿 비위를 맞추며 조아리던 머리통은 도대체 몇 개이더냐? 이놈의 간교한 머리통을 베어내리라! 아니다. 그 전에 밀우 이놈이 무엇을 도모하고자 나를 농락했는지 반드시 알아내리라! 아무리 앞뒤를 살피고 좌우를 둘러보아도 밀우가 어찌해서 말갈의 일을 거짓으로 고했는지 까닭을 모르겠다. 조당에 마산궁이 아닌 또 다른 세력이 움트고 있다는 것인가? 우황후는 깃이 꺾였으니 동궁의 모후인 연소후가, 술통집 딸년 연소후가 패거리를 긁어모았을 수도 있다. 무엇을 해야 할꼬? 만약 연소후가 작당을 했다면 나는, 받들어 모시는 동궁의 모후인 연소후의 패거리가 돼야 하는가? 무엇이 어찌 되든지 나는, 어읗을 마음으로 품은 발칙한 밀우 이놈의 목을 치리라! 반드시 목을 쳐서 머리통을 베어내고 몸뚱이로 젓갈을 담으리라! 보곡을 불러서 당장 밀우를 불러들일까 하다가 마음을 고쳐먹었다. 밀우를 지켜보리라. 그 뿌리가 어디까지 닿아 있는지 살피고 살핀 연후에 그까짓 머리통은 베어내고 너절한 몸뚱이는 젓갈을 담아도 늦지 않으리라!

후, 임자…… 어쩌누? 임자가 토라진 까닭을 제대로 짚어야 방도를 낼 것인데…… 첩실을 들인 까닭인가? 첩실을 들인 일을 알리지 않은 까닭인가? 공께서 첩실을 들이시는 일이 어찌 감히 입에 담을 일이겠습니까? 오히려 공을 살피지 못하고 첩실을 들이시라, 부인을 들이시라 청하지 못한 제 불찰이 더더욱 크옵니다…… 했으니 첩실을 들인 때문도 아니고 첩실을 들인 일을 알리지 않은 때문도 아니라는 소리일 텐데…… 어을이 밀우 이놈의 연서를 지녔기 때문인가? 옳아, 이도저도 아니라면 어을이 때문이로구나! 임자도 여인인 것을 어찌해서 몰랐던고? 어을이 노랑머리에 하늘하늘하고 호리호리한 박색일지나 분명코 사내의 마음을 설레게 할 만한 계집이니, 임자가 어을을 시샘하는 것이로구나!

임자, 말이요, 사내란 것이 말입니다. 무릇 사내의 마음을 설레게 하는 계집은 곱고 어여쁜 계집이 아니라 새로 처음 본 계집이랍니다. 사내의 마음은 늙으나 젊으나 귀하고 천하고를 가리지 않고 한 치 건너서 두 치이니 새로 처음 본 계집에게 설렌 것이 어찌 내 잘못이겠습니까? 미쳤구나! 설령 사실이라도 이런 말을 했다가는 청산당이 쑥대밭이 될 것이다. 하면 어찌할꼬?

임자, 나는 죽어서도 임자와 더불어 한 무덤에 눕고 싶습니다. 순리대로라면 내가 먼저 가겠지요. 먼저 가서 기다릴 테니 임자는 천천히 오시구려. 한데 부탁이 하나 있습니다. 내 오른편 자리는 임자의 자리가 분명할 테니 왼편에 자리 하나를 남겨두면 아니 되겠습니까? 그저 몸뚱이 하나 눕힐 자리면 됩니다. 오랜 뒤에 노랑머리 계집 하나가 올 테니 줍디좁은 자리 하나만 내어주십시다. 돌았구나, 나이가 들어서 늙었더니 망령도 함께 들어서 돌았구나! 내가 바라고 원한다고 임자가 나와 한 무덤에 눕겠는가? 어을은, 노랑머리 내 계집 어을은 내가 죽으면 길고도 긴 세월을 무슨 수로 홀로 견디다가 뼈다귀만 남은 송장 곁에 눕겠다고 하겠는가?

모르겠다, 모르겠도다! 임자의 마음을 되돌리고자 이 궁리 저 궁리를 해보지만 떠오르는 생각들은 오로지 늙은 내 걱정뿐이구나. 이래서야 어디 임자의 마음을 제대로 어루만지겠는가? 아, 이 세상 무엇보다도 어렵고 힘든 일이 어리면 어린 대로, 늙으면 늙은 대로 앵돌아진 여인의 마음을 되돌리는 일이었구나!

"소인, 보곡이옵니다."

이제는 보곡 이놈도 늙은 나를 능멸하는가? 들라는 말이 떨어지기도 전에 보곡이 벌컥 방문을 열고 들어왔다. 하나 능멸은커녕 보곡은 두억시니라도 본 듯 흙빛이 된 채 말을 더듬었다.

"이…… 이 일을…… 어, 어찌 모, 모실지……."

버버버, 더더리라도 됐느냐? 답답한 보곡을 나무라려는데 다시 방문이 열리더니 낯선 사내가 들어섰다. 사내가…… 금상이…… 금상께옵서 청산당 글방 문을 열고 홀로 드셨다.

"황제폐하, 어찌해서 누추한 곳에 납시셨나이까?"

나는 자리에서 벌떡 일어나 바닥에 엎드렸다.

"목공, 일어나세요. 기별도 없이 들른 짐이 예가 아닙니다."

"천하가 황제폐하의 것일진대 어찌 예를 따지오리까?"

금상께옵서 내 팔을 잡으시고 나를 일으키셨다. 몸 둘 곳이 없었다. 이 무슨 각골난망한 일인가? 금상께옵서 어쩐 일로…… 아시겠소? 아셨으면 딴 생각 말고 내 말대로 행하시오, 금상! 혹여 내 속내를 들으신 것인가? 지난번 조당의 일처럼 내가 또 외치고 소리쳤다는 말인가? 사방팔방 온 나라가 다 듣도록 고함이라도 쳤다는 말인가? 참으로 그리 했을지도 모르니 나는 고개를 숙인 채 금상의 하명을 기다렸다.

"이곳이 글방이구려. 대단하십니다. 이것들을 모두 읽고 적으셨다지요?"

"부끄럽습니다."

금상께 글방의 일을 아뢴 적이 있던가? 금상께옵서는 마치 글방의 일들을 이미 들어서 알고 계신 듯이 말씀하셨다. 나는 두억시니가 된 채 벽에 붙어 있던 보곡에게 말했다.

"보곡은 청산당을 보위하라."

"따르겠나이다…… 벽부인께 아뢰오리까?"

"아니다…… 어을에게 차를 준비하라고만 일러라."

보곡이 물러가자 글방에는 침묵이 흘렀다. 금상께옵서는 말없이 서가를 훑어보셨고 나는 무단히 그 곁을 따랐다.

"목공께서는 늙지 마세요. 하셔야 할 일들이 참으로 많습니다. 전조 부여에서 이어지는 우리나라의 내력을 적으셔야지요. 우리에게 성조 동명성제와 그 아드님이신 유류명제, 그 아드님이신 대주류제 시절의 일들을 그린 삼대경三代鏡은 있을지나 우리나라의 내력을 옳게 적은 글은 아직 없습니다. 목공께서 그 일을 맡으셔야지요. 목공께서 헛되고 요망한 글들을 물리쳐주십시오."

순간 나는 얼어붙었다. 헛되고 요망한 글들을 물리쳐주십시오……
무엇이 헛되고 요망한 글들일꼬? 「모후경」의 일을 아신다는 말씀이
신가? 금상께옵서 마산궁이 어떠한지 하문하시고자, 우리나라의 내
력을 적으라고 하명하시고자 이 밤중에 청산당에 홀로 드신 것은 결
코 아닐 것이다. 「모후경」, 「모후경」, 「모후경」…… 정녕 「모후경」을
아신다는 말씀이신가? 속을 끓이고 머리를 쥐어짜느니 까닭을 여쭤
는 것이 옳은 일이다.

"소첩, 어을이옵니다."

어을이 차반을 들고 글방으로 들었다. 어을은 힐끗 나를 살피더니
탁자 위에 차기들을 내려놓고 수굿했다. 금상께옵서 어을을 아래위
로 살피셨다. 아, 아니 되시옵니다…… 황제께옵서 신하에게 잠행하
시어 부인이나 첩실을 거두시는 일은 동명성제 이래로 아름다운 풍
속이었을지나, 금상께옵서 어을을 거두시겠다고 하오시면…… 결단
코 아니되시옵니다. 침이 말랐다.

"우목공과 대완의 공주 엄수추리 부인 사이에서 난 여식으로 소신
의 첩실이옵니다. 아직 어리고 어린지라 물정에 어두울 뿐만 아니라
철이 없어서 그저 시끄럽고 요란하기만 하옵니다. 게다가 하늘하늘
하고 호리호리해서 박색인지라 깜냥 심부름이나 시켜……."

하하하, 금상께옵서 너털웃음을 치셨다.

"무슨 차냐?"

금상께옵서 찻잔을 살피시며 어을에게 물었다.

"국화차이옵니다. 머리를 맑게 하고 숙면에 도움이 되실 것이옵니
다."

가슴을 졸였다. 금상께옵서 어을을 눈여겨보신다면 혹여 황궁으로 들이시겠다고 하신다면 나는 어찌할 것인가? 아니 되시옵니다, 금상! 어을은 내 어을입니다, 소리라도 쳐야 하는가?

"향이 좋구나."

금상께옵서 차를 드시고 말씀하셨다.

"어을이라고 했더냐? 어을은 성심을 다해서 목공을 모셔라. 알겠느냐?"

어을이 깊숙이 고개를 숙였다.

"저녁 수라를 보아 올리오리까?"

"아니다. 그만 물러가라."

금상께옵서 그리 말씀하시고 탁자 앞에 좌정하셨다. 어을이 글방을 나서자 나는 비로소 안도의 한숨을 몰아쉬었다. 아, 내가 내 어을을 아끼는 마음을 누가 탓하랴마는 알 길 없는 금상의 흉중을 이리 재고 저리 살피며 설레발을 치다니, 이는 불충이 아닌가? 부끄러운 일일지나 금상께옵서는 환한 미소를 머금고 말씀하셨다.

"목공께서는 고고하게 사시는 줄로만 알았더니, 비로소 홍복이십니다."

"부끄럽사옵니다."

"목공께서도 앉으세요."

황송하게도 금상과 더불어 탁자에 마주 앉았다. 금상께옵서는 국화차를 드시는 동안 말씀이 없으셨다. 침이 마르고 또한 가슴을 졸였다. 마르고 졸이느니 먼저 입을 열어서, 금상께옵서 청산당에 드신 까닭을 여쭈는 것이 옳을 것이다. 하나 금상께옵서 먼저 말씀하셨다.

"비단에 적힌 글을 읽었습니다."

금상께옵서 「모후경」의 일을 아셨구나. 글방의 일도…… 밀우구나, 밀우 이놈이 그동안 청산당의 일을 금상께 고해바치고 있었구나! 내 미 이년은 임자에게 고해바치고 밀우 이놈은 금상께 고해바치고 청산당에서 내가 무엇을 하는지 임자도 금상께옵서도 모두 알고, 아시고 계셨구나! 밀우 이놈…… 어을이 두렵고도 무서워하던 일이 바로 이것이었구나! 밀우 이놈이 연소후와 작당하지 않고 금상의 그늘을 찾아들었으니 그나마 다행이라고 해야 하는가? 금상께옵서는 어찌해서 내게 말갈의 일을 거짓으로 꾸며서 알게 하셨을꼬? 마음속에 딴마음을 품으며 금상을 뵐 수는 없는 일이니 나는, 어을이 살펴서 알게 된 그간의 사정을 금상께 알알샅샅이 아뢨다. 하고 여쭸다. 듣고만 계시던 금상께옵서 말씀하셨다.

"짐이 어미의 손에 이끌려서 황위에 오른 지 올해로 스물다섯 해가 됐습니다. 반역자 발기 일당을 쳐서 깨부쉈고 잃었던 서쪽 땅을 되찾아오고자 노심초사했으며 호시탐탐 산하를 노리던 한나라 족속이 마침내 갈가리 찢어져서 자빠졌지요. 돌이켜보니 스물다섯 해 동안 짐은 발을 뻗고 편히 잠들어본 적이 단 하루도 없었습니다. 어떤 흉악한 놈이 패당을 만들어서 반역을 도모할까? 동명성제께서 밟으셨던 광활한 북녘 땅을 언제 되찾을꼬? 화하의 땅을 갈라먹는 무뢰배를 어찌 살펴야 하는가? 이 모든 일들이 잠들지 못한다고 사라질 일들이겠습니까? 짐은, 동궁 교체에게는 더 이상 짐과 같은 걱정거리를 대물려주지 않겠노라 성조 동명성제 앞에서, 성모 유화태후 앞에서 굳은 다짐을 했습니다. 목공…… 짐을 황위에 올리신 어미가 말입니다. 금은보옥으로 치장한 마산궁에서 호의호식하시는 어미가 말입니다. 지난 스물다섯 해 동안 조당을 주무르고 짐을 어린아이처럼 다그치시던 어미가 말입니다. 전조 부여의 글자들로 해모수제 이래로 이어지는 존귀한 내력을 황제들의 세상이 아니라 모후들의 세상으로 적으셨더이다. 이제는 이 나라가 모후들의 나라가 됐으니 마침내 짐의 어미가 세상의 주인이 되시겠다는 속셈이 아니면 그것이 무엇이겠습니까? 모반이지요, 반역이지요, 정변입니다. 짐의 어미는 지금은 아무도 쓰지 않는 부여의 글자들로 우리나라의 내력을 적어서 꾸며내고, 모반과 반역과 정변의 흉계를 흉중에 숨기고 계셨던 겁니다. 목공, 이를 어찌하면 좋겠습니까? 이 나라의 황제인 짐이 무엇을 어찌하면 좋겠습니까?"

얼핏 금상의 천안에 옥루가 비쳤다. 금상께옵서는 지금까지 내가 알던 금상이 아니셨다. 금상께옵서는 신하들 앞에서 단 한 번도 말씀을 높이신 적이 없으셨다. 지난 번 조당에서 말씀을 높이신 후로 금상께옵서는 청산당에 드시어 줄곧 말씀을 높이고 계셨다. 금상께옵서는 한 번도, 단 한 번도 신하들 앞에서 흉중을 비치는 일이 없으셨다. 하나 눈앞에 계시는 금상께옵서는 듣잡기 민망하게도 하소연을 하고 계셨다.

"환도성에는 마산궁을 우러르는 자들이 아직도 넘쳐납니다. 이제는 동궁의 모후인 연소후에게 깃들겠다며 이리 몰리고 저리 몰려다닌다고 하더이다. 보세요. 황제인 짐 앞에서는 오금도 달싹 펴지 못하고 조아리던 자들이 짐의 뒤에서는 패를 지어서 수군거립니다. 목공, 짐은 목공이 어떤 사람인지 알아야 했습니다. 마산궁의 사람인지,

연소후의 사람인지 아니면 짐의 신하인지 살펴야 했습니다. 짐의 어미가 적은 간악한 글을 읽고 누구에게 달려가서 무엇을 하는지 살피고자 잔꾀를 냈던 것이니 너무 책망하지는 마세요."

그랬구나! 「모후경」을 읽은 나는, 어을이 옮긴 「모후경」을 읽은 나는 주태후를 살피고 있었다. 밀우는 내 일거수일투족을 금상께 아뢨을 것이니 금상께옵서는 내가 금상의 충직한 신하임을 보셨던 것이구나! 책망이라니요, 소신이 어찌 영명하신 금상을 책망할 수 있겠나이까?

"소신 목등, 조아리고 조아리며 밝으신 황제폐하께 아뢰옵니다. 하찮은 소신이 무엇이라고 감히 황제폐하께서 하신 일을 입에 담겠습니까? 소신은, 스물다섯 해 전 소신은 황제폐하께 이미 목숨을 의탁하였사옵니다. 길가의 돌멩이보다도 못하고 방바닥의 먼지보다도 못한 소신이 어찌 감히 딴마음을 품겠나이까? 소신은 오로지 높고 밝으신 황제폐하의 어혜가 되고플 뿐이옵니다."

"목공께서 하찮은 분이시라면 짐이 이 밤중에 청산당에 들겠습니까? 목공께서 참으로 하찮은 분이시라면 짐이 이마를 마주하고 더불어 앉을 수 있겠습니까? 겸손이십니다. 겸손은 스스로 존귀한 사람만이 하는 것이지요. 옛 추鄒나라에 살던 맹가孟軻(맹자)가 말하기를 가여운 이를 가엽게 여기고 부끄러운 일을 부끄러워하며 물러서야 할 자리에서는 물러서고 옳고 그른 일을 명명백백하게 가르는 일이야말로 사람이 갖춰야 할 도리라고 했으니, 목공께서는 도리를 아시는 존귀한 분이 아니시겠습니까? 짐은 이제와 목공의 높고도 귀한 마음을 모두 봤으니 더 이상 겸손하지 않으셔도 됩니다."

"늙은 소신의 주인은 오로지 높고도 밝으신 황제폐하뿐이시옵니다."

나는 온 정성을 다해서 깊숙이 고개를 숙였다.

"목공의 말씀을 듣자니 짐이 더더욱 부끄럽습니다. 목공…… 짐이 목공께 중한 청이 있습니다."

"말씀을 거두소서. 청이 아니라 명이십니다. 거룩하신 황제폐하의 추상같으신 명을 소신에게 내리소서. 소신, 늙고 어리숙할지나 신명을 다해서 따르고 행하겠나이다."

타다닥, 등잔불의 심지가 소리를 내며 타올랐다.

내 마음도 까만 심지 모양으로 타다닥, 타들어갔다.

"마산궁을…… 없애야겠습니다."

헛것을 들었는가? 마산궁을 없애라니? 주태후를 폐하시겠다는 말씀이신가? 주태후를 폐하시겠다면 금상께옵서 내게 명하실 일이 아니지 않는가? 명하실 일도 아닌 일을 내게 청하러 오셨다니…….

"목공, 마산궁의 태후를…… 짐의 어미를 죽여주십시오."

염통이 쿵, 내려앉았다. 눈앞이 아득해지고 팔다리가 맥을 놓았다. 서늘한 정수리에서 넋이 빠져나가더니 글방을 휘젓고 다녔다. 하…… 길고도 긴 한숨이 몸뚱이에서 새어나왔다. 나는 허깨비처럼 멍하니 금상을 바라만 봤다.

"마산궁을 살피던 말갈들이 부여의 글자로 적은 비단 세 폭을 들고 왔습니다. 부여의 글자를 아는 자를 불러서 읽게 했지요. 피가 거꾸로 솟더이다. 이 일을 어쩌누? 말이 새어나갈까 염려해서 말갈들과 글을 읽은 자의 목을 베고 조당을 살폈습니다. 국상 고우루는 언제

죽을지 모르는 늙은이고, 태보 우목은 황후의 오라비이니 황후의 귀에 들어갈 것이고, 우보 상제 이놈은 마산궁의 조무래기이니 언젠가는 목을 칠 놈이고, 연소후나 명림씨 일가에게 힘을 실었다가는 동궁의 어깨가 무거워질 것이고…… 목공뿐이더이다. 해도 살피고 살폈습니다. 목공이야말로 맞갖은 분이시더이다. 목공, 짐이 짐의 어미를 주살한다면 무도한 한나라 족속과 다를 바가 무엇이겠습니까? 모반과 반역과 정변의 흉계를 품은 어미를 살려둔다면 이 나라는 결국 한나라 족속처럼 갈가리 찢어지고 무너져서 남아나지 못할 것입니다. 없애야지요. 하나 짐은 할 수가 없는 일입니다. 짐이 할 수 없는 일을 목공께서 해주십시오. 어미를 없애고 어미를 우러르는 패거리를 모조리 베어낼 것입니다. 목공께서는 이미 마산궁에 들어서 짐의 어미를 살폈으니 다시 마산궁에 드는 일은 수월하실 것입니다. 목공, 짐을 지켜주십시오. 세세손손 무궁토록 이 나라를 지켜주십시오.”

하오나, 하오나…… 황제폐하, 어미와 자식은 천륜이옵니다. 마산궁에서 나온 「모후경」은 황위를 노리는 주태후의 간악한 음모가 아니라 오로지 황위에 있는 자식을 염려하고 그리워하는 어미가 옛 일들을 구불구불 써내려간 어리석은 글일 뿐이옵니다. 어을이, 사리에 밝고 슬기로운 소인의 어을이 주태후의 일을 모두 다 봤나이다. 엎드려 정하옵니다. 황제폐하시여, 천륜을 거스르는 명만은 간절히 바라옵건대 거둬주소서!

용루를 글썽이시는 금상의 용안을 뵈옵는 순간 차마 말이 돼서 입밖으로 나오지 않았다. 아, 금상께옵서 탁자 위에 놓여 있던 내 두 손을 마주잡으셨다. 무엇을 마다하랴? 글방을 휘젓고 다니던 넋이 다시 정수리를 타고 들어왔다. 무엇을 망설이랴? 나는…… 몸 둘 곳을 모르는 나는 깊숙이 고개를 숙였다. 눈물이 많아진 까닭이 어찌 나이 탓이랴? 나는, 왈칵 눈물을 쏟고 말았다.

"소신 목등…… 황제폐하의 명을 받들겠나이다."

만고의 충신이 되겠구나! 어미와 자식의 천륜을 거스르는, 자식이 어미를 죽이는 비참하고도 끔찍한 황명을 행하는 만고의 충신이 되겠구나! 오호라, 하늘의 해를 어찌 볼꼬? 하나 지엄하신 명을 받드는 신하가 무엇을 두려워하랴?

어떻게 글방을 나섰는지, 금상께옵서 앞장을 서셨는지 내가 방문을 열어서 금상을 모셨는지, 기억이 나지를 않는다. 어찌어찌해서 청산당 마당에 나섰더니 우림교위 우어지와 성문교위 밀우가 대령하고 있었다. 밀우 이놈이 나를 보자 고개를 숙이고 눈길을 피했다. 금상께옵서 말 위에 오르시더니 말씀하셨다.

"성문교위 밀우는 짐이 거두겠습니다."

나는 금상께 국궁하고 바닥에 엎드렸다. 금상께옵서 청산당을 떠나셨다. 우어지와 밀우도 말을 타고 떠났다. 나는 말발굽 소리가 사라진 청산당 마당에 한동안 엎드려 있었다. 머릿속이 텅 비었다. 텅 비어버린 머릿속이 오히려 말끔하고 가뿐했다. 주태후, 주진아 이년을 이제 내 손으로 죽이면 되는구나! 맥없이 하늘을 바라보며 미소를 머금었다. 까만 밤하늘에는 이지러진 달이 뜨고 하얀 별들이 가득할진대 늙은 내 눈에는 아무것도 보이지 않았다. 벌이다…… 두루미들을 죽게 한 벌을 이리 받는구나!

수왕당

열아홉, 나는 개차반이었다.

나는 집 안의 계집종들을 모조리 품었다. 하룻밤에 둘도 좋고 셋도 좋고 어려도 좋고 늙어도 좋고 생김만 계집이라면 눈 풀린 수캐모양으로 환장했다. 집 안 조의들의 여식들 뒤꽁무니를 졸졸졸 쫓아다녔고 객점들의 살꽃들을 두루두루 섭렵했으며 눈이라도 마주치면 길 가는 아낙네들이라도 어절씨구 마다하지 않았다. 열아홉 먹은 나는, 더럽고 추잡했으며 난잡하기 그지없었다. 하나 누구도 감히 나를 개차반이라고 손가락질하지 않았다. 나는 공자公子였으니…… 그 누구라도 내 앞에서 입을 다물었고 눈길을 거뒀다.

내 할아비 도루(목도루穆度婁)공은 신명선제 시절 어수태자를 호종하고 한나라 족속이 차지하고 있던 요동 땅을 들이쳐서 되찾아오신 분이셨다. 어수태자가 태조황제에 오르시자 할아비께서는 비류 패자, 동해곡 대사자, 책성 태수, 우산 태수를 두루 거치고 우보에 이어서 좌보에 오르셨으니 뭇사람의 칭송을 받는 중신이셨다. 훗날 폐주 차대제가 황위에 오르자 할아비께서는 잔악무도한 폐주를 꾸짖고 더 이상 조당에 들지 않으셨으니 할아비의 강건함이 오래도록 칭송되었다.

할아비는 내 할미 송화부인 사이에서 숭(목숭穆崇), 천(목천穆天) 두 분의 아드님과 수례(목수례穆守禮) 한 분의 따님을 두셨고 그 밖에 별자 열둘을 더 두셨다. 내게는 백부가 되시는 숭공은 신대제 시절 태보에 오르셨고, 내 아비 천공은 금상께옵서 황위에 오르신 후 태보에 오르셨다. 또한 내 아비의 여동생이신 수례 고모님은 신대제의 중궁황후에 오르셨고 맏아드님이신 남무태자께서 고국천제에 오르시자 이 나라의 태후가 되신 분이셨다.

보아라, 더럽고 추잡하고 난잡하기 그지없던 나를 누가 감히 손가락질할 수 있었겠는가? 어찌할꼬? 하늘 아래 서 있기 부끄러운 이 일들을 마침내 적고야 마는구나!

내 나이 열아홉이었으니 쉰 해 전 오월이었으리라.

신대제의 중궁황후이신 고모님의 생신을 맞이해서 궁궐에 들었던 그날이었다. 궁궐은 별천지였다. 그전에도 궁궐에 든 적이 없지는 않았으나 열아홉 개차반이었던 나는 비로소 궁궐의 무수한 나인들이 눈 안에 들어왔으니 솔솔 풍겨오는 향내와 사뿐사뿐 걷는 걸음걸이와 호박덩이 같은 엉덩이들은 별천지가 아니면 무엇이었겠는가? 고모님께 생신 하례를 하는 둥 마는 둥 잔칫상에서 물러나온 나는 중궁이며 좌궁이며 우궁을 눈요기하다가 금방이라도 하늘에서 내려온 선녀 같은 계집 하나를 봤다.

계집은 탕을 끓이는 포비였다. 나는, 숯불이 담긴 화로를 들고 이리저리 바쁘게 움직이는 계집의 뒤꽁무니를 쫓았다. 계집은 쫓는 것을 알아차렸는지 인적이 드문 뒤란으로 접어들더니 화로를 내려놓고 나를 돌아다봤다. 가까이 보니 계집은 단연코 미색이었다. 얼굴은 발그레하니 둥글고 코는 자그마니 오뚝하며 머리터럭은 매끈둥하니 풍성했다. 무엇보다도 불룩한 젖가슴과 잘록한 허리에 풍만한 엉덩이는 진작 본 적이 없는 계집이었다.

"공자는 어인 일로 소인의 뒤를 쫓으십니까?"

계집의 입에서 나온 목소리는 티 없이 맑고 고왔다.

"꽃이 발이 달린 모양이니 나비가 쫓을 수밖에, 이름이 무엇이냐?"

발칙하게도 계집이 배시시 웃었다.

"무단히 이름을 어찌 말하리까? 나비를 닮은 공자가 무엇이라도 먼저 주시면 꽃을 닮은 소인이 이름을 말하리다."

감히 말을 섞으며 오히려 되물어오다니!

"무엇을 줄까? 하늘에 별이라도 따줄까? 나는 새라도 떨어뜨려줄까?"

부끄럽도다, 부끄럽도다, 부끄럽도다!

"별을 따서 무엇에 쓰리까? 하늘을 나는 새를 잡아오십시오."

"아무 새나 잡아오면 되겠느냐?"

"음, 난鸞새가 좋겠습니다. 난새를 잡아오십시오."

"난새, 난새라, 난새로 무엇을 하려고? 잡아서 먹을 테냐?"

"먹기만 하리까? 가죽으로 옷을 짓고 깃털로 관을 만들어 쓸 것입니다."

계집은 샐쭉 웃더니 화로를 들고 멀어져갔다.

"내 이름은 등이니라, 목등! 난새를 잡아올 테니 열흘 뒤에 아니다, 닷새 뒤에 이맘때 여기서 보자꾸나!"

계집이 힐끗 나를 돌아보더니 총총 사라졌다.

나는 지나가는 나인의 옷자락을 붙들고 멀어져간 계집의 이름을 물었다. 진아, 주진아라고 했다. 태후궁 조의 주로의 여식이라고 했다. 황궁의 음식을 책임지는 상식 주경의 조카라고도 했다. 참으로 난새를 잡아야겠구나. 주진아, 진아…… 저 계집을 반드시 품에 품고 말리라!

난새가 어떻게 생긴 새더냐? 집으로 돌아온 나는 이리저리 난새를 캐물었다. 난새를 눈으로 본 사람은 없었지만 말들은 넘쳐났다. 생긴 것은 닭을 닮았으나 한 번 울면 다섯 가지 소리를 내는 영물이라고 했다. 수놈은 온몸이 붉은색이고 암놈은 파란색이며 봉鳳새와 어울리기를 좋아한다고도 했다. 봉새, 봉새라…… 봉새는 벽오동나무에만 내려와 앉고 붉은 대나무 열매만 먹는 영물이니 벽오동나무나 대나무를 찾아 나서면 봉새도 만나고 난새도 보겠구나!

손 안에 착 드는 비표 열 벌, 아흔 자루를 고르고 주머니에 가득 담아서 옆구리에 차고 벽오동나무가 지천인 산중을 찾아 나섰다. 어리석은지고! 벽오동 꽃향내에 취해서 사흘 밤낮으로 봉새를 기다리고 난새를 기다렸다. 하나 목을 빼고 기다려도 난새는커녕 봉새조차 보이질 않았다. 나는 허공을 날아다니는 애꿎은 꿩이며 까치들만 한가득 잡아서 집으로 돌아오고 말았다. 아, 이때 비표를 날리며 갈고 닦은 솜씨가 훗날 여러 전장에서 제법 요긴하게 쓰였고 지금은 소맷부리에 넣고 다니는 내 비기秘器가 되었구나!

약조한 닷새째 날에 나는 고모님께서 즐겨 자시는 하돈河豚(복어)을 잔뜩 구해서 황후궁으로 들었다. 하돈은 탕을 끓여야 제 맛이니 탕을 끓이는 포비 진아를 곁에서 볼 수 있지 않겠는가? 하나 진아는 보이지 않았다. 나는 진아의 이름을 물었던 나인을 다시 찾아서 진아의 행방을 물었다.

"진아는 차비가 됐습니다."

차비, 차비라…… 진아는 그 사이에 신대제의 모후이신 상태후의 눈에 들어서 차를 끓이는 차비가 되어 있었다. 해도 약조한 때에 약조한 곳으로 나오지 않겠는가? 나는 황후궁 뒤란에서 진아를 기다리고 기다렸다. 한 시진이 지나도록 진아는 나타나지 않았다. 나는 진아의 이름을 물었던 나인을 다시 찾아서 진아의 처소를 물었다.

"진아는 소인과 한 방을 쓰는 동무이옵니다."

옳아, 잘 됐구나!

나는, 혹여 쓸 데가 있을까 싶어서 챙겨온 옥으로 만든 빗 하나를 한 방 동무에게 쥐여주고는 처소로 들어가 진아를 기다렸다.

부스럭 부스럭, 정체를 알 수 없는 소리에 눈을 떴다. 사방이 뿌옜다. 여기가 어딘가? 아, 기다리다가 잠시 누웠을 뿐인데 아주 잠이 들었던 모양이구나! 이곳은 진아의 처소이니 이 소리는 분명 진아가 내는 소리일 테고…… 나는 실눈을 뜨고 소리의 흔적을 찾았다. 불도 없는 어둑한 방 안이었지만 창을 비치는 달빛이 맑고 밝았다. 이제 보니 내가 베개를 베고 있었다. 진아가 베개를 받쳐주었구나! 진아, 진아가…… 나인복을 벗고 있었다. 아마도 잠자리에 들 모양인지 이부자리도 펼쳐져 있었다. 이대로 진아를 품기만 하면 되는 것인가? 양물에 힘이 들더니 곧추서기 시작했다. 진아가 내 쪽을 바라보는 기색이었다. 얼른 눈을 감았다.

"공자…… 그만 기침하시지요."

봤는가? 실눈을 뜨고 훔쳐보는 것을 봤는가? 부스럭, 진아가 자리에 앉는 모양이었다. 난감하지만 부스스 일어나는 것이 옳을 듯싶었다. 으음…… 나는 막 잠에서 깨는 모양으로 일어나다가 진아를 발견하고는 흠칫 놀란 표정을 지어 보였다.

"너는 차를 끓이는 차비가 아니냐? 네가 여기 웬일이냐?"

호호호, 진아가 웃었다.

"소인이 소인의 방에 있는 것이 웬일은 아닐 것입니다."

호호호…… 그 웃음소리는 마치 나를 꿰뚫어보는 듯했다.

"한데, 소인이 차비가 된 것은 어찌 아셨습니까?"

아, 차비가 아니라 포비라고 했어야 하는 것을!

"밤이 깊어가니 오늘은 소인의 방에서 머무시고 내일 소인이 일을 나간 후에 한낮이 되거든 방에서 나가십시오. 궁궐에는 눈들이 많으니 조심하고 또 조심하셔야 할 것입니다."

내가 이곳을 어찌 나가는가는 내 사정이니 너는 오늘밤 내 시중이나 들어보아라…… 입 안에서 맴돌 뿐 말이 돼서 입 밖으로 나오지 않았다. 겨우 한다는 말이…….

"어찌해서 약조를 지키지 않았느냐?"

"소인은 공자와 약조를 한 적이 없나이다."

그랬구나, 홀로 뱉은 말이었으니…… 내 말에 네가 웃지 않았느냐?

"하온데 난새는 잡아오셨습니까?"

"난새…… 그 난새가 말이다. 잡지는 못했지만…… 보기는 했느니라. 보기는 했는데 차마 잡을 수가 없더구나. 그것이 어찌된 영문인가 하니, 난새가 봉새와 가까이 지낸다기에 벽오동나무가 지천인 산중에 들었다가 사흘째 되는 날에 마침내 난새를 만났는데, 온몸이 파란 깃털로 뒤덮인 모양이 암컷이더구나. 비표를 날려서 난새의 염통을 단숨에 맞추려는 차에 난새가 두 손을 저어, 아니 두 깃을 들어서 소리치기를…… 소인을, 아니 미물을 살려주소서. 가엾고 불쌍한 미물이니 저를 살려주시면 세상에서 하나뿐인 보옥을 드리겠나이다, 하더구나. 난새가 영물이 아니더냐? 제 입으로 스스로 미물이라고 낮추며 세상에서 하나뿐인 보옥을 주겠다는데 어찌 숨통을 끊을 수 있겠느냐? 이, 이걸 볼 테냐? 난새가 준 보옥이다. 네 것이니 가져라."

주절주절 흰소리를 지껄이던 나는 홍옥과 청옥으로 된 목걸이를 주섬주섬 꺼내어 방바닥에 내려놓았다.

"어찌해서 이 목걸이가 제것입니까?"

진아가 힐끗 목걸이를 보더니 모로 앉았다.

"난새를 만나서 얻은 물건이니 네 것이 아니면 누구 것이겠느냐?"

비록 모로 앉았을망정 진아의 눈길만은 목걸이를 향하고 있었다.

"공자께서 귀한 물건을 소인에게 건네는 까닭을 알고 싶습니다."

"내가 네게 마음을 빼앗겼느니라. 사내가 계집에게 마음을 빼앗겼는데 아까운 것이 무엇이고 주지 못할 것이 무엇이겠느냐? 다 주마…… 정도 주고 몸도 주고 마음도 다 네게 주겠노라…….”

힐끗 진아가 바라보는 순간 나는 그 틈을 놓치지 않고 진아의 손목을 낚아채 품 안에 보듬었다. 진아가 두 손으로 내 가슴팍을 밀어내며 말했다.

“처신을 차리소서. 공자는, 목등 공자는 이미 혼인하신 분이십니다.”

내가 혼인을 했다고? 이런 덜떨어진 놈을 봤나? 혼인한 사실을 진아에게 듣고서야 깨닫다니!

나는 아비의 명을 따라서 명림답부공의 조카딸이 되는 명림금과 혼인했다. 초야를 치르던 날 명림금은 내게 눈물을 뿌리며 말했다. 소첩, 정인이 있습니다…… 하, 나는 정인이 있다는 명림금을 품고 싶지 않았다. 또한 아비어미에게도 이 사실을 말하지 않았다. 오죽하면 마음을 졸이며 눈물을 뿌리며 내게 속내를 털어놓았겠는가? 연모하는 사람과 정을 쌓는 것이 사람의 본성일진대 명림금 또한 나처럼 제 아비의 말을 좇아서 본 적도 없는 나와 혼인한 것일지니 그 마음이 여북했겠는가? 정이란 것이 새로 솟기도 하고 저절로 사그라지기도 하는 법이니 우리의 인연이 어찌 되는지 두고나 보십시다…… 명림금은 보름이 지나도록 밤이면 밤마다 훌쩍거리며 눈물콧물을 찍어내더니 달포가 지나자 이불을 뒤집어쓰고 우네부네 꺽꺽거리며 통곡을 했다. 가라, 애초에 두고 볼 일이 아니었구나. 뒷일은 내가 감당할 테니 정인과 다붓이 살아라. 다만 내 눈에는 띄지 마라. 네가 정인과 희희낙락하는 모습을 본다면 내가 무슨 짓을 벌일지 모르는 일이니…… 나는 아비어미께 돌계집과는 살 수 없다며 혼인을 파하겠노라고 아뢨다. 말들이 오고 갔지만 나는, 명림금이 아프다는 핑계를 삼아서 본가로 내몰았다. 아직도 나는 뚜렷이 기억한다. 본가로 향하던 날 입가에 한가득 미소를 머금었던 명림금을…… 계집이라는 족속은 본래부터 저리도 저만 아는 낯 두꺼운 족속이더냐? 마음을 졸이며 순전히 제 편이 되어준 나를 위해서라도 명림금은 참아야 했다. 아무리 정인을 만날 생각에 기쁘고 설레더라도 내 앞에서 미소를 머금으면 아니 되는 일이었다. 저년을, 온 나라가 받들어 모시는 명림답부공의 조카딸 명림금을, 정인을 마음에 새긴 채 나와 혼인한 저년 명림금을, 도리질하고 울며불며 내 몸뚱이를 밀어내더라도 다그치고 후려쳐서라도 품었어야 하는 것을…… 명림금의 말을 순순히 들어주었던 나는, 가슴이 저리도록 후회했다. 이제와 돌이켜보건대 그날로 나는 개차반이 됐고 난봉꾼이 됐다. 계집하고는 본래 실컷 놀아야 하느니 어디 한번 놀아보자꾸나! 오호라, 부끄럽기 짝이 없도다!

"가여우십니다."

이야기를 듣던 진아가 내 눈을 바라보며 말했다.

"무엇이 가여우냐?"

"공자는 정이 고프신 겁니다. 하니 이리도 철이 없으신 것이지요."

하, 누가 감히 내게 이런 말을 할 줄 알았더냐?

내 아비 천공은, 부인들과 첩실들에게 자식들을 낳을 줄만 알았지 살갑게 대할 줄은 도통 모르는 무심한 분이셨다. 내 어미 오씨는 신명선제 시절 태보를 지낸 오희공의 따님으로 동명성제의 창업공신인 황룡왕 오이공의 증손녀가 되는 분이셨다. 내 어미는…… 내 아비보다도 스무 살이나 나이가 많으셨으니 젊어서는 동명성제의 창업공신인 비리왕 마리공의 손자, 마락공의 우방부인이었고 마락공이 돌아가시자…… 내 아비의 형님이고 내게는 백부가 되시는 숭공과 혼인했으며 또한 숭공이 돌아가시자…… 또다시 내 아비 천공과 세 번째 혼인을 한 분이셨으니…… 내 어미는 씨앗이 다른 자식이 모두 아홉이나 되셨다. 보아라, 젖 한 번 제대로 물려준 적 없고 어디 한 번 제대로 얼싸안아준 적 없는 내 어미가 내 이름을 제대로 기억이나 했겠는가? 눈길이라도 마주칠 적이면 정아, 상아, 홍아, 온갖 무수한 이름들을 불러댔으니…… 어찌해서 모르시오? 내 이름은 등입니다. 목등!

진아의 말은 옳았다. 나는 아비의 정이 그립고 어미의 정이 그립고…… 그립고 그리워하다가 마침내 개차반이 돼서 부화방탕했도다…… 한데 내가 혼인한 사실은 어찌 알았을꼬? 진아가 나에 대해서 수소문을 했다는 소리가 아닌가? 옳아, 진아 이 계집이 내게 쏠렸던 것이 분명하구나! 그렇지 않고서야 어찌 외간 사내가 제 처소에 들어서 대자로 누웠는데 베개를 받쳐주고 말을 섞고 앉았겠는가? 그뿐만 아니라 겉옷을 활활 벗고 사내 앞에 이리 마주 앉아 있으니…… 됐다, 마음을 읽었고 행실을 봤는데 무엇을 망설이고 무엇을 살필 것인가? 이제 더불어 운우지락을 나눠보자꾸나!

"가여운 나를 한번만 안아주겠느냐?"

물끄러미 바라보던 진아가 슬쩍 고개를 저었다.

"그렇구나, 그래야겠지. 정이 고프고 철도 없어서 가여운 나는 이만 가봐야겠다. 이 밤에 우림들이 눈에 불을 켜고 지키는 궁궐을 살아서 제대로 빠져나갈 수나 있을는지…… 에고, 이 목걸이는 네 것이 분명하니 한번 걸어나보아라. 어울리는지 구경이나 하자꾸나?"

나는 목걸이를 들어서 진아의 얼굴 앞에 내밀었다. 망설이던 진아가 미소를 머금더니 목을 들이밀어서 목걸이 안으로 들어왔다. 옳다, 내 것이로구나! 나는 순식간에 진아의 어깨를 감싸안고는 옷고름을 잡아챘다. 진아의 목에 걸린 목걸이가 확 끊어지며 붉고 파란 구슬들이 후두둑, 방바닥을 굴렀다. 아, 아니되옵니다…… 그간 난봉으로 지내온 세월이 얼마인데 계집 하나를 후리지 못할까? 나는 진아의 옷가지를 모조리 벗기고, 벌거벗겨진 진아를 이부자리에 던져 놓았다. 이럴 때는 잠시의 틈도 줘서는 아니되는 법이니, 훌렁 나 또한 옷가지를 벗어젖히고 넉장거리한 진아의 몸뚱이를 타고 눌렀다. 진아는 싫다 좋다, 오르다 그르다 할 틈조차 없었다. 사내와 계집이, 열아홉 사내와 열다섯 계집이 벌거숭이가 된 채 한 덩이가 됐는데 도대체 무슨 말이 더 필요하랴? 더구나 진아는 이미 내게 쏠린 계집이 아니던가? 엉키고 뒤엉키고 얼싸안고 싸안고…… 하나 참으로 무참하고 난감한 일이 벌어지고 말았으니…… 채 방사에 들어가기도 전에 나는 그만 진아의 얼굴에 사정을 하고 말았다.

거웃이 돋고 몽정으로 밤잠을 설치던 열일곱, 말뚱 같은 동무들과 숙덕숙덕 작당하고 객점의 살꽃들에게 동정을 내팽개치기로 작정한 그날 나는, 꼭 이러했다. 이름이 호추미라고 했던가? 나와 동침했던 살꽃은 히죽거리며 내 머리통을 쓰다듬더니 밤꽃향내 가득한 내 양물을 입으로 물고 빨았다. 난감하고 무참했던 나는 다시 용기백배했고 사내로 태어난 쾌감을 난생처음 알았다.

진아는 옴짝달싹 못한 채 얼어 있었다. 진아는 숫처녀가 분명할지니…… 나는 울음을 삼키며 훌쩍이는 진아의 얼굴에 묻은 내 어린것들을 깨끗이 닦았다. 한없이 부끄러우나 내가 무슨 일을 저질렀는지, 내가 얼마나 서툰 짓을 했는지 진아에게 말했다.

"소인이 어린 까닭이옵니다."

진아가 부끄러운 듯 고개를 숙였다. 그 모습에 내 양물은 빳빳이 고개를 들었다. 차근차근 찬찬하게 만지고 매만지고…… 비로소 나와 진아는 밤새도록 어우러졌고 또한 뒤엉켜서 놀았다. 내가 하나를 가르치면 진아는 열을 알아듣는 천하의 요부였다. 천하의 살꽃이었다.

"어찌해서 난새를 잡아오라고 했느냐?"

"공자가 별을 따올까, 새를 떨어뜨릴까 물으시니 난새가 생각났을 뿐이지요. 해를 등지고 서 계시는 공자의 모습이 영락없는 난새처럼 보였으니까요."

"하, 내가 난새라면 너는 봉새가 될 테냐? 아니다, 봉새는 수놈이니 너는 황새가 되겠구나!"

난새가 황새와 뒤엉켜서 놀았다. 황새가 난새를 올라타고 난새가 황새를 물고 빨았다. 이러다가 팩 고꾸라져서 죽어도 나는 난새요 너는 황새이니 무엇이 안타까울쏘냐? 첫닭이 울고, 아슴푸레한 새벽녘에 진아와 한 방을 쓰는 동무가 톡톡, 방문을 두드렸다. 나는 요리조리 방바닥을 굴러다니던 홍옥과 청옥을 한 움큼 잡아서 한 방 동무에게 쥐여주며 말했다.

"황새가 아니, 진아가 독한 고뿔에 걸렸구나. 한나절 푹 쉬면 나을 듯하니 네가 입단속을 해주려무나. 뭐 먹을 것을 좀 가져다주겠느냐? 밤새도록 병구완을 했더니 요깃거리가 필요해서 말이다."

참으로 낮도 두꺼웠으니 오뉴월에 고뿔은 무슨 고뿔이고 병구완에 요깃거리는 무슨 해괴망측한 소리였더냐? 고뿔을 핑계로 한 방에 든 나와 진아는 날이 새는 줄도 모르고 들썽들썽, 날이 가는 줄도 모르고 홧홧 불끈 달아올랐다. 서로 벌거숭이가 된 채 물고 빨고 세우고 젖기를 사흘째 되던 날 새벽녘에 나는, 마침내 날벼락을 맞고 말았다.

"당장 떨어지지 못할까?"

진아의 이모, 주경이었다. 얼싸안고 한창 요분질을 하던 진아가 기겁했다. 요분질에 맞춰서 엉덩이를 움켜쥐고 까불거리던 나는 방바닥으로 벌렁 나자빠졌다. 순간 번쩍, 하얀 별들이 까만 눈앞에서 까물까물했다. 방문을 박차고 쳐들어온 주경이 내 뺨을 후려쳤던 것이다. 놀란 진아가 내 앞을 막아서며 말했다.

"이모님, 공자님을 함부로 하지 마소서!"

"미쳤구나? 이곳은 궁궐이다. 궁궐에서 나인이 외간 사내와 붙어……"

말을 채 마치지 못한 주경은 방문을 걸어 잠그더니 더럭 내 앞에 앉았다. 진아가 내 곁으로 다가와서 나란히 앉았다. 물끄러미 바라보던 주경이 널려진 옷가지들을 집어서 나와 진아에게 건넸다. 그러고 보니 벌거벗은 나와 진아는 땀으로 범벅이 된 채 번들거렸다. 그 꼴이라니…… 쥐구멍이라도 있었으면 좋으련만 손바닥만 한 방 안에는 바늘구멍 하나 눈에 들어오지 않았다.

"젊은 사내와 계집이 서로 눈에 들어서 배를 맞췄는데 내가 뭐라고 나무라겠느냐? 하나 이 일이 밖으로 샌다면 두 사람 모두 살아남지 못할 것이다…… 공자는 이 길로 궁궐을 나가야 할 것이고 다시는 진아 근처에 얼씬도 하지 말아야 하오. 알겠소? 또한 진아 너는 이 일을 죽는 순간까지 입에 담아서는 아니 될 것이니 명심하고 또 명심해야 한다. 알겠느냐? 나 또한 오늘 일을 까맣게 잊을 것이다…… 두 사람이 인연이라면 세상 무엇이 가로막겠는가마는 내가, 내가 나서서 차고 막아낼 테니 두 사람은 결코 인연이 아닐 것이다."

한마디 한마디 온힘을 주어서 말하는 주경의 언사는 참으로 두려웠다. 나는 그길로 진아의 처소를 나왔고 담장을 넘어서 들어간 어원에서 날이 밝기를 기다렸다가 신하들이 상참에 들 무렵 궁궐에서 빠져나왔다.

"아버님, 관직에 오르고 싶습니다."

이튿날 나는 아비께 무릎을 꿇고 말했다. 멍하니 내 말을 듣던 아비가 무릎으로 걸어서 다가오더니 두 손을 맞잡고 말씀하셨다.

"이제야 내 아들이 넋을 차린 모양이로구나! 그래, 무엇이 되고 싶으냐? 말만 해라. 내 여동생이 이 나라의 황후폐하이시고 내 조카님이 태자에 오르시어 이 나라의 황제폐하가 되실 분이신데 네가 무엇을 못하겠느냐? 등아!"

개차반으로 난봉을 일삼던 아들이 관직에 오르고 싶다는데 내 아비께서 반색한 것은 당연한 일이었다.

"조의가 되고 싶습니다. 태후궁의 조의가 되고 싶습니다."

"어째서 태후궁이냐? 네 고모님이 계신 황후궁으로 가야지!"

아니지요. 진아를 만나려면, 차비 진아를 온종일 보고 만나려면 태후궁에 들어야 합니다. 상태후께서 진아를 어여삐 여기신다고 하더이다. 더구나 진아의 아비 주로가 태후궁 조의이니 제가 태후궁 조의가 돼야 진아의 아비와 사귈 수 있지 않겠습니까? 진아를 제 부인으로 삼아야지요. 궁궐에 든 나인을 부인으로 삼으려면 여간 힘이 들 것이 아니니 방도를 구하기에는 태후궁 조의가 딱입니다. 하나 나는 아비께 이 말을 할 수 없었다.

"옳아, 내 생각이 짧았구나! 우리 황후폐하께서 태후폐하를 항상 어렵게 여기시는데 네가 태후궁에 들어서 손발이 된다면 태후폐하께서도 우리 황후폐하를 달리 보실 것이고…… 우리 등이가 생각 또한 깊구나! 됐다, 이제 다 됐다!"

황후의 피붙이를 태후궁에 심는 데는 명분이 필요했다.

나는 밤마다 진아를 그리워하며 몽정했다.

황후의 피붙이를 태후궁에 심는 데는 시간이 필요했다.

나는 밤이면 밤마다 진아를 그리워하며 수음했다.

황후의 피붙이를 태후궁에 심는 데는 대가가 필요했다.

나는 밤이면 밤마다 진아를 그리워하며 바싹 말라갔다.

궁하면 통한다고 했던가? 내 아비의 노력으로 마침내 명분과 시간과 대가가 딱 맞아떨어졌고 나는 태후궁 조의가 됐다. 입궐하던 날 나는 뒤도 돌아보지 않고 진아의 처소로 달려갔다.

"진아야, 진아야……."

방문을 활짝 열어젖혔다. 진아의 향내가 물씬 풍겨왔다. 그 시각에 진아가 처소에 있을 리 만무하나 다디단 진아의 향내를 맡는 것만으로도 좋았다. 마침 진아와 한 방을 쓰는 동무가 나를 보고 반겼다. 나는, 태후궁 조의가 됐으니 앞으로 잘 부탁한다는 말도 잊지 않았다.

"진아는 지금쯤 어디에 있을꼬?"

한 방 동무는, 진아가 신대제와 명림답부공이 정사를 보시는 어원의 수왕당으로 차반을 들고 들었다고 했다. 수왕당樹王堂…… 어원은 온갖 신기하고 기묘한 짐승들이 가득한 곳이었다. 신대제는 어원이 한눈에 내려다보이는 자리에 전각 한 채를 지으셨는데 그곳이 바로 수왕당이었다.

나는 어원의 담장을 넘어 들어가 우림들이 빙 둘러싸고 지키는 수왕당 근처를 어슬렁거렸다. 한 시진쯤 지났을까, 내게는 고모부가 되시는 신대제께서 한때는 내 처숙이셨던 명림답부공과 함께 수왕당에서 나오셨다. 나는 얼른 몸을 숨기고 줄줄이 뒤를 따르는 열댓 명의 나인들을 살폈다. 진아의 이모인 주경도 보였고…… 진아가 보이지 않았다. 어라, 놓쳤는가? 아니다, 한 방 동무가 잘못 일러준 것인가? 수왕당에 들어가볼까? 모두가 떠난 후에도 수왕당은 우림들이 둘러싸고 있었다.

어원을 나온 나는 궁궐 곳곳을 어슬렁거리며 온종일 진아를 찾아다녔다. 진아는 보이지 않았다. 해질 무렵 퇴궐 시각을 놓친 나는 하는 수 없이 진아의 처소로 다시 숨어들었다. 에구머니, 방문을 열고 들어서던 한 방 동무가 기겁했다. 나는 진아부터 찾았다. 한데…….

"경사가 났습니다. 진아가, 우리 진아가 오늘밤 황제폐하를 모시게 되었답니다. 진아는 지금 수왕당에서 차비를 하고 있으니 저도 곧 수왕당으로 들 것입니다. 진아가 저보고 곁을 따르라고 했답니다."

신대제와 명림답부공이 수왕당을 떠난 후에도 우림들이 수왕당을 지키던 까닭이 바로 이것이었구나! 차반을 들고 들어간 진아의 미색을 살핀 신대제가, 고모부 신대제가, 아니 고모부 신대제 황제 이놈이! 아, 황제폐하도 덜렁덜렁 양물이 달린 사내가 분명할지니 어찌 그냥 진아를 지나칠 수 있었겠는가? 늙으나 늙은 신대제가 축 늘어진 양물을 꺼내어 들고 벌거벗겨진 어리나 어린 진아를 휘두르고 짓누르는 형상이 눈앞에서 어른거렸다. 아니 된다! 당장 수왕당에 들어서 진아의 손목을 끌고 어원을 넘고 황궁을 타 넘고 궁궐을 뛰어넘어서 도망하리라! 어리석은지고…… 나는 그날 밤 수왕당은커녕 우림들이 둘러싼 어원 근처에도 얼씬하지 못했다.

이대로 어찌 물러선다는 말인가? 한탄하며 눈물로 밤을 지새운 나는 이튿날 우림들의 교대를 틈타서 어원의 담장을 넘었다. 진아야, 가자꾸나! 황제의 품에 사로잡힌 가여운 너를 내가 구해주마! 기다려라, 진아야! 나랑 이 길로 도망해 칡뿌리면 어떻고, 토굴이면 어떻겠느냐? 같이 백년 천년 사자꾸나! 불쌍하고 어리석은지고…… 어원의 담장을 넘고 수왕당 마당까지 들어섰던 나는 우림들에게 여지없이 붙잡히고 말았다.

"진아야, 진아야! 내가 왔다, 목등이 왔으니 어서 가자꾸나!"

나는 우림들의 채찍질을 견디며 목구멍이 터지도록 진아를 불러댔다.

"잠시만 물러들 나세요."

진아였다. 비삼緋衫으로 단장하고 머리에는 은화銀花와 동어銅魚로 치장한 진아가 방문을 열고 나오더니 기단에 올라서서 나를 내려다봤다. 우림들은 진아에게 고개를 숙이더니 마당 한편으로 물러갔다.

"공자, 공자는 더 이상 나를 찾지 마십시오."

"무슨 소리냐? 지난 일들을 다 잊은 것이냐? 이곳은 네가 있을 곳이 아니다. 내, 난새를 잡아다주마, 별도 따주고, 달도 따주고 다 따줄 테니 나와 가자꾸나! 우리 인연을 돌아보아라. 나와 함께 가자꾸나!"

호호호…… 진아가 웃었다.

"이리도 어리석은 줄 진즉에 몰랐을꼬? 인연이라고 하셨소? 눈길 한 번 스친 일을 인연이라고 한다면 세상에 인연 아닌 사내와 계집이 어디 있겠소? 달을 따고 별을 따고 난새 봉새 황새를 잡아다 주어도 나는, 공자를 모릅니다. 그만 가시지요. 눈길 한 번 스친 인연으로 이나마 말을 섞었으니 험한 꼴 보기 전에 이제 그만 가세요."

호호호…… 진아가 다시 웃었다.

"나는 이 나라의 황제를 품고, 황제를 낳고, 황제를 세울 것이니 나와 스친 인연을 광영으로 아셔야 할 것입니다. 아시겠습니까, 공자?"

아, 나는 땅바닥에 주저앉았다. 저 계집이 분명 나와 살을 섞던 그 계집이 맞더냐? 벌거벗은 내 몸뚱이를 부여안고 요분질에 교성을 지르던 그 계집이 분명하더냐? 아니었다. 기단에 올라서서 나를 내려다보는 계집은 내가 미처 알지 못했던 불여우, 백여우가 분명했다.

"가엾구나, 불쌍해서 가엾구나, 어리석어서 또한 가엾구나!"

불여우 백여우의 목소리가 귓전에서 웅웅거렸다. 나는, 수왕당 마당에서 어떤 꼴로 쫓겨났는지 기억나지 않는다. 어찌어찌 집으로 돌아왔고 태후궁 조의가 된 지 하루 만에 나는, 파직됐다. 밤인지 낮인지도 모르고 잠만 잤다. 망신살이 뻗쳤다며 아비가 고래고래 소리를 지르고 남부끄럽다며 어미가 대꼬챙이로 째는 소리를 내도 나는, 입을 다물었다. 불여우 그 계집과 있었던 일들을 말끔히 지워버리고 싶었다. 백여우 그 계집과 쌓았던 정들을 세상에서 모조리 태워버리고 싶었다. 나는 스스로를 지워버렸고 태워버렸다. 남은 것이라고는 맥없는 나날뿐이었다.

"오라버니!"

누구일꼬?

아비의 생신날이었으리라. 왁자한 잔칫상에서 눈치껏 물러나와서 후원을 거닐던 내 앞으로 어린 계집아이 하나가 두 손을 모으고 다가왔다.

"이것 좀 보시어요."

계집아이의 조그만 손 안에는 새 새끼 한 마리가 죽어 있었다.

"오라버니…… 어미 잃은 불쌍한 아기 새가 목숨을 잃었어요."

계집아이는 눈물이 그렁그렁했다. 나는 양지바른 곳에 구덩이를 파고 새 새끼, 아니 아기 새를 묻어주었다. 계집아이는 아기 새가 묻힌 땅 위를 조그만 손으로 한동안 토닥거렸다.

"오라버니…… 참으로 고맙습니다."

그렁그렁한 계집아이의 눈에서 주르르 눈물이 터져 나왔다. 어쩌라고…… 어쩌라고 눈물을 흘리는 것이냐? 나는 계집아이의 등을 토닥였다. 이 또한 무슨 일이냐? 계집아이가 내 다리를 얼싸안더니 흐느껴서 울었다. 울지 마라, 울지 마라…… 울고 싶은 것은 나요, 나는 통곡이라도 하고 싶으니…… 두 눈에서 눈물이 흘렀다. 정체를 알 수 없는 슬픔이, 너무나 한심하고 맥없던 내가 부끄럽고 참담해서 눈물이 터져 나왔다. 내 울음소리에 놀란 계집아이가 울음을 그치고 나를 올려다봤다. 미쳤던 것일까? 나는 더럭 땅바닥에 주저앉았다. 줄

줄 눈물이 흘렀고 엉엉 통곡을 했다. 물끄러미 나를 바라보던 계집아이가 내 얼굴을 꼭 안아주었다. 계집아이는 내가 눈물이 그칠 때까지 그대로 있었다.

"소녀는, 오라버니가 참으로 좋습니다."

무엇이, 무엇이 좋다는 말이냐?

인연이란 만들지 않아도 기다리지 않아도 저절로 오는 것이더라.

계집아이의 이름은 비였다. 상비…… 내 할아비 도루공의 오랜 벗이었던 상온공의 아드님, 상해경의 열 살 난 어린 따님이었다. 비는 무시로 우리 집에 머물면서 나와 동무가 됐다. 열아홉이 되도록 글을 모르던 내게 어린 비는 한나라 족속이 쓰는 글자들을 가르쳐주었다. 글자들을 익히며 나는 사람이 알아야 할 예와 법을 또한 배웠다. 비는 어리석었던 내게 스승이었고 정 모르는 내게 벗이었으며 허랑방탕한 나를 구해준 정인이었다.

비가 열다섯이 되던 해 나는 비와 늦은 혼인을 했다. 비는 어리석은 시절 난봉을 피우며 만들어진 내 씨앗들을 모두 거뒀다. 사내아이가 둘에 계집아이가 셋이었다. 그중 어미가 거두기를 원하는 계집아이 셋은 제 어미들의 성을 따르게 했고, 사내아이들은 비가 자식으로 삼았다. 지금 청산당 조의로 있는 용구와 용우가 이때 거둬들인 내 자식들이다. 돌이켜보건대 나는, 비를 만나서 비로소 사람이 됐다.

임자, 기억하십니까? 그날 나는, 하늘의 해를 두고 말했지요. 내게는 오로지 임자뿐입니다. 숨이 끊어지는 날까지 임자만을 지어미로 삼아서 살 테니 임자 또한 나를 져버리지 마세요. 내가 그랬다. 한데 지금은…… 어을이 있구나!

　비로소 내가 사람이 되어가는 동안 주진아, 진아 이년은 신대제의
씨앗을 받아서 연우황자를 낳았다. 황자를 낳고 신대제의 총애를 독
차지한 진아 이년은 제 년의 피붙이들을 모조리 황궁으로 불러들였
다. 내 고모님이신 목황후께서는 교만하기 이를 데 없는 진아 이년을
수차례 벌하셨지만 그때마다 간사한 혀끝을 놀려서 신대제와 목황후
사이를 소원하게 만들었다. 하나 신대제께서 돌아가시고 내게는 사
촌동생이 되시는 남무태자께서 황위에 오르시어 고국천제가 되시자
진아 이년은 궁궐 한 귀퉁이에서 숨조차 쉬지 않았다.

　글을 깨치고 비로소 사람이 된 나는 태후가 되신 고모님의 명을
따라서 관직에 올랐다. 태후궁 조의와 사자를 거치고 고국천제를 호
위하는 우림교위를 오랫동안 거쳤다. 세월이 무상하니…… 고모님께
서 하돈란을 자시고 급서하셨고, 고국천제께서 세상을 떠나셨다.

　마침내 진아 이년이 세상에 드러나기 시작했으니…… 아무도 눈
여겨보지 않았던 연우황자께서 황위에 오르셨고 대행의 황후 우황
후가 다시 황후에 올랐으며 진아 이년은 스스로 태후가 됐다. 그러는
동안 나는 주태후의 손발이 된 국상 을파소공의 목덜미에 칼을 겨눴
고, 대완에서 온 사신들이 참인지 거짓인지 뒤를 캐고 다녔다. 나는,
태후가 된 진아 이년을 결코 어쭙잖게 덤벼들어서는 긁고 파고 뒤집
고 훑을 수 있는 계집이 아니라는 사실만을 깨달았다.

　금상께옵서 황위에 오르신 그해 동짓달이었다.

계수황자가 반역자 발기 일당을 소탕했고, 동맹의 수신제 자리에 금상의 즉위를 하례하는 여러 나라의 사신들이 내조했으며, 한혈보마를 타고 온 대완의 노랑머리 사신들이 서도를 가로질렀으니 세상은 바야흐로 태평성대였고 또한 주태후의 세상이었다. 주태후는 동짓달 보름날에 제 년의 주씨들과 우황후의 우씨들, 돌아가신 상태상태후의 상씨들을 비롯해서 조당의 대가들을 모두 불러서 모아놓고 요란한 잔치를 베풀었다.

무수한 나인들과 우림들을 좌우로 거느리고 느지막하니 나타난 주태후가 상석 한가운데를 떡하니 차지했다. 제 년 오른편에는 세상 물정 어두운 금상을, 제 년 왼편에는 우황후의 아비이며 제 년의 정부인 우소공을 앉히더니 술잔을 높이 들어서 천추만세를 외쳤다. 우레 같은 소리가 황궁을 뒤흔들었다. 과연 누구를 위한 천추만세였을꼬? 낯부끄러운 그 자리에 나 또한 아비의 손에 이끌려서 한 자리를 차지했다. 잔치는 눈 뜨고 볼 수 없을 만큼 주태후를 향한 아부와 아양과 요설과 요사가 난무했다. 주태후는 술잔을 거푸 주고받으며 이리저리 집안들을 짝짓기 시작했는데…… 열네 살 난 우목공의 따님 우첨을 쉰 살이나 처먹은 제 년의 오라비 주곡과 혼인시켰고 또한 대완의 공주 엄수추리를 우목공의 좌방부인으로 삼았다. 기억하기조차 벅찰 만큼 이리저리 접붙이듯이 대가들을 짝짓던 그때, 내 아비가 술잔을 치켜들고 말했다.

"태후폐하, 소신 목천의 여식 청을 빛나는 주씨 집안의 맏아드님이신 주회경과 짝지어주소서. 하옵고 소신이 몸담은 좌보 자리를 태후폐하의 부친이신 주로공께 양보하겠나이다."

내 여동생 청(목청穆蜻)은 을파소공의 조카인 을우와 혼인하고 아들딸을 낳고 잘 살던 어여쁜 아이였다. 한데 그 혼인을 파하고 주태후의 늙고 꼬부라진 오라비 주회와 혼인을 시키겠다니! 아버지, 술에 취해서 넋을 놓으셨습니까?

"혹시나 했더니 목씨 집안이 주씨 집안과 사돈이 됐습니다. 하면 나도 목천공에게 선물을 드려야지요. 목천공을 비류공으로 봉하고 우양 땅을 다스리게 하겠습니다. 아무럼요, 비로소 이 나라의 대가들이 황실과 핏줄로써 단단하게 합했으니 오늘이야말로 억조를 이어갈 새로운 창업이 아니지 않습니까?"

호호호…… 주태후가 박수를 하며 웃었다.

"태후폐하, 소첩도 손녀 마실을 태후폐하의 남동생이신 주동 중외대부께 바치겠나이다."

내 어미였다. 마실이 누구더냐? 마실은 내 어미의 첫 번째 지아비였던 마락공의 아들, 마정의 딸이었다. 맙소사, 씨가 다른 자손까지 끌어다가 주태후 저년에게 붙이다니…… 저 여자가 정녕 내 어미였더냐? 나는 주먹을 움켜쥐었다. 내 아비가 미웠고 내 어미가 부끄러웠다.

이보시오, 태후! 이제 보니 이 나라의 대가들이 소나 개 접붙이듯이 모두들 핏줄로 얽히고설기게 됐구려! 한데 말이요, 높으신 태후도 새로 짝을 지으셔야 하지 않겠습니까? 태후 옆에는 이빨 빠진 늙은 우소공만 덜렁 앉아 있으니 보기에 영 쓸쓸해서 쓰겠습니까? 아무도 태후와 짝을 지으려고 들지 않으니 마음이 헛헛합니다. 해서 말인데 태후, 나랑 혼인하십시다. 옛정을 돌이켜서 나랑 혼인하면 그보다 기쁜 일이 어디 있겠소? 아 참, 내게는 이미 임자가 있으니 부인 자리는 꽉 찼고 내 첩실로 들어오시구려! 내가 세상 누구보다도 아끼고 살펴 주리다! 옳아, 태후가 내 첩실이 되면 내 아비어미는 내 사돈이 되는 셈이니 어절씨구 광영입니다그려…….

아, 속으로 곱씹는 줄로만 알았던 말들이 알지도 못하는 사이에 허 공으로 튀어나와서 사방으로 흩어져버렸다. 나는, 주태후의 잔칫상에 흙모래를 뿌리고 똥오줌을 갈긴 셈이었다. 돌이켜보건대 속으로 곱 씹는 줄로만 알았던 말들이 나도 모르게 튀어나와서 난감해지던 순 간은 이때부터 시작된 일이었다. 나는, 세상의 전부였던 주태후에게 비아냥거렸고 조당의 대가들을 조롱하며 손가락질했으니 어찌 잔칫 상에서 살아나갈 수 있었겠는가?

까물까물하지만 주태후의 남동생 주동이 내 얼굴에 주먹을 날렸 고, 이를 시작으로 주씨들과 상씨들이 달려들어서 나를 밟고 짓이겨 서 어육으로 만들었다. 그 순간 분명 기억하는 것은 내 아비와 어미 의 얼굴이었다. 저놈을, 오만방자한 저놈을 죽이시오…… 아, 아비어 미가 자식을 막아서지는 못할망정 죽이라니! 아버지, 어머니, 혼이라 도 있거든 말해보시오. 도대체 자식 놈을 죽여서 무엇을 얻고자 했습 니까? 평생 굶주려본 적 한 번 없고 평생 권세와 영화를 누리고 살았 으며 평생 자만과 과시로 허송하던 아비어미는 무엇을 더하고 무엇 을 바라고자 나를 죽이라고 했습니까? 그날 나는 아비와 어미를 잃 었다. 아니 아비와 어미를 버렸다.

눈을 뜬 곳은 우목공의 안방이었다. 임자가 내 손을 꼭 잡고 있었다. 우목공 말씀으로는 꼬박 사흘을 죽었다고 했다. 임자가 아니었으면 이미 죽은 목숨이었을 것이라고 했다. 우목공께서 말씀하시길, 금상께옵서 말리지 않으셨더라면 나는 태후 앞에서 갈가리 찢어져서 죽었을 것이라고도 했다.

"저놈을 찢어라! 갈가리 찢어서 널어놓아라!"

앙칼진 주태후의 목소리가 귓전을 스치고 지나갔다. 그랬구나, 금상께옵서 가루가 될 목숨을 구해주셨구나…… 뼈마디가 쑤시고 눈은 퉁퉁 부어서 앞을 제대로 볼 수조차 없었지만 왠지 모르게 통쾌하고 상쾌하고 또한 명쾌했다. 다시 깊은 잠에 들었으리라.

"넋이 들었느냐?"

누군가가 지켜본다는 생각에 눈을 떴다. 누구일꼬? 금상이셨다. 금상께옵서 내 머리맡에 앉아계셨다. 몸을 일으켜서 앉으려 했으나 마음대로 움직일 수가 없었다.

"누워 있으라. 짐이 네 인사를 받고자 온 것이 아니니 그대로 누워서 들어라…… 어리석은지고! 어찌해서 하나뿐인 목숨을 아낄 줄 모르느냐? 목숨을 아껴야 참으로 네가 원하는 일을 할 수 있으니…… 목등은…… 목등은 반드시 네 목숨을 지켜라. 이는 이 나라의 황제가 내리는 명이니 반드시 행하라…… 어디를 가든지 어디에 있든지 네 목숨은 짐의 것이니 함부로 하지 말 것이며 허투루 해서는 아니 될 것이다."

금상께옵서 내 손을 잡으셨다.

주책없는 눈물이 터져 나왔다.

소신 목등, 황제폐하의 명을 따르겠나이다.

아비와 어미를 버렸던 나는 그날 금상을 얻었다. 아니 내가 목숨을 바쳐서 모시고 따라야 할 내 은인이신 금상을 눈앞에서 뵀나니…… 나는 참으로 홍복이었도다!

우목공은 내가 살 길을 알려주셨고 임자는 나를 살려주었으며 금상께옵서는 나를 살게 하셨다. 그날 이후 나는 아비어미가 살던 추잡한 집에서 나왔다. 임자와 아들 능과 길, 딸 소를 데리고 우목공 댁에서 한동안 기거했다. 기력을 되찾은 나는, 주태후의 오라비 주곡과 혼인한 우목공의 따님 우첨을 호종해서 주곡이 태수로 있던 머나먼 동해곡으로 떠났다. 금상께옵서는 이때 내게 동해곡 대사자의 직분을 내리셨다. 동해곡 대사자를 거치고 서부 대사자를 거치며 한나라 족속을 막아냈다. 내가 손자 장을 보던 해, 어미가 죽었고 이어서 아비가 명을 다했다는 소식을 들었다. 아비도 어미도 미안하다, 잘못했다, 어쩔 도리가 없었다, 한마디 말조차 남기지 않고 세상을 떠났다. 나는 아비어미와 끝내 화해하지 않았다. 아비가 세상을 떠난 그 해 나는 주형대가의 직분을 받고서 서도로 돌아왔다. 잠시도 아비어미가 살던 집에서 머물고 싶지 않았다. 때마침 금상께옵서 도읍을 옮기실 준비를 하시며 우산에 환도성을 짓고 계셨기에 나는 환도성이 바라다보이는 양지 바른 청산에 집을 지었으니 바로 이곳, 청산당이다.

지나온 세월을 되짚어서 마침내 지금 이곳에 이르렀구나!
부끄러울 줄로만 알았던 나와 주태후의 일들을 돌이켜서 적었다. 적고 나니 부끄러울지언정 이 또한 내가 지내온 세월이었구나! 지우고 고칠 수 없는 것이 세월일 테니 이제 나는 주태후의 숨통을 끊어서 길고 긴 악연을 마무르고자 하노라!

유언

　지난해 유월, 백산으로 사냥을 나갔던 나는 더위를 먹고 말 위에서 혼절했다. 청산당 조의들이 나를 살려냈지만 그후로 나는 머릿속이 까물까물했다. 방금 말한 것을 홀딱 잊어먹었고, 오늘이 어제 같고 어제가 오늘 같아서 멍하니 허공만 바라보기 일쑤였다. 임자가 기색을 알아차리고 말하길, 하루의 일들을 꼼꼼히 적어보시면 어떠하실 는지요…… 했다. 마침 그 무렵 오랜 벗인 환아 태수 용유지가 지 한 동을 보내왔다. 환아에서는 지를 조해라고 불렀다. 한나라 족속의 지와는 견줄 수 없을 만큼 곱고 향내 나는 물건이었다. 나는 저녁이면 글방에 자리를 잡고 앉아서 하루 동안 있었던 일들을 지에 꼼꼼하게 적었다. 까물까물하던 일들도 새록새록 떠올랐고 혹여 잊어버렸더라도 적어 놓은 글들을 살펴서 되돌아봤다. 그러기를 벌써 반년이 흘렀으니 이제는 하루를 마무리하는 중요한 일과가 됐다. 아, 오늘은 그중 가장 긴 글을 적는 날이로구나!

이 글이 내 마지막 글일지도 모르니…… 몇 글자 남기노라.

　맏아들 능에게 적노라.
　능아, 네가 내 곁을 떠난 지 벌써 두 해가 지났구나. 돌이켜보건 대 네가 할아비가 다스리던 우양 땅을 지키겠노라며 떠나던 날 나 는 말했다. 나는 아비가 없는데 어찌해서 네놈에게 할아비가 있다 는 말이냐? 이 말은 지금도 틀림없는 사실이다. 하나 이제 나는, 내 말을 따르라고 하지 않겠노라. 이제는 너뿐이니 네 뜻대로 행하라. 너는 반드시 청산당의 어미를 지키고 네 동생 길과 벽, 소와 경, 흥 을 보살펴라. 동복同腹은 아닐지나 용구와 용우 또한 잊지 말아다 오. 오직 이뿐이다.

　임자…… 흐르는 눈물을 막을 길이 없습니다. 보고 싶고, 보고 싶고, 또 보고 싶으니 어찌한다는 말이요? 임자는 울지 마세요. 기 쁘고 즐겁던 날들만 생각하세요. 나는 환하게 웃는 임자만을 그리 며 갈 테니 임자도 웃으세요. 아, 아직도 나는 내 생각뿐이구려. 임 자를 힘들게 하던 나였는데 웃으라니요. 화를 내세요. 못된 놈이 라고 화를 내고 욕도 실컷 하시구려…… 나는 임자가 좋고도 좋으 니…… 임자, 다시 볼 날이 있겠지요. 잘 있어요. 고마워요. 연모하 오, 비…….

어을아…… 어을을 어찌할꼬?

첫닭이 운다.

저놈이 진정 충직한 놈이었다면 내 마음을 헤아려서 울지 말아야 했다. 저놈은 충직한 놈이 아니다. 무심하고 꽉 막힌 빌어먹을 놈이다. 이제 새벽이 몰려올 테니 나는 무엇을 할꼬?

아버지와 아들

산상대제 25년 1월 22일, 서기 221년 3월 3일

금상 이십오년 춘정월 계사일 청산당에서 쓴다.
온종일 바람 한 점 구름 한 점 없이 맑고 빛났다.

동비…… 그 여인을 잊었고, 그 이름을 알지 못했다.

미명 속 나는 검은 조의 옷으로 갈아입고 비표 한 벌을 곳곳에 감췄다.
"지난밤, 전장을 치른 경험이 있는 청산당 하호下戶들 중에서 날쌔고 용맹한 백 구를 골라서 무장했습니다. 우림교위 우어지가 말하길, 우림들 중에서 수박手搏에 뛰어난 백 구를 골라서 와산에서 숙영하겠다고 했습니다. 해서 용구와 용우에게 무장한 하호들을 이끌고 우림들과 합류하라고 했으니 청산당을 따르는 무리가 모두 이백 구이

옵니다. 하옵고 신분이 드러날까 염려해서 모두 흰옷으로 갈아입고 서로 이름을 부르지 못하게 했습니다. 언제고 명령만 내리소서. 목숨을 바쳐서 따르겠나이다."

흰옷을 입은 보곡이 글방에 들어서 말했다.

"수고했다. 하나 오늘은 홀로 갈 테니 너는 청산당을 지켜라."

보곡이 놀란 얼굴로 바라봤다.

"하오시면 소인이 호종하겠나이다."

나는 고개를 젓고 글방을 나섰다.

어느새 어을이 마당으로 나와서 말 위에 오르는 나를 지켜봤다.

어을아, 아느냐? 내, 네 어미 엄수추리의 일들을 속속들이 물어서 들어올 테니 너는 염려 말고 기다려라. 이는 내가, 늙은 내가 어을이 네게 해줄 수 있는 몇 아니 되는 일들 중 하나일 테니…… 마산궁을 치고 주태후를 베는 일은 그 뒤에 하마. 나를 바라보는 어을의 눈자 위에 눈물이 그렁그렁했다. 아…… 내가 어을의 어미 엄수추리의 일들을 물어서 들려주느니보다 어을이가 주태후에게 직접 물어서 들어야겠구나! 옳고말고! 나는 말 위에 올라서 마음을 고쳐먹었다.

나는…… 금상의 명을 거스를지라도 어미와 자식의 천륜을 저버리는, 자식이 어미를 죽이는 비참하고 끔찍한 일만은 막아야 한다. 이를 어쩌누? 어을은, 금상께옵서 주태후를 배알하시게 하라고 했지만 이제 나는, 주태후가 탑전에 엎드려 제 년의 죄를 낱낱이 고하고 벌을 청하기를 바라야 한다. 가당하기나 할까? 황제와 태후에 앞서서 어미와 자식이 아니더냐? 어미가 자식에게 죄를 고하고 벌을 청하는 일이 사리에 맞겠는가? 오로지 그뿐이다. 머리를 풀어서 헤치고 황제와 태후를, 어미와 자식을 화해하도록 하겠노라! 해서 천륜이 이어지고 마침내 어을이 주태후에게 제 어미 엄수추리의 일들을 직접 물어서 들을 수 있도록 하겠노라! 나는 지엄하신 금상의 명을 거스른 죄로 말미암아 엄혹한 벌을 받을지라도…… 무엇이 두려우랴! 어을아, 기다려라. 쏜살같이 다녀오마!

말을 달렸다. 목이 마르고 숨이 가빠왔다. 말을 멈추지 않았다. 미명이 걷히고 먼동이 터왔다. 저만치 마산궁이 눈 안에 들어왔다. 가자, 진정으로 원하는데 죽기를 바라는데 하지 못할 것이 무엇이냐? 주태후 앞에 엎드리고 기어서라도…… 주태후가 탑전을 찾아들도록 하겠노라!

"문을 열어라!"

궁문이 열렸다.

"태후폐하께옵서, 공께서 드시면 언제라도 뫼시라고 하셨습니다."

궁문을 열어준 조의가 조아리며 말했다.

주태후가? 별일이로구나? 무슨 꿍꿍이일꼬?

마산궁은 고요했다. 조반 준비를 하는지 계집종 몇몇이 종종거릴 뿐이었다. 엊그제 마당을 가득 메웠던 조의들과 사내종들은 모두 어니에 들었나는 말인가?

"태후는 어디에 있느냐?"

"아직 침소에 계실 것이옵니다."

"해가 떴는데 아직도 잔다는 말이냐?"

조의는 답을 하지 않고 나를 오운전으로 이끌었다.

"잠시만 머무소서. 곧 소슬 선인이 들 것이옵니다."

조의가 물러갔다.

망할 집구석이다. 붉은 해가 훤하게 떴건마는 주인이 아직도 일어나지 않았으니 집안 꼴이 제대로 돌아갈 리 있겠는가? 어을의 말이 옳았다. 마산궁은 참으로 모반과 반역과 정변을 도모할 만한 곳이 아니었구나! 금상께옵서 염려하시던 일은 결코 벌어지지 않을 것이니…… 끊어지고 도막 난 어미와 자식의 천륜을 이어야 함이 마땅하고 옳은 일이다. 잘 됐구나, 이제 나는 주태후가 금상을 뵙고 벌을 청하기를…… 오직 그것만이 내가 할 일이다.

"소슬도 아직 일어나지 않았다고?"

방문 밖에서 두런거리는 소리가 들려왔다. 궁문을 열어준 조의와 마산궁의 계집종인 듯했다. 조의는 연신 한숨을 쉬어댔고 계집종은 조잘조잘 말이 많았다.

"선인께서 태후폐하와 침수에 드신 날은 항상 그렇지 않습니까?"

"에라 모르겠다. 네가 무슨 수를 써서라도 소슬을 깨워라. 알겠느냐?"

조의는 멀어져갔고, 계집종은 발만 동동 구르는 모양이었다.

나는 오운전을 나와서 소리가 났던 곳으로 향했다. 역시나 계집종이 손톱을 문 채 어쩔 줄 모르고 있었다. 이리 오너라…… 나는 손짓으로 계집종을 불러서 물었다.

"태후가 소슬과 잠자리에 든다는 말이 사실이냐?"

계집종이 한동안을 망설이더니 고개를 끄덕였다. 분명 망할 집구석이 틀림없구나! 사내놈과 놀아나던 주태후가 이제는 계집년과 밴대질을 치는구나! 주태후는 금상의 어미이니…… 모른 체하기로 했다.

"엊그제 마당을 가득 메웠던 조의들과 사내종들은 모두 어디에 있느냐?"

계집종이 배시시 웃었다.

"모두들 제 집으로 돌아갔습지요…… 사실 그이들은 마산궁의 조의들도 아니고 종들도 아니옵니다. 근방에 사는 하호들입지요. 궁궐에서 높으신 분들이 드시면 그때마다 불러서 옷을 입히고 줄줄이 세워두는 것이랍니다. 엊그제는 저녁밥도 먹이고 다들 잠을 재운 뒤에 이튿날 내보냈습지요."

"하면, 마산궁에 기거하는 조의들이며 사내종들은 모두 몇이나 되느냐?"

"조의는 모두 아홉 분이고 사내종이 열서넛에 계집종들을 합해도 채 쉰이 아니될 것입니다."

주태후가 아무리 큰소리를 친다고 한들 마산궁은 너절한 곳이었구나!

"이제 보니 네가 아는 것이 참으로 많구나! 하면…… 하면 말이다, 혹여 비단에 글을 적는 곳이 어딘지도 아느냐?"

헤벌쭉해진 계집종이 조르르 낭하를 지나서 방문을 열었다.

글방이었다. 널따란 옥안들이 있고 무수한 간독들이 벽면을 가득 채우고 있었다. 한쪽에는 글이 적힌 비단들과 지들도 있었다. 그래, 어기로구나! 이곳에서 추잡하고 요사스런 「모후경」을 적었구나! 계집종은 묻지 않아도 줄줄 말했다.

"이곳이 글을 적는 곳입니다. 책성에 계시는 현황자님께서 들르시어…… 참으로 늠름하신 분이신데, 공께서는 황자님을 뵌 적이 있으신지요?"

"아무렴, 뵌 적이 있지…… 하면 현황자가 이곳에 자주 들르느냐?"

"책성이 예서 어디라고 자주 들르시겠습니까? 자주만 들려주신다면야 소인은 바랄 게 없습지요…… 황자님께서 늙은 선인들과 함께 들르시어 밤새도록 태후폐하와 말씀도 나누시고 비단에 글도 적으시고 하셨지요."

「모후경」은, 주태후가 우소공의 씨앗을 받아서 낳은 현황자가 적은 글이었구나! 책성은 동부여의 도읍이었으니 현황자와 함께 온 늙은 선인들은 옛 부여의 일들을 소상히 아는 자들일 테고…… 어째서 「모후경」을 적었을꼬?

"아십니까? 황자님께서 말씀하시길, 우리나라가 지내온 내력을 적는 일은 군사를 기르고 땅을 넓히는 일보다도 소중한 일이니라…… 그 말씀에 가슴이 벌렁벌렁해서 소인은 그만 박수를 하고 말았습지요."

"현황자가 네게 그런 말을 했더냐?"

"아니지요. 그건 아니옵고 차를 내오다가 함께 들르신 분들과 하시는 말씀을 들었사온데…… 아무렴 어떻습니까? 늠름하신 황자님께서 하신 말씀이온데, 소인은 그 소리가 막 제게 하시는 말씀 같았습지요."

방정맞은 계집종은, 비단은 어디서 구하고 붓과 벼루는 누가 대는지 또한 「모후경」을 훔치러 들어왔다가 사로잡힌 말갈들이 어디에 어떻게 묶여 있는지 미주알고주알 털어놓았다. 아, 청산당의 말을 못하는 내미가 이리도 고마울 줄이야? 아니, 아니었구나! 말은 못해도 손짓발짓으로 임자에게 청산당의 일들을 모조리 고해바쳤으니…… 무릇 아랫것들의 단속을 소홀히 했다가는 무슨 일이 벌어지는지 눈앞에서 봤다. 보아라, 계집종 하나의 입에서 줄줄 새어나오는 너절하고 하찮기 짝이 없는 마산궁이 참으로 모반과 반역과 정변을 도모할 수 있겠는가? 다행이다…… 말 위에 올라서 마음을 고쳐먹기를, 참으로 잘했구나!

"영특하구나, 영특한 네 이름은 무엇이냐?"

"이름이랄 것은 없사옵고 동무들이 막이라고 부릅니다."

"막이야, 내가 막이에게 큰 상을 내려야겠구나. 한데 침전은 어디더냐?"

계집종 막이가 앞장을 섰다. 막이를 따라서 마산궁 곳곳을 살피던 나는 문득 의아한 생각이 들었다. 「모후경」을 훔쳤던 말갈들도 분명 허술하기 짝이 없는 마산궁을 샅샅이 봤을 텐데…… 금상께옵서는 마산궁을 경계하고 계셨다. 말갈들이 마산궁의 사정을 제대로 고하지 않았다는 말인가? 아, 놈들은 자신들의 임무가 얼마나 까다롭고 힘에 겨웠는지 부풀리고자 터무니없는 말들로 얼토당토않은 거짓을 고했을 수도 있구나!

침전 앞에 다다랐다. 막이가 입모양으로만 여깁니다, 하고는 물러갔다. 이 안에 주태후가 잠들어 있다. 토시 속에 비수를 감추고 있던 소슬 또한 함께 잠들어 있다. 어찌할꼬? 박차고 들어가서 주태후 앞에 납작 엎드릴꼬? 아니면 침전 앞에서 주태후가 일어나기를 목이 빠지도록 기다릴꼬?

"목등이 왔소!"

냅다 방문을 박차고 침전으로 들어갔다.

"태후, 그만 일어나시지요!"

순식간이었다. 벌거벗은 짐승이 날카로운 칼을 빼들었다. 소슬…… 벌거벗은 짐승은 소슬이었다. 소슬은 침상에 든 주태후를 막아서며 칼을 겨눈 채 금방이라도 달려들 듯이 웅크렸다. 눈에는 핏발이 섰고 내 목을 향해서 겨눈 칼끝은 미동조차 없었다. 손끝이라도 까딱한다면 벌거벗은 소슬은 여지없이 달려들어서 나를 칠 기세였다.

"칼을 거둬라!"

침상에 누워 있던 주태후가 눈도 뜨지 않은 채 입을 열었다.

"태후폐하의 침전을 무단으로 들었나이다."

"미명을 달려온 모양이니 죽이나 한 사발 들여라."

"태후폐하, 저 놈은 몸뚱이 곳곳에 비기를 숨기고 있나이다."

"호호호…… 그 비기는 날아다니는 새나 잡던 물건이니 염려 말아라."

소슬이 칼을 거뒀다. 벌거벗은 소슬은 칼을 거두고 다가왔다. 칼을 거두고 다가오는 벌거벗은 소슬은 마치 하늘을 지키는 신령스러운 짐승처럼 보였다.

"허튼 짓을 한다면 산산조각을 내버릴 테니 명심하라!"

소름이 돋았다. 내뱉는 말들마다 참으로 고약했다. 비록 계집일망정 벌거벗은 소슬은 한 번도 본 적 없는 군세고 옹골진 풍모였다. 탐났다. 보곡이 이 소리를 들으면 어떤 표정을 지을꼬? 뜬금없는 생각에 배시시 미소가 번졌다. 무슨 이런 종자가 다 있을까 싶은 듯 바라보던 소슬이 핏발 선 눈길을 거뒀다. 이때다 싶었다. 불손한 년, 감히 이놈 저놈, 해라 마라 하다니!

"소슬아, 죽 사발은 됐으니 말뚝에 매어둔 내 말에게 꼴이나 먹여라!"

벌거벗은 소슬이 힐끗 보다가 침전을 나갔다.

나는 방바닥에 더럭 소리를 내며 앉았다. 주태후는 침상에 누워서 이불을 덮은 채 눈도 뜨지 않았다. 하, 오만불손한 소슬이 나가자 이제는 주태후 이년이 심술을 피우는구나!

"태후…… 첫정이라고 하셨소?"

주태후는 숨도 쉬지 않는 듯했다.

"첫정이 미명을 달려서 침전을 박차고 들어온 까닭을 말하리다."

나는 무릎을 꿇고 조아리며 진심을 다했다. 황제와 태후에 앞서서 어미와 자식이니 그 천륜의 끈을 놓지 않기를 바라고 원하며 한 자 한 자 진심을 다하고 정성을 합해서 주태후에게, 금상의 어미인 태후에게 말했다.

"엊그제 마산궁에 들었을 때 나는 태후를 의심했습니다. 마산궁에서 나온 「모후경」을 봤으니 오죽했겠습니까? 더구나 태후가 차마 입에 담기 두려운 일일지나 스스로 황위에 오르겠노라고 했으니 두 눈에서 시뻘건 불기둥이 솟구치더이다. 하나 말입니다. 어을이…… 내 어린 노랑머리 어을이 말하기를, 「모후경」은 황위를 노리는 태후의 간악한 음모가 아니라 자식을 그리워하는 어미의 절절한 마음이라고 하더이다. 얼토당토않으니 까닭을 물었지요. 진정으로 태후가 모반과 반역과 정변을 도모했다면 청산당 일행은 마산궁에서 살아남지 못했을 것이옵니다…… 하더이다. 그렇구나, 그렇구나! 하고 비로소 오늘 아침에 나는, 마산궁이 모반과 반역과 정변의 소굴이 아니라는 사실을 두 눈으로 봤습니다. 태후…… 태후 말이요, 어미와 자식의 일은 자식이 이길 수밖에 없습니다. 사람의 명줄이 비록 하늘에 달렸을지나 순리대로라면 어미가 먼저 세상을 뜨지 않겠습니까? 하면 당연히 자식이 이기는 법이지요. 내가 말입니다. 오늘 마산궁에 들면서, 혹여 마산궁에서 죽어서 마지막이 될지도 모르니 버릇없는 아들놈에게 글 몇 줄을 남겼습니다. 나는 결코 변하지 않았으나 이제는 온전히 네 뜻대로 해라…… 내가 죽으면 아들놈이 살아갈 세상일 테니 살아갈 아들놈에게 힘을 실어줘야지요. 설령 그것이 내 뜻이 아닐지라도…… 어쩌겠습니까? 어을이 그러더이다. 이번 일은 자식이 이겼으되 이긴 것으로 보여서는 아니 되고 어미는 졌으나 진 것으로 보여서는 아니 되옵니다…… 태후, 핏줄입니다. 금상이 아무리 천하를 다스리는 황제일지라도 금상은…… 태후가 뱃속에서 열 달을 품고 배 아파서 낳은 태후의 아들놈일 뿐입니다.”

주태후는 눈도 뜨지 않았다.

나는 진심을 다하고 정성을 다하리라.

“태후…… 폐하…… 태후폐하! 까마득할지나 첫정이었던 소신 목등이 조아리고 조아리며 밝고 넓으신 태후폐하께 감히 아뢰나이다. 태후폐하께서는 세상물정 모르는 아들놈 연우를 황위에 올리시고 반역자 발기를 쳐서 나라를 평안케 하셨으며 잃었던 땅을 깔축없이 되찾으셨으니 태조황제의 모후이신 호화태후의 현신이요, 성조 동명성제의 모후이신 유화태후와 다르지 않으시옵니다. 하오나 어리석은

206

이가 자식이기에 금상은 태후폐하의 넓고도 깊으신 뜻을 헤아리지 못하고 동궁비를 세우는 일에 왈가왈부했으니 어미의 말씀을 거역한 죄가 어찌 가벼우리까? 또한 무도한 말갈 놈들을 시켜서 어미의 궁을 침범케 했으니 이 죄는 죽어서도 씻지 못할 것이옵니다. 하오나 핏줄이 아니옵니까? 핏줄은 제아무리 멀리 하려고 해도 멀어지지가 않는 법이옵니다. 어리석고 어리석을지나 금상은 태후폐하의 아들놈이 아닙니까? 태후폐하, 어미와 아들놈은 천륜이옵니다. 아들놈이 옹하다고 어미까지 옹해진다면 누가 그 매듭을 풀 수 있겠습니까? 태후폐하, 엎드려 간절히 바라옵건대 금상을 찾아뵈시옵소서. 금상을 찾으시어 어미가 잘못했다, 한 말씀만 하소서…… 한 말씀만 하시면 이 나라가 평안해질 것이요 세세토록 무궁하리다.”

제발 주태후 이년아, 아니 금상의 모후인 태후이시여, 한 말씀만 하소서!

“금상이 시키더이까?”

마침내 주태후가 입을 열었다.

“아니옵니다. 오로지 늙고 병든 소신이 아뢰고 아뢰나이다.”

주태후가 벌떡 일어나더니 베개를 집어던졌다. 베개는 내 머리통을 때리고 방바닥으로 떨어졌다. 주태후가 이불을 내팽개치더니 나를 노려봤다. 주태후는 벌거숭이였다.

“하면! 금상이, 연우 그놈이 이년을 죽이라고, 이년의 목을 따서 대롱대롱 매달고 오라고 하더이까? 목공, 이년이 연우 그놈을 모를 것 같습니까? 이년을 철천지원수보다도 심하게 여기실 목공이 방바닥에 엎드려 주절주절 희떠운 소리를 지껄이는 까닭이 그것이 아니면 무엇입니까? 이년이 연우 그놈을 찾아가서 잘못했다고 빌면 이 나라가 평안해지고 세세토록 무궁해진다고요? 연우 그놈이 이년 앞에 엎드려서 이마를 찧고 손이 발이 되도록 빌면 이 나라가 망한다고 하더이까? 틀렸습니다. 목공이 창자며 쓸개며 할 것 없이 몽땅 빼놓고 이년 앞에서 빌고 또 빈다고 한들 연우 그놈이 아닐진대 무슨 소용입니까? 이년은…… 목공에게 빚이 있습니다. 사내의 첫정을 허섭스레기로 차버린 년이 구구절절 애끓는 첫정을 보노라니 가엾고 애처로워서 얼굴 둘 곳을 모르겠습니다. 목공, 그만 하시고 연우 그놈에게 가서 전하세요. 이 길로 당장 마산궁에 들어서 조아리지 않으면, 어미와 아들놈 사이에서 피비린내가 진동할 것이라고 전하세요. 천하의 몹쓸 놈, 이년은 죽지 않습니다! 설령 죽어서 재궁梓宮(관)에 눕더라도 세 해가 지나면 벌떡 일어나서 다시 살아날 것입니다!"

어쩌자고 이리도 산이 높다는 말이냐? 어쩌자고 저리도 골이 깊다는 말이냐? 주태후가 말하길, 당장 마산궁에 들어서 조아리지 않으면…… 조아리면, 금상이 주태후 앞에서 조아리면 될 일이라는 소리가 아닌가? 다행이다. 아무렴 다행이고말고! 간절하게 바라고 원하는데 무엇이 두려울쏘냐? 나는 다시 조아렸다.

"금상도 「모후경」을 봤나이다. 금상은 「모후경」에 적힌 글들을 모반과 반역과 정변으로 읽었더이다. 어리석은 까닭이지요. 우리나라가 지내온 내력을 적는 일은…… 군사를 기르고 땅을 넓히는 일보다도 소중한 일이거늘 금상이 보기에는, 어리석은 사내의 눈에는 그저 추잡하고 요사스런 글로만 읽힌 모양입니다. 어르셔야지요. 태후폐하께옵서 어르고 가르치셔야지요. 우리나라가 비록 황제들이 다스리고 다스려온 나라일지나 황제를 기르고 황위에 올리고 황좌에 앉히신 모후들께서 게시지 않았더라면 만방에 우리나라를 떨칠 수 있었겠습니까? 태후폐하, 사내들이란 젊으나 늙으나, 높으나 낮으나 어리석고 아둔한 머리 검은 짐승일 뿐이옵니다. 태후폐하께서 깨우쳐주십시오. 넓고 깊은 바다와 같은 어미의 마음으로 아둔하고 어리석기 짝이 없는 금상을…… 아들놈 연우를 찾으시어 어르고 가르치고 깨우쳐주십시오."

나는 고개를 들고 주태후를 올려다봤다. 입을 다문 채 허공을 바라보는 벌거벗은 주태후…… 늙었을망정 불룩한 젖가슴과 잘록한 허리는 여전했다. 서로 어우러져 살을 섞었을지라도 나는 부끄러운 눈길을 거뒀다. 주태후가 벌거벗은 몸뚱이를 이불로 가렸다.

"한나라 놈들이 망했답니다. 천하가 제 놈들 것인 양 수선을 떨어대더니 비로소 갈가리 찢어져서 무너져 내렸다고 하더이다. 목공…… 한나라 놈들이 훔쳐간 옛 조선의 땅을 모조리 찾아와야지요. 옛 부여의 땅도 되찾아야 하지 않겠습니까?"

뜬금없는 소리였다. 동명성제께서 우리나라를 창업하신 이래로 한나라 족속과는 전쟁이 끊이지 않았다. 하나 금상에 이르러 비로소 요동을 맞대고 전쟁을 그쳤으니 나라의 기틀이 바로서는 이때가 아닌가? 전쟁을 하자니? 한나라 놈들이 훔쳐간 옛 땅…… 아득한 조선과 부여가 망하면서 한나라 족속에게 빼앗긴 옛 땅을 되찾겠다는 소리는 곧 전쟁이 아니더냐? 비록 한나라 족속이 갈가리 찢어져서 무너져 내렸으나 온갖 비렁뱅이들이 영웅호걸을 칭하며 발호하는 지금, 기억조차 가물가물한 옛 땅을 되찾고자 전쟁을 준비한다면 이 나라가 어찌 되겠는가?

"이년이 부여의 글자로 「모후경」을 적은 까닭이 바로 그것입니다. 옛 조선과 부여의 땅을 되찾아 오려면 군사를 기르고 방책을 도모해야지요. 하나 그보다 먼저 그 땅이 우리의 땅이라고 말뚝을 박아야 합니다. 아십니까? 한나라 놈들이 훔쳐간 우리의 옛 땅에는 아직도 옛 조선과 부여의 뭇사람이 무수합니다. 부여의 글자로 적은 모후경을 그들에게 널리 알려야지요. 조선과 부여와 우리나라는 한 어미에게서 난 한 족속이었으니 이제와 비로소 깨닫게 해야 합니다. 하고 다물多勿!(옛 땅을 되찾다!) 한나라 놈들에게 빼앗긴 옛 땅을 쳐서 뭇사람과 더불어 되찾아올 것입니다. 기억하십니까? 연우 그놈이 황위에 오르던 해, 온갖 금은보화를 메고 지고 서도를 가로지르던 자몽, 색두, 오환, 우문을 비롯한 선비의 족속과 오손을 비롯해서 한나라 놈들을 손바닥에 놓고 어르던 흉노의 족속까지…… 또한 땅 속에 굴을 파고 사는 말갈이면 어떻습니까? 매를 들어서 가르치면 될 일입니다. 이년이 직접 나서지요. 늙은 이년이 말갈의 땅과 선비의 땅을 거치고 흉노의 땅에 들어서 선우들을 만나고 우두머리들을 만나서 다시금 불러들이지요. 아시지 않습니까? 선비와 흉노와 말갈은 모두 옛 조선과 피를 나눴고 옛 부여에 호응하던 한 어미를 둔 한 가지가 아닙니까? 힘을 모으고 합해서 갈라지고 찢어진 한나라 놈들을 옆에서 치고 베고, 위에서 밟고 누르면 다물할 수 있습니다. 목공…… 그대가 보건대 연우 그놈이 한 가지의 족속을 모으고 합해서 다물할 수 있겠습니까?"

오싹 소름이 돋았다. 연우 그놈이 다물할 수 있겠습니까? 만약 다물할 것이라고 한다면 아니 다물하지 못할 것이라고 한다면…… 그 답이 무엇이든지 주태후는 옛 땅을 되찾겠다는 구실로 군권들을 장악하고 온 나라를 피바람이 몰아치는 난리 속으로 몰아넣은 후에 스스로 황위에 오르겠다는 소리가 아닌가?

"어을…… 그대의 어을이 옳게 봤습니다. 말로는 무엇을 못할까마는…… 이년은, 연우 그놈을 칠 수가 없습니다. 목공이 마산궁을 살피셨으니 말해서 무엇 하겠습니까? 지난 사월, 연우 그놈이 동궁비를 세우는 일로 이년을 능멸하고서 무슨 짓을 했는지 목공도 잘 아시지 않습니까? 조당에 있던 이년의 손발들을 모조리 내쫓고 헤집어놓았습니다. 아, 우보 상제와 그 나부랭이들이 남았군요. 말똥이나 치우면 딱 맞을 상제 그놈이 조당에서 살아남은 까닭은…… 연우 그놈이 이년을 살피고자, 마산궁이 어찌 돌아가는지 살피고자 남겨둔 얼치기일 뿐입니다. 머지않아 상제 그놈도 목이 날아가겠지요. 이년은 이제 아무런 힘도 없습니다. 연우 그놈이 조당을 움켜쥐고 눈알을 부라리는 한 마산궁은 결코 황궁을 칠 수가 없습니다. 무도한 말갈 놈들까지 마산궁을 들락거렸으니 연우 그놈은 이제 마산궁을 제 놈 손바닥 보듯 하겠지요. 목공…… 핏줄은 멀리 하려고 해도 멀어지지가 않는다고 하셨습니까? 하나 핏줄은 서로 보지 않고 섞이지 않으면 남보다도 못하기 십상팔구입니다. 손톱 밑의 가시 같은 말 한마디가 골수에 사무쳐서 제 어미아비를 죽인 원수보다도 못하게 되는 사이가 또한 핏줄입니다. 하나…… 하나 말입니다…… 하지요. 이년이, 목공 그대의 말대로 하리다. 이년이 배 아파서 낳고 이년이 홀로 젖 물려서 키운 아들놈 연우에게 찾아가리다. 그 대신 한 마디만 들어오세요. 지난날 황제라는 사내놈들이 계집년들의 치마폭을 헤집고 들추느라 까맣게 잊고 지냈던 다물, 그 다물을 하겠노라는 한 마디만……연우 그놈이 이년과 손잡고…… 어미와 더불어 다물한다면 어미와 아들놈을 갈라놓았던 무수한 일들은 봄바람에 눈 녹듯 사라질 것입니다. 목공, 한나라 놈들이 무너져서 사라진 이때야말로 다물할 때입니다. 만약 지금 하지 못한다면 옛 조선과 부여의 땅은 결국 추잡한 놈들의 땅이 되고 말겠지요. 빼앗겨서 잃어버리고 잃어버려서 잊어버릴 것입니다. 지금 되찾아오지 못한다면 천 년이 지나고 이천 년이 지나서 조선의 땅은, 부여의 땅은 영영 한나라 놈들의 땅이었다고 기억되고 말 것입니다. 뭇사람은, 그 땅에 사는 조선과 부여의 뭇사람은 어찌 되겠습니까? 한 어미에게서 난 형제지간이라는 사실조차 알지 못한 채 찌르고 자르고 부수며 서로 피를 흘리겠지요. 사내놈들이 하는 짓거리가 결국 죽고 죽이는 일이 아니면 할 줄 아는 게 무엇입니까? 보세요. 어찌 그뿐입니까? 예부터 전해오는 부여의 글자가 엄연함에도 한나라 놈들의 글자를 베끼고 적느라 이제는 부여의 글자를 읽고 적을 줄 아는 자가 눈을 씻고 찾아야 할 지경입니다. 누굽니까? 누가 그리 만들었습니까? 돌이켜보자면 씨를 말리고 산산이 부수어 흩어놓아도 성에 차지 않을 한나라 놈들을 좇고 따르는 놈들이 바로 사내놈들입니다. 그 사내놈들이 우리 것을 버리고 한나라 놈들 것을 좇고 따르다 못해서 우러르는 한 우리는 영영 조선의 땅도 부여의 땅도 되찾아오지 못할 것입니다."

나는 부여의 글자를 모른다. 읽을 줄도 적을 줄도 아니 그 생김 또한 「모후경」에서 처음 보았다. 나 또한 한나라 족속을 좇고 따르는 사내놈이 아니었던가? 한나라 족속을 좇고 따르고 우러르느라 빼앗긴 조선의 땅도 부여의 땅도 돌아보지 못하던 어리석은 사내놈일 뿐이었다. 아…… 사치와 방탕으로 세월을 허송하고, 요망하고 간사한 말과 행실로 나라를 말아먹는 줄로만 알았던 주태후의 입에서 쏟아져 나오는 한마디 한마디가 비수처럼 날아와서 내 가슴팍에 박혔다. 내 답을 기다리는 듯 주태후가 입을 다물었다. 나는 아무 답도 하지 않았다. 진정으로 다물을 하자는 소리냐? 진정으로 다물을 하겠다면 탑전을 찾아들겠다는 소리냐? 나는 날카로운 주태후의 말들을 곱씹으며 주태후를 바라만 봤다. 한동안 입을 다물던 주태후가 긴 한숨을 몰아쉬고는 말했다.

"목공…… 이년의 말을, 이 어미가 하는 말을 꼭 전해주세요. 이년이, 이제는 아들놈이 무서워서 밤잠을 이루지 못하는 이년이 마산궁을 열어두고 그대를 기다린 까닭입니다. 다물, 다물! 이년의 간절한 소망입니다. 연우 그놈에게 가서 말하세요. 이년과 더불어 다물하자고 그대의 아들놈 연우에게 가서 말세요. 오직 그뿐입니다."

헛것을 들었더냐?

주태후는 분명 그대의 아들놈 연우라고 했다.

누가? 금상? 금상이 그대…… 내 아들놈이라고? 열떠서 떠들어대다보니 헛갈려서 나온 말이리라! 나는 물어야, 물어야만 했다.

"태후폐하, 방금 무엇이라고 하셨나이까?"

주태후가 물끄러미 나를 바라봤다.

"아니옵니다. 아니지요…… 소신이 늙어서 헛것을 들은 듯하옵니다."

"금상은, 연우 그놈은 목공 그대의 아들놈입니다. 열다섯, 열아홉…… 궁궐의 나인 주진아와 천하의 난봉꾼 목등이 나인들의 처소에서 이틀 밤낮으로 뒤엉키고 겨집어르고 남진어르며 만들어낸 우리 두 사람의 아들놈입니다."

미쳤구나! 주태후가 정녕코 미쳤구나! 주태후가 망령이 들어서 미치지 않고서야 하늘이 무너져 내리고 땅이 꺼져 내릴 말을 감히 입에 담겠는가? 나는 두 주먹을 불끈 쥐고 벌떡 일어났다.

"태후, 어쩌자고 요사스러운 말로 나를 농락하시오?"

"사실을 사실대로 말한 것입니다."

"하늘이 무섭지 않소?"

"무서울 것이 없습니다. 그저 사람의 일일 뿐이지요."

아, 주태후가 거짓을 말할 까닭이 없구나! 하면, 하면…… 참으로 금상이 내 아들이라는 말이냐? 돌이켜보건대 주태후가, 진아 그년이 수왕당에 들어서 신대제와 합방하고 곧바로 포태해서 아들 연우를 봤으니…… 연우는, 금상은 내 아들일 가능성이 없지는 않았으나…… 아, 금상을 뵈올 적마다 가슴이 설레고 입가에서 웃음이 가시질 않던 까닭이 이것이었더냐? 더북하니 용수가 가득한 용안하며 널찍하니 훤한 액상하며 길고 가느다란 어수는 정녕 나를 닮은 까닭이로구나! 나는 우르르 무너져서 주저앉고 말았다.

"목공, 연우 그놈에게 가서 더불어 다물하자고, 다물을 준비하자고 말씀하세요. 하면 이년이 내 아들놈 연우에게 가서…… 그대의 뜻대로 말하리다. 어미가 잘못했다. 네 뜻대로, 금상의 뜻대로 동궁비를 정하고 세세토록 무궁케 하라…… 조아리지요. 조아릴 테니…… 목공, 그대의 아들놈 연우에게 가서 전해주세요."

　침전을 나왔다.
　마산궁을 빠져나왔다.
　말을 타고 무작정 달렸다.
　어쩌누? 어디로 가야 할꼬? 어찌해서 나는 금상이 내 씨앗일 수도 있다는 의심을 하지 않았던고? 수왕당에서 진아 그년에게 면박을 당하고 쫓겨나던 날 나는, 열아홉 먹은 나는 멍텅구리였다. 그저 맥없는 나날을 보내던 내가 무엇인들 제대로 살피고 돌아볼 겨를이 있었겠는가? 혹여 살피고 돌아보아서 연우를, 금상을 내 아들이 아닐까 의심한다고 한들 달라질 것은 또한 무엇이었겠는가? 주태후는, 진아 그년은 도대체 어쩌자고 천추에도 씻지 못할 참혹한 짓을 벌였다는 말인가? 오호라, 성조 동명성제 이래로 이어지던 이 나라의 황통이 금상에 이르러서 목씨가 되었구나! 하나…… 이는 오직 나와 주태후만이 아는 사실일 테니…… 주태후가 입을 다물고 내가 숨을 죽인다면 하늘땅 아래 누가 감히 알겠는가? 금상께옵서 황위에 오르신 지난 스물다섯 해 동안 누가 감히 상상이나 했던 일이더냐? 아무렴, 주태후만 아는 이 일을 이제야 비로소 내가 알게 된 것일 뿐이니 무엇을 두려워하랴? 어찌할꼬? 이 일을 어찌할꼬? 금상을, 내 아들 연우를 만나서 천륜이 무엇인지 알려야…… 미쳤구나! 지금은 오로지 금상과 주태후의 도막 난 천륜을 이어야 할 때이니 나는 입을 다물리라! 이 일은 내 숨이 끊어지는 그 순간까지 입을 다물고 결단코 열지 않겠노라! 환도성으로, 황궁이 있는 환도성으로, 연우가 있는 아니 금상께옵서 계시는 환도성으로 말을 몰았다.

금상께옵서는 노을이 물든 어원에 홀로 계셨다. 밀우 이놈이 나를 금상께 데려다주었다. 나는 두 손을 모으고 고개를 숙였다. 금상께옵서 어원을 거닐며 말씀하셨다.

"서도에 있는 수왕당을 기억하십니까?"

어찌 모르오리까?

"신대제께서 지으신 수왕당이 참으로 아름답지요."

어쩌자고 수왕당 말씀을 꺼내실꼬?

"짐도 이곳에 수왕당을 닮은 전각을 하나 지어야겠습니다."

나는 아무 답도 하지 않았다. 물끄러미 바라보시던 금상께옵서 걸음을 옮기셨다. 나는 그 뒤를 따랐다. 금상…… 연우…… 내 아들…… 용포를 휘적이며 걷는 모습이 영락없는 내 모습이로구나! 아들아…… 어찌 감히 입에 담을 수 있겠는가? 연우야…… 어찌 감히 어루만지고 보듬어볼 수 있겠는가? 금상이시여…… 진창이 돼버린 소신의 머릿속이 보이시나이까? 속내를 들기라도 하셨을꼬? 금상께옵서 문득 걸음을 멈추고 바라보셨다. 순간 왈칵 눈물을 쏟을 뻔했다. 나는 얼른 고개를 숙여서 얼굴을 감추고 아뢨다.

"마산궁을 다녀왔나이다."

금상께옵서 긴 한숨을 쉬셨다.

나는 마산궁이 얼마나 터무니없고 허술하기 짝이 없는 곳인지 먼저 아뢨다. 주태후가 머지않아 황궁에 들어서 탑전에 조아리고 용서를 구할 것이며 이후로는 더 이상 황궁의 일에 말을 보태는 일은 없을 것이라고 아뢨다. 금상께옵서는 그저 바라만 보셨다. 또한 주태후가 추잡하고 요사스런「모후경」을 적은 까닭을 아뢨다. 한나라 족속이 무너진 지금 옛 조선과 부여의 땅을 되찾고자 다물하자는 주태후의 뜻도 아뢨다. 하나 현황자가「모후경」을 적었다는 말은 아뢰지 않았다. 또한 주태후가 계집인 소슬과 잠자리를 한다는 말도 감췄다. 불손하게도 나는 주태후와 나눴던 말들을 순서대로 아뢰지 않았다. 다물하겠노라고 약조한다면 조아릴 것이라는 주태후의 말을 조아릴 테니 다물하겠느냐고 뒤바꿔서 아뢨다. 금상과 주태후가 마주하시기만 한다면 무엇이 문제겠는가? 천륜의 끈이 이어지기만 한다면 내가 나서서…… 어미와 아들과…… 아비가 이마를 맞대고 무엇인들 못하랴! 그리만 된다면 나는 당장 몹쓸 약을 입 안에 털어넣고 들보에 목을 매어서 죽으리라. 죽어서 입을 다물고 이 나라의 황통이 세세손손 무궁하기를 기원하리라. 모든 것을 아뢴 나는 무릎을 꿇었다.

"황제폐하, 늙고 어리석은 소신이 마산궁으로 달려가서 태후와 말을 섞은 까닭은 오로지 어미와 아들의 천륜을 잇고자 함이었습니다. 간절히 바라옵건대 머지않아 고개를 숙이러 황궁으로 들어오는 태후를, 황제폐하의 어미를 내치지 마시옵소서! 하옵고 방자한 소신에게, 방자하고 불충한 죄인에게 벌을 내리소서. 추상같으신 황제폐하의 명을 거스른 죄인에게 벌을 내리시어 황명을 바로 세우소서. 죄인은 어떤 잔혹한 벌이라도 달게 받들겠나이다……."

허언이 아니었다. 차라리 금상의 손에, 내 아들 연우의 손에 죽는다면 죽어서 입을 다물 수만 있다면 이 또한 광영이리라! 나는 온 정성을 다해서 깊숙이 고개를 숙였다.

"동비라는 이름을 아십니까?"

금상께옵서 느닷없이 하문하셨다.

"동비는 황궁의 음식을 책임지는 상식이었습니다."

모르는 이름이었다. 떠오르는 얼굴도 없었다.

"상식 동비는 어려서 나인이 됐다고 하더이다. 기억하십니까? 목
공의 고모님이 되시는 목태후께서 하돈란을 자시고 급서하셨지요.
그 죄를 물어서 짐의 이모할머니가 되는 상식 주경이 주살됐고, 동비
는 주경의 뒤를 이어서 상식의 자리에 올랐답니다…… 스물다섯 해
전이군요. 짐이 황위에 오르던 해 동짓달이었습니다. 짐의 어미가 나
라의 대가들을 모두 모아놓고 잔치를 벌였지요. 목공께서 짐의 어미
를 첩실로 들이시겠다고 하던 바로 그날입니다."

바로 어제 일처럼 떠오르는 참담한 그 일을 어쩌자고 꺼내실꼬?

"짐의 외숙부 주동이 목공을 때려눕혔습니다. 대가들이 모조리 달
려들어서 목공을 차고 부수었지요. 짐은…… 어미의 눈치만 살폈습
니다. 어미가 목공을 죽이라고, 갈가리 찢으라고 소리를 쳤으니 짐은
무엇이든지 그저 빨리 끝장이 나기만을 고대했습니다. 한데 상식 동
비가 짐의 용포를 붙잡고 흔들더이다…… 멈추게 하소서, 저분은 황
제폐하의 생부시옵니다. 제발 멈추게 하소서. 황제폐하의 생부를, 아
버지를 어육이 되도록 두시겠나이까?"

아, 이는 또 무슨 말이더냐?

동비, 동비가 도대체 누구이기에 나도 모르던 일을 알았다는 말인
가?

"그 소리에 넋이 번쩍 들더이다. 짐이 벌떡 일어나서 소리를 쳤지

요. 물러나라, 물러나라! 참혹한 짓을 당장 멈추라! 아십니까? 그날 짐은 어미 앞에서 생전 처음 큰 소리를 쳤습니다. 황후의 오라비인 우목이 어육이 된 목공을 들러업고 그 자리를 빠져나갔지요. 그날 밤 짐은 동비를 불러서 세세한 사정을 물었습니다. 기억하십니까? 홍옥과 청옥으로 된 팔찌…… 동비 말로는 목공께서 한 움큼 쥐어준 홍옥과 청옥으로 팔찌를 만들었다고 하더이다.”

아뿔싸, 진아 그년과 한 방을 쓰던 동무의 이름이 동비였구나!

동비, 나는 그 이름을 몰랐다. 물은 적이 없으니 들을 적이 없었고, 들은 적이 없으니 모를 수밖에…… 얼굴이 둥글둥글한 그 나인의 이름이 동비였구나! 동비가 나를, 그날 죽어가던 나를 살린 셈이었구나!

“동비가…… 짐의 어미가 수왕당에 들어서 신대제를 모시기 전, 목공과 처소에서 있었던 일들을 소상히 들려주었습니다. 기가 막힐 노릇이었습니다. 짐의 어미는 신대제의 아들을 낳은 것이 아니라 목공의 아들을 낳은 것이었습니다. 어찌할꼬? 조당의 대신들을 모아놓고 짐은 황위에 오를 자격이 없다고 말해야 하는가? 아니면 동비 이년을 죽여서 오로지 어미와 짐만이 아는 비밀로 간직할 것인가? 한데 말입니다…… 동비가, 부복하던 동비가 피를 토하며 축 늘어졌습니다. 하돈란을 삼켰더이다. 황제폐하, 이년이 죽어서 입을 다물겠나이다. 강건하소서…… 죽은 동비 앞에서 다짐했습니다. 짐 또한 입을 다물겠노라…….”

모두 알고 계셨구나! 황제폐하, 소신을 죽여서 황통을 지키소서!

“짐이 우목의 집에 머물던 목공을 찾아갔지요. 잠든 목공을 한동안 바라봤습니다. 영락없구나! 짐은 부황이신 신대제를 닮은 구석이 하나도 없었습니다. 형님 선황이신 고국천제와도 반역자 발기와 계수황자와도 닮지 않았으니 목공을 바라보며 짐은, 그 까닭을 비로소 알았습니다. 이것이 핏줄이로구나…… 목등, 이 사람이야말로 짐의 아비가 틀림없구나!"

금상께옵서 그간 내게 말씀을 높이신 까닭이 이것이었구나!

"하나…… 짐은 아비를 버리기로 다짐했습니다. 짐이 비록 어미의 손에 이끌려서 황위에 올랐을지나 이는 분명 하늘의 뜻이리라. 하늘에 오르신 성조 동명성제의 뜻이요 성모 유화태후께서 어루만지고 보살피신 까닭일지니 짐은 면면히 이어오는 이 나라의 황통을 이어받은 황제가 될지어다…… 짐이 목공에게 말했습니다. 반드시 네 목숨을 지켜라. 이는 이 나라의 황제가 내리는 명이니 반드시 행하라. 어디를 가든지 어디에 있든지 네 목숨은 짐의 것이니 함부로 하지 말 것이며 허투루 해서는 아니 될 것이다…… 또한 다짐했습니다. 때가 되면 반드시 목등에게, 짐의 아비인 목등에게 말하리라. 때가 되면, 언젠가 때가 되면……."

부들부들 온몸이 떨렸다. 덜덜 손이 떨리고 딱딱 턱이 제멋대로 놀았다.

"짐의 어미가 다물을 한다고요? 다물한다는 핑계로 주씨 집안 족속과 조무래기들을 모조리 황궁으로 불러들이고 군권을 장악하겠지요. 짐은 허섭스레기가 될 테고 그후에는 무엇을 어찌한다고 하더이까? 선비와 흉노와 말갈을 꼬드기고 합해서 한나라 족속을 치자고요? 놈들을 앞세우고 황궁으로 쳐들어오겠다는 소리는 아니 하더이까? 머무는 곳도 없이 먼지 속을 뛰어다니는 놈들은 어르고 합해야 할 한 가지가 아니라 내치고 쳐내야 할 삭정이입니다. 한 어미에게서 난 형제지간이라고요? 누가 말입니까? 선비와 흉노와 말갈은 오래고 오래 전 한 어미의 뱃속에서 나왔을지는 모르나 엄연히 아비의 씨가 다른 반편일 뿐입니다. 형제는, 핏줄을 나눈 형제는 한 어미의 뱃속에서 나는 것이 아니라, 한 아비의 씨앗을 받아서 나는 것입니다……."

아, 한 아비의 씨앗을 받아서 나는 것이 형제라면 금상께서는 누구와 형제지간이시옵니까? 소신의 아들 능과 길, 벽과 청산당을 지키는 용구, 용우와 한 가지가 되시옵니다. 생각은 있으되 가슴에 품어서도 입으로 뱉어서도 아니 될 말이구나! 한동안 말씀이 없으시던 금상께옵서 붉게 타오르는 노을 속으로 들어가셨다. 나는 일어나서 그 뒤를 따랐다.

"목공…… 다물하자는 말은 황위를 가로채려는 어미의 추잡하고 너절한 핑계일 뿐입니다. 하나 다물해야지요. 어미가 아니라 짐이, 다물할 것입니다. 한나라 족속에게 빼앗겼던 옛 땅을 되찾고 핏줄을 나눈 무수한 조선인과 부여인들을 구할 것입니다. 분명코 해야 할 일이지만 짐의 어미가 삭정이와 반편을 긁어모으고 나설 일은 결단코 아닙니다. 다물은 이 나라의 황통을 이어받은 짐이 준비하고 짐의 아들놈이 행할 것이며 그 아들놈의 아들놈이 대를 이어서 십 년이 걸리고 백 년이 걸려서라도 해야 할 일입니다. 결코, 결단코 내 어미가 나서서, 한낱 여인네가 나서고 설쳐서 할 일이 아닙니다. 목공, 보세요! 황제의 어미가 나서서 제대로 된 일이 예부터 있더이까? 천재지변에 근신하지는 못할망정 하늘을 향해서 활을 쏘고 대신들을 침신枕臣(베갯머리 신하)과 석인席人(사람깔개)으로 삼아서 사냥하더니 마침내 선황 대주류제의 소후마저 겁탈한 모본제 해우를 황위에 올린 이가 바로 해우의 어미, 오태후였습니다. 태조황조의 모후, 호화태후는 살아 생전에 또 다른 아들인 수성을 황위에 올리고자 전전긍긍하더니 마침내 차대제에 오른 수성이 어찌 됐습니까? 폐주가 됐습니다. 폐주의 악행을 어찌 입으로 다 담을 수 있겠습니까? 이 나라가 모후들이 다스린 나라라고요? 거짓입니다. 이 나라는 모후들이 어지럽힌 나라를 황제들이 들어서 바로 세운 황제들의 나라입니다. 짐이 황위에 오른 스물다섯 해 동안 노심초사하던 일이 바로 이것입니다. 황궁에서 여인네들이 설치고 다니는 꼴은 더 이상 두 눈 뜨고 보지 않겠노라! 황후든 태후든 태상태후든…… 누구를 막론하고 용서하지 않겠노라! 마침내 황궁에서 오만방자한 여인네들을 몰아내고 황제들이 바로 세운 이 나라를 반드시 좋은 나라로 만들리라…… 짐은, 어떤 나라가 좋은 나라인지 모릅니다. 하나, 어떤 나라가 나쁜 나라인지는 똑똑히 압니다. 무릇 뭇사람이 늙을수록 주려서 배를 곯고, 물정 감감한 뭇사람이 주저앉아서 황궁에 주먹질을 날리며, 분기한 뭇사람을 나 몰라라 내팽개치는 대신들이 배를 두드리며 제 살길을 도모하는 나라가 바로, 나쁜 나라입니다. 여인네들이 설치고 나서서 핏줄로 얽히고 설킨 나라는, 사방팔방 둘러보아도 요사와 요설만이 난무하는 나라는 반드시 나쁜 나라가 될 뿐입니다. 목공, 짐은 이 나라를 좋은 나라로 만들지는 못할지언정 결코 나쁜 나라를 만들지는 않을 것입니다. 하늘의 해를 두고 말하건대 짐은, 이 나라를 결단코 나쁜 나라가 되도록 내버려두지 않을 것입니다. 이것이 바로 짐이 황제의 이름으로 하고자 하는 일입니다."

나는 고개를 숙인 채 숨도 쉬지 않았다.

"처음이요 또한 마지막입니다."

금상께옵서 내 앞에 무릎을 꿇으셨다.

나는 나도 모르게 금상의 어수를 덥석 마주 잡았다.

어찌할꼬? 금상의 천안에서…… 내 아들 연우의 눈에서 눈물이 흘렀다.

"아버지……."

아, 뚫린 두 귀로 들은 이 소리가 참이더냐?

주르르, 두 눈에서 눈물이 흘렀다. 마주 잡은 두 손이 축축하게 젖어갔다.

"아버지, 소자는 마산궁이 얼마나 허술한 곳인지 이미 들어서 알고 있나이다. 소자가 한줌도 아니 되는 마산궁을 치지 못하는 까닭은…… 소자는 어미를 죽인 아들놈이 되고 싶지 않사옵니다. 간절히 바라옵건대 아버지께서 소자의 어미를 죽여주십시오. 아버지, 신대제를 기망하고 이 나라의 황통을 어지럽혔으며 제 아들놈의 아비를 찢어죽이라고 소리치던 짐의 어미를 죽여주십시오! 소자의 어미를 쳐서 이 나라가 세세손손 무궁토록 해주십시오. 아버지……."

오냐, 아들아…… 아비가 무엇인들 들어주지 못하겠느냐?

하마, 아무렴 하고말고! 네 어미를 죽여서 내 아들을 편안케 하겠노라!

나는 알았다. 내 아들 연우가…… 금상께옵서 무슨 마음을 품고 계신지 모두 알아버렸다. 나는 「모후경」을 적어서 모반과 반역과 정변을 꾀하던 황제의 어미를 주살하고, 금상께옵서는 황제의 어미를 독단으로 주살한 나를…… 불충한 신하를 죽여서 이 나라를 바로잡으신다면…… 이로써 하늘땅 아래 결단코 알아서는 아니 되는 비밀을 알고 있는 이들은 모두 사라질 테니…… 비밀 또한 비밀이 아니요 비밀이 아니니 금상께옵서는 영원무궁토록 강건하시리라! 나는 금상의 손에…… 내 아들 연우의 손에 죽으리라! 설령, 어리석은 나만의 헛꿈일지라도 나는 스스로 죽으리라! 이는 내가 바라고 원하고 갈망하는 일일지니 홍복이로다!

금상의 천안에서 흐르는 옥루를…… 내 아들 연우의 눈에서 흐르는 눈물을 두 손으로 닦아주었다. 나는 내 아들 연우의 두 손을 맞잡고 땅바닥에서 일어났다.

"이 또한 처음이요 마지막입니다."

눈물 젖은 연우가 물끄러미 나를…… 아비를 바라봤다.

"연우야…… 이 아비가 다 하고말고! 연우 너는 이 나라의 황제이니라."

나는 내 아들 연우의 손을…… 금상의 어수를 놓고 깊숙이 고개를 숙였다.

"소신, 황제폐하의 지엄하신 명을 받잡고 물러가겠나이다……."

금상께옵서 물끄러미 바라보셨다. 나는 말없이 물러나왔다. 나는 비로소 알았다. 하늘땅 아래 아비와 아들의 연으로 나왔건마는 이제는 황제와 신하의 연으로 하명하고 복종하는 인연이 됐구나!

"소인을 용서해주옵소서……."

시름없이 어원을 나서는 내 앞으로 밀우가 다가왔다. 나는 저 멀리 우두커니 서 계시는 금상을 봤다. 밀우가 더럭 무릎을 꿇었다. 나는 밀우의 어깨에 손을 얹었다. 나를 배신하고 따른 이가 금상이 아니더냐? 금상은 곧 나이니…… 내가 무엇을 용서하겠느냐? 네놈의 목숨이 다하는 순간까지 한 순간도 눈을 떼지 말 것이고 단 한 순간도 헛된 마음을 품지 말 것이며 또한 네놈의 목숨보다도 소중하게 여겨라! 오직 이뿐이다.

"보아라, 내 황제폐하이시다. 가거라, 내 황제폐하를 따르라!"

나는 금상께옵서 계시는 어원을 나왔다.

을야가 되어서야 나는 청산당 앞에 다다랐다.

보곡과 청산당 조의들이 불을 밝히고 있었다. 임자와 어을이 나란히 서서 나를 기다렸다. 다행이로구나. 임자가 어을을 내치지 않았고, 어을은 임자를 따르는 모양이로구나. 말에서 내린 나는 임자에게 다가가서 두 손을 마주 잡았다.

"임자, 어리석은 나를 이리도 반겨주시니 부끄럽습니다."

"당치않으시옵니다. 소첩이 너무나 어리석었습니다. 용서하소서."

"용서요? 동혈의 벗이 되겠노라고 다짐한 이래로 나는 멍텅구리입니다."

비로소 비가…… 임자가 환하게 웃었다. 얼마나 애를 태우고 오죽이나 화를 삭였을꼬? 몰래 첩실을 들인 사내를 용서하고 그 첩실과 나란히 서서 못난 사내를 마중하다니…… 임자의 웃음에 나는 마음이 아렸다. 임자…… 고맙습니다.

청산당 조의들을 모두 불러모았다.

말을 잘 달리는 초주와 진기에게 일렀다. 당장 이 길로 우림과 하호들이 숙영하는 와산으로 향하라. 너희 둘은 우림교위 우어지와 더불어 마산궁 인근의 하호들을 한곳으로 몰아라. 마산궁 사방 오 리 안을 모조리 비워라. 마산궁이 결코 이 일을 알아서는 아니 되니 빈틈이 없어야 한다…… 보곡에게 일렀다. 내일 미명에 첫닭이 울거든 청산당 조의들과 함께 마산궁으로 출정한다. 오늘밤 조의들을 편히 쉬게 하라. 보곡이 물었다. 하오시면 마산궁을 청산당 조의들만으로 친다는 말씀이십니까? 나는 고개를 끄덕였다. 보곡은 한 치의 망설임도 없이 고개를 숙였다. 따르겠나이다. 나는 마산궁이 얼마나 허술한 곳인지 말하지 않았다. 죽음을 각오한 청산당 조의들이 마산궁을 산산이 부술 것이다. 부수어라, 산산이 부수어 쓸어버려라! 나는 주태후의 목을 베어낼 테니!

내당에 들어서 임자와 어을과 더불어 겸상을 했다. 모양새도 우습고 나도 우습고 임자도 우습고 어을도 우습고…… 벙글벙글 나는 더할 나위가 없었다. 찬으로 오른 물고기의 눈알을 쏙 뽑아서 어을의 밥 위에 올려놓았다. 어을이 슬쩍 임자의 눈치를 살피더니 홀딱 먹어치웠다. 하하하…… 박장대소했다. 이 일이, 이 일이 임자에게도 어을에게도 즐거운 기억들로 남기를 바라노라! 임자, 내가 죽거든 어을을 딸로 삼아서 혼인을 시켜주세요. 넓고 깊은 사내를 골라주세요…… 말이 돼서 입 밖으로 나오지 않았다. 나는 임자에게 어을과

함께 침수에 들어달라고 청했다. 임자가 고개를 끄덕였다. 나는 홀로
글방으로 향했다.

금상께옵서 계시는 동녘을 향해서 큰절을 올렸다.

잠시 눈을 붙여야겠다.

주진아

산상대제 25년 1월 23일, 서기 221년 3월 4일

금상 이십오년 춘정월 갑오일 청산당에서 쓴다.

바람도 없고 구름도 없고 파란 하늘이 티 없이 맑고 빛났다.

달렸다. 안개로 자우룩한 산중은 눈앞을 가늠할 수가 없었다. 살아야 한다. 오로지 살고자 팔을 휘저으며 다리를 내달렸다. 염통이 솟구치고 창자가 목구멍 너머로 쏟아질 것 같았다. 이 길을 안다. 이제 칡넝쿨이 채찍처럼 얼굴을 휘감을 테니…… 멈췄다. 눈앞으로 칡넝쿨이 나타났다. 칡넝쿨을 헤치고 옆구리를 후려치던 희끄무레한 생가지를 붙잡았다. 우지끈, 생가지를 부러뜨려서 움켜쥐고 획획, 허공을 갈랐다. 이 길의 끝에서 나는, 시커먼 송장을 만날 것이다. 생가지는 덤벼드는 송장을 물리치는데 맞갖아 보였다. 길이 끝나는 바윗덩이 앞에서 걸음을 멈췄다. 바윗덩이 아래로는 낭떠러지다. 낭떠러지

아래로 손을 뻗으면 가죽만 뒤집어쓴 송장이, 허옇게 산발한 눈깔도 없는 시커먼 송장이 고린내를 풍기며 와락 달려들 것이다. 이제 당하지 않는다. 나는 이 길을 알고, 이 길이 방정맞은 꿈속이라는 사실 또한 안다. 비록 꿈속일망정 이제는 결코 허투루 당하지 않는다. 낭떠러지 아래로 생가지를 밀어넣었다. 송장은 갈퀴 같은 손으로 생가지를 움켜쥐고 기어오를 테고…… 나는 기어오르는 송장을 힘껏 후려쳐서 밑도 끝도 없는 허방으로 밀어버릴 것이다.

송장은 기척이 없었다. 이놈이 내 속내를 알아차렸다는 말인가? 이대로 버텨낸다면 첫닭이 울어댈 테니 걱정할 일이 없었다. 후, 안도의 한숨이 몰려나왔다. 첫닭이 울면 달려왔던 길을 되짚어서 돌아가리라. 되짚어서 돌아갈…… 곳은 어디일꼬? 아, 지금 이곳이 끝나는 곳은 분명할지나 시작한 곳이 어딘지는 알지 못했다. 살고자 무작정 달려왔으나 어디서 달려왔는지 어디로 돌아가야 하는지 알지 못했다. 나는, 달려온 길을 돌아다봤다.

헉, 가죽만 뒤집어쓴 송장이, 허옇게 산발한 눈깔도 없는 시커먼 송장이 고린내를 풍기며 내 앞에 서 있었다. 언제부터 내 앞에 아니 내 뒤에 있었단 말인가? 송장이 갈퀴 같은 손으로 내 멱살을 움켜쥐었다. 어찌해볼 틈이 없었다. 주르르, 썩은 물이 흘러내리는 입을 열고 송장이 말했다.

"누구냐?"

그 말은 내가 하고픈 말이었다.

"너는, 누구냐?"

숨이 막혔다. 송장의 손을 움켜잡았다. 이놈이 밑도 끝도 없는 허방으로 나를 내동댕이칠지도 모르니…… 도망해야 한다. 꼼짝할 수가 없었다. 송장이 나를 번쩍 들어올렸다. 대롱대롱 두 발이 허공으로 떠올랐다. 숨이 막히고 눈알이 뛰어나올 것만 같았다. 순간 나는 송장의 정체를 알아채고 말았다. 더북하니 허연 수염이 가득한 얼굴과 널찍한 이마…… 왼손 새끼손가락이 잘려나간 갈퀴 같은 손! 서부 대사자를 지내던 시절 한나라 족속과 치른 전장에서 싹둑 잘려나갔던 왼손 새끼손가락! 그 손은 분명 내 손이었다. 송장은…… 바로 나였다. 송장도 알아차렸을까? 가죽만 뒤집어쓴 시커먼 송장의 입가에 미소가, 분명 미소가 번졌다. 발버둥을 쳤다. 나는 내 송장의 손아귀에서 벗어나고자 악을 쓰며 발버둥을 쳤다.

"샤님, 샤님!"

임자가 부르는 소리에 눈을 떴다. 눈앞에 임자의 얼굴이 보였다. 나는 임자를 덥석 얼싸안았다. 임자의 따뜻한 온기가 나를 꼭 감쌌다.

"내가, 내가 죽은 나를 봤습니다……."

"꿈입니다. 방정맞은 꿈일 뿐입니다, 샤님!"

임자가 땀으로 젖은 내 얼굴을 쓸어 주었다. 후, 나도 모르게 긴 한숨이 새어나왔다. 비로소 임자의 뒤편에 무릎을 꿇고 있는 보곡이 보였다. 여기는…… 잠시 눈을 붙이고자 누웠던 청산당 큰방이었다. 무슨 일인가? 임자가 보곡과 함께 청산당에 들다니? 내가 청산당이 다 들리도록 악을 쓰며 발버둥을 쳤다는 말인가?

"샤님…… 어을이, 어을이 보이질 않습니다."

"어을은, 임자와 함께 침수에 들지 않았습니까?"

"그러한데 한 시진 전쯤 눈을 떠보니 어을이 보이지 않았습니다. 혹여 소피를 보러 갔나 했으나 영 소식이 없어서 나가봤더니 보곡 또한 마당을 서성이더이다."

보곡에게 물었다.

"어을이 어디로 갔느냐?"

"모르옵니다. 다만 소인의 말이 사라진 것으로 봐서……."

보곡의 말을 가로채서 물었다.

"첫닭이 울었느냐?"

"아직 정야를 지나지 않았나이다."

"달이 떴느냐?"

"달은 떴으나 하현이옵니다."

나는 벌떡 자리에서 일어섰다.

"가자, 출정이다!"

임자도 보곡도 일어나더니 나를 바라봤다.

"어을은 마산궁으로 향했습니다. 다녀오리다."

임자가 내 소맷부리를 붙잡았다.

"샤님, 무탈하소서…… 어을을 찾으소서……."

"임자, 걱정할 일이 없습니다. 내 곧 다녀오리다!"

임자가 미소를 머금고 고개를 끄덕였다. 하나 그 미소가 아파 보였다.

보곡, 용구와 용우, 조수우, 강우리, 강치리, 비정, 비리, 비궁, 최구수, 최미수, 우구리청, 부부리, 부지지, 양시양, 양부양, 양처양, 호무

사치, 계미수, 계고수리…… 검은 조의 옷으로 갈아입은 나는 청산당 조의 스물을 이끌고 마산궁으로 향했다. 쉬지 않고 말을 달렸다. 비록 하현일망정 온 세상이 훤했다. 이대로 달려서 어을을 따라잡으리라. 어을아, 어쩌자고 일을 벌였더냐? 어을은 제 어미 엄수추리의 일들을 듣고자 마산궁으로 향했으리라. 마산궁을 칠 것이라는 말은 하지 않았으나 눈치가 재고 총명한 어을이 어찌 모를 리 있겠는가? 어을은 내가 마산궁을 치기 전에 주태후에게 물어서 제 어미의 일들을 듣고 싶었으리라. 맹랑하고 방자하고도 요망한 것! 제 혼자서 밤길을 달려갈 생각을 하다니! 무탈해라, 어을아! 와산을 지나도록 어을은 보이지 않았다. 어을이 벌써 마산궁으로 들었다는 말인가? 어을아, 마산궁에 들어서 주태후에게 네 어미의 일들을 들어라. 하고 나오너라! 네가 나오면 나는 마산궁을 모조리 쓸어버리고 주태후의 목을 베어낼 테니…… 저 멀리 마산궁이 보였다. 마산궁을 둘러싼 마을은 개한 마리 닭 한 마리조차 보이지 않았다. 어을은 이미 마산궁으로 든 모양이었다. 어을이 나오기를 기다릴 것인가? 만약 어을이 쉬 나오지 않는다면…… 날이 밝을 테고 날이 밝으면 마산궁에서 인근 마을이 모조리 비어버린 사실을 알아차릴 수도 있다. 가자, 들어가서 모조리 부수고 어을을 찾으며 주태후의 목을 베어낸다. 나는, 마산궁이 얼마나 허술한 곳인지 청산당 조의들에게 끝내 말하지 않았다. 안도해서 조금이라도 마음이 흐트러진다면 아무리 하찮을지라도 죽고자 덤벼드는 적들에게 상할 수 있으니!

"살아 있는 것들은 모조리 척살하라! 어을을, 내 어을을 반드시 찾아라!"

청산당 조의들이 깊숙이 고개를 숙였다. 내 손짓에 모두들 시커먼 두억시니 탈을 쓰고 말에서 내렸다. 마산궁은 두억시니들에게 산산조각이 날 것이며 마산궁에서 살던 것들은 마산궁과 함께 사라질 것이다. 또 한 번 손짓에 모두들 궁문 주위로 흩어졌다. 나는 말을 몰고 궁문으로 다가갔다.

"목등이다, 어서 문을 열어라!"

어제 궁문을 열었던 마산궁 조의가 눈을 부비며 나왔다…… 어인 일이시옵니까? 나는 단칼에 조아리는 조의의 목을 베어냈다. 순간 청산당 조의들이 사방에서 마산궁으로 쏟아져 들어갔다. 청산당 조의들은 처소를 돌며 아직 깨어나지 않은 마산궁의 산 것들을 모조리 베어냈다. 나는 말에서 뛰어내렸다. 오운전, 침전…… 어을이 어디에 있을꼬? 그때 보곡이 달려들더니 나를 감싸안았다. 보곡의 날갯죽지에 비수가 꽂혀 있었다. 보곡이 아니었다면 비수는 내 염통을 꿰뚫었으리라. 보곡을 얼싸안고 비수가 날아온 곳을 살폈다. 소슬…… 칼을 뽑아든 소슬이 오운전 앞을 버티고 있었다. 하나 소슬은 날쌘 청산당 조의들에게 빙 둘러싸여서 빠져나갈 구멍조차 없었다.

"목등 네 이놈, 여기가 감히 어디라고 칼을 들었단 말이냐!"

순간 내 아들 용구가 소슬에게 달려들어서 칼을 휘둘렀다. 칼을 든 소슬의 오른팔이 피를 뿌리며 허공으로 날아올랐다. 으아! 소슬이 벼락같은 소리를 지르며 나를 향해서 달려왔다. 피를 철철 흘리며 죽기를 마다않고 달려드는 짐승…… 또한 내 이들 용우가 짐승 같은 소슬에 맞서서 칼을 휘둘렀다. 소슬의 왼팔이 피를 뿌리며 땅바닥으로 툭 떨어졌다. 으아아! 두 팔이 동강 잘려나간 소슬은 피를 뿜는 몸뚱이로 나를 향해서 달려들었다. 소인은 무탈하옵니다. 어서 저년을 치소서…… 보곡이 비켜서며 말했다. 나는 칼을 치켜들고 달려드는 소슬을 향해서 나아갔다. 시뻘겋게 핏발이 선 짐승 같은 소슬의 얼굴이 눈앞으로 달려들었다. 휙, 단칼에 소슬의 목을 베어냈다. 데굴데굴, 몸뚱이에서 떨어져 나간 소슬의 머리통이 피를 토하며 요리조리 굴렀다. 이 순간…… 소슬 이년이 아깝다는 생각이 드는 것은 무슨 까닭일꼬?

"보곡을 살펴라!"

계집종 막이가 달려 나와서 엎드렸다.

"살려주소서. 하찮은 소인을 살려주소서!"

"어을은, 노랑머리 내 어을은 어디에 있느냐?"

막이가 침전을 가리키며 조아렸다. 나는 조아린 막이의 목을 베어냈다. 너는 입이 가벼워서 쓸모가 없느니라…… 피 묻은 칼을 들고 침전으로 달렸다. 어을아, 곧 가마! 나를 따라서 달리는 청산당 조의들에게 물러가라고 일렀다. 천추에도 씻지 못할 죄인일망정…… 주태후는 금상의 어미가 아니더냐? 금상의 어미가 수하들 앞에서 목이 날아가는 꼴은 보이고 싶지 않았다. 소맷부리에서 비표 하나를 꺼내어 손 안에 움켜쥐었다. 혹여 주태후가 어을을 인질로 삼는다면 비표를 날려서 숨을 끊으리라!

뚜벅뚜벅, 낭하를 지나서 침전 앞에 섰다. 이 안에 어을이, 내 어을이 있다. 이 안에 주태후가, 주태후 이년이 있다. 두려웠다. 방문을 열어젖히면 눈앞에 어떤 광경이 드러날지 나는, 두려웠다.

"어을아……."

벌컥, 방문을 열어젖혔다.

머리를 풀어헤친 어을이 물끄러미 앉아 있었다. 무탈하구나, 어을아…… 어을이 앉아 있는 바로 앞 침상에는 주태후가 누워 있었다. 주태후는 숨도 쉬지 않는 듯 잠들어 있었다. 나는 한동안 그 모습을 바라만 봤다. 침전에는 침묵이 흘렀다. 똑, 똑…… 칼끝에서 흐르는 피가 방울방울, 떨어져 침전을 울렸다.

"태후, 그만 기침하시지요."

어을이, 비로소 어을이 나를 바라봤다.

"임아, 태후는 말도 하지 않고 숨도 쉬지 않고 영영 주무실 것입니다."

어을의 말에 목덜미가 서늘해졌다.

"임아, 임께서 주신 옥비녀가 부러졌사옵니다."

어을이 움켜쥔 손을 펴보였다. 손 안에 든 옥비녀가 동강나 있었다.

"임아, 소첩이 옥비녀를 뽑아서 태후의 아문혈을 깊숙이 찔렀나이다. 사지가 경련을 하며 말을 못하게 되더이다…… 옥비녀로 태후의 백회혈을 찌르고 부수었나이다. 다시는 숨을 쉬지도 눈을 뜨지도 못할 것이니 영영토록 주무시겠지요. 임아, 태후는…… 소첩의 외할아비를 죽이고, 소첩의 어미를 수만 리 낯선 땅에서 천애고아로 만들었으니…… 이제와 비로소 소첩이 핏줄의 원수를 만나서 그 죄를 물었나이다."

어을아, 이 무슨 허황한 소리더냐? 주태후가, 주진아 이년이…… 어을의 원수라니? 나는 주태후의 목울대를 잡고 맥을 짚었다. 홀딱홀딱 놀아야 할 맥이 뛰지 않았다. 주태후의 코밑에 손가락을 댔다. 들고 나야 할 숨이 돌지 않았다. 주태후의 얼굴을 살폈다. 파리하고 가무스름했다.

주태후가, 주진아 이년이 죽었다.

어을에게 들었다

어을은 몰랐다.

어을은 잠이 오지 않았다. 나란히 누운 벽부인도 쉬 침수에 들지 못하는 듯 뒤척였다. 어을은 곰곰 생각했다. 임께서 말씀하지는 않으셨으나 첫닭이 울면 청산당 조의들을 이끌고 마산궁으로 출정하실 테니, 이 일을 어찌할꼬? 나는 내 어미의 일들을 영영 들을 수 없는 것인가?

대완에서 온 공주가 낳았다네…… 묘하지…… 어미와 딸이 꼭 닮았어…… 수군수군, 뭇사람의 말을 들을 적마다 어을은 어미에게 물었다. 대완이 어디에 있사옵니까? 대완에 가면 어머니와 소녀처럼 노랑머리들만 사는지요? 그때마다 어미는 듣고 싶은 답 대신 어을의 머리를 쓰다듬으며 말했다. 어을이 짝을 짓거든, 멋진 사내를 만나서

평생 벗이 될 짝을 짓거든 그때 다 알려주마…… 지난여름 어미는
열병을 앓다가 사흘 만에 세상을 등지고 말았다. 알려주마고 약조했
던 일들은 이제 누구에게 들을꼬? 어을은 아비에게 어미의 지난 일
들을 물었다. 하나…… 네 어미는 대완의 공주였느니라. 어쩌누? 머
나먼 서역 땅 대완에서 한혈보마를 타고 왔다는 것 말고는 아비도 아
는 것이 없구나. 어미는 아비에게조차 지난 일들을 입에 담지 않았던
모양이었다.

'목공의 첩실은 조만간 마산궁에 들어라. 무병장수하는 도인법을
행해야 하지 않겠느냐? 옳아, 네 어미 엄수추리가 어쩌다가 머나먼
대완 땅에서 이곳까지 오게 됐는지 소상히 알려주마. 알겠느냐?'

어을은 두 귀가 번쩍 뜨였다. 어미의 일들을 들을 수 있다니……
이제 임께서 마산궁으로 출정하신다면 어미의 일들을 듣고자 했던
기대는 물거품이 될 테니 이를 어찌한다는 말인가?

한동안 뒤척이던 벽부인이 나지막이 코를 골았다. 어을은 자리에
서 일어났다. 옷가지를 걸치고 임께서 주신 옥비녀를 꽂고서 서둘러
마장으로 향했다. 보곡의 말이 콧소리를 냈다. 말아, 네가 나를 아느
냐? 어을은 보곡의 말을 끌고 청산당을 나섰다. 밤길을 달렸다. 매서
운 밤바람이 옷섶을 파고들었다. 이 길을 달려서 마산궁에 들면 어미
의 일들을 들을 수 있을 테니…… 어을은 쉬지 않고 달렸고, 보곡의
말은 어둔 밤길을 헤치며 마산궁까지 잘도 가주었다.

"도인법을 행하러…… 태후폐하를 배알하고자 합니다."

잠시 기다리라고 하던 마산궁 조의가 소슬과 함께 다시 나왔다. 어
을은 소슬을 따라서 침전 옆방으로 들었다. 소슬이 옷을 벗으라고 했

다. 어을은 한 치의 망설임도 없이 옷을 모두 벗었다. 소슬이 벌거벗은 어을을 아래위로 훑었다. 벗어놓은 옷가지들을 살피더니 다시 입으라고 했다. 소슬은 혹여 비기라도 숨긴 것이 아닌가 하고 살핀 것이었다. 하나 소슬은 어을의 머리에 꽂힌 옥비녀를 살피지 못했다. 어을은 소슬을 따라서 침전으로 들었다.

"인연이로다. 얼핏 네 생각을 했더니 네가 이리 와주었구나!"

홀로 술을 마시던 주태후가 어서 오라며 반겼다. 주태후는 어을에게 술잔을 권했다. 잠이 오지 않을 때는 술이 벗이니라…… 어을은 주태후가 채워준 술잔을 단숨에 들이켰다. 목구멍 깊숙한 곳에서 불덩이가 확 올라왔다. 옳지…… 주태후가 박장대소하며 어을에게 가까이 오라고 말했다. 어을은 주태후 곁으로 다가가서 빈 술잔을 채우며 말했다.

"한 잔 술은 좋은 벗일지나 거푸 잔을 채우시면 아무리 좋은 벗이라도 옥체를 상하게 하옵니다. 소인이 마사를 행하겠나이다. 마사를 받으시면 한결 침수에 드시기 수월하실 것이옵니다."

옳지, 옳지…… 주태후는 소슬에게 술상을 치우라고 했다. 소슬이 이부자리를 보고, 어을은 주태후를 반듯하게 눕혔다.

"소슬아, 밤이 깊었으니 그만 물러가라."

"하오나 이년은 녹릉의 접실이니 거늠 살펴야 하옵니다."

"시샘하느냐? 계집끼리도 의리가 있거늘 내가 너를 배신할까?"

"천부당만부당하시옵니다. 어리석은 소인이 어찌 감히 시샘하오리까?"

"호호호…… 소슬아, 물러가라…… 따지고 보면 어을과 나는 한 사내를 품고 품던 사이가 아니더냐? 두런두런 말이라도 나누다 보면 잠이 올 듯하니 소슬이 너도 그만 가서 쉬어라."

망설이던 소슬이 깊숙이 고개를 숙이고 물러갔다.

어을은 머리맡에 앉아서 주태후의 어깨를 주물렀다.

"어을아, 네가 밤길을 달려온 까닭이 어미 때문일 테니, 들어볼 테냐?"

어을은 가슴이 콩닥콩닥 뛰었다.

"어찌해서 말이 없느냐?"

"좋아서요…… 소인, 좋아서 말을 잇지 못하겠나이다."

"호호호…… 좋구나…… 내 어깨가 시원해서 좋고 네가 좋다니 또 좋고!"

어을은 주태후의 한 마디 한 마디에 귀를 쫑긋 세웠다.

"아느냐? 네 어미 엄수추리는 대완의 공주가 아니었느니라."

아…… 어을은 긴 한숨을 몰아쉬었다. 어미가 말한 적은 없었으나 어을 또한 어렴풋이 짐작하던 말이었다. 어미는 한 번도 스스로 공주라고 밝힌 적이 없었다. 뭇사람이 대완의 공주라고 부를 적이면 어미는 스르르 자리를 피하고는 했다. 어을은, 어미가 머나먼 서역 땅 대완에서 온 것은 분명하나 공주는 아닐지도 모른다는 생각을 한 적이 있었다. 그 생각이 옳았다.

"내가 말이다. 네 어미 엄수추리를 대완의 공주로 삼았단다……."

주태후가 말을 이었다.

머나먼 서역 땅 대완은 한나라 우두머리 유철에게 무릎을 꿇고 수하의 나라가 됐다. 이는 모두 영물 한혈보마 때문이었다. 한혈보마에 회가 동한 유철이란 놈이 대완을 공격했고, 혼란에 빠진 대완은 반정에 반정을 거듭하다가 마침내 태자를 볼모로 잡히는 비참한 신세가 되고 말았다. 이 일이 있은 후 대완은 갈가리 찢어졌고 겨우 그 이름만 남아 있었다.

추발로시…… 한나라 족속에게 대항해서 용감하게 싸웠던 무과왕의 후손으로 월지 땅에서 살던 그는, 대완의 맥을 다시 잇고자 옛 대완 땅 욱성에서 봉기했다. 욱성을 수복하고 나라의 기틀을 잡은 추발로시는 한편으로는 대완의 옛 땅을 되찾고 다른 한편으로는 한나라를 치고자 꾀했다. 추발로시는 제일 먼저 한나라의 도읍인 낙양을 직접 살피고자 함께 떠날 지혜로운 이와 용맹스러운 이들을 모아들였다.

오루구루…… 그는 한나라와 교역하던 상인이었다. 한나라 말과 흉노 말에 능할 뿐만 아니라 멀리 동녘 끝 옛 부여까지 다녀온 적이 있는 그는, 추발로시가 무모하다고 생각했다. 대완을 정벌했던 유철의 한나라는 이미 망한 나라가 아니던가? 지금의 한나라가 비록 그 뿌리는 같다고 하지만 삼백 년이나 지난 오늘에 와서 옛 원수를 갚고자 거대한 나라를 치겠다니? 더구나 한나라 꼴을 알기나 하는가? 온 나라에 황건적들이 들끓고 조당은 십상시라고 불리는 환관들이 차지했으며 빙빙곡곡 무뢰배들이 장궐하는 땅이 시금의 한나라가 아닌가? 오루구루 또한 한나라에게 유린당했던 비참한 대완의 역사를 모르지 않았다. 다만 저절로 무너져 내릴 한나라 땅을 직접 들어가서 살피는 일은 무모하기 짝이 없다고 생각했다.

"아버지, 한나라 족속이 그러하니 더욱 살펴서 거사를 도모해야지요!"

엄수추리…… 오루구루의 외동딸 엄수추리는 아비가 가는 곳이면 어디든지 함께하는 영민한 딸이었다. 엄수추리는 아비에게 추발로시의 계획이 결코 헛된 꿈만은 아니라고 말했다.

"장사로 부흥해서 온갖 금은보화가 가득해도 내 나라 내 땅이라고 부를 만한 곳이 없었는데 이제야 비로소 대완의 명맥이 이어졌으니 추발로시야말로 영웅이요 호걸이 아니겠습니까? 소녀는 추발로시를 따라서 옛 대완의 영광을 되찾고 싶사옵니다."

아, 내 딸이 어느새 이리 컸다는 말인가? 오루구루는 엄수추리의 말을 따랐다. 오루구루는 장사로 모은 모든 재산을 추발로시에게 바치고 엄수추리와 함께 낙양을 살피는 원정대의 선두에 섰다.

일당백 할 수 있는 한혈보마를 탄 용맹스러운 삼백 구의 군사들과 지혜롭고 경험 많은 오루구루, 이 세상 무엇과도 바꾸고 싶지 않은 영특한 엄수추리까지…… 추발로시는 천군만마를 얻은 듯 기뻤다.

제 어미 호지마리에게 나라의 섭정을 맡긴 추발로시는 원정대를 이끌고 욱성을 출발한 지 달포 만에 한나라의 옛 도읍이었던 장안 인근에 도착했다. 난장판이 된 한나라 땅을 두 눈으로 살핀 추발로시는 한나라 황궁을 쳐부수고자 발호한 무뢰배와 손을 잡아나갔다. 원수를 갚고자 훗날을 도모하자면 반드시 필요한 일이었다. 하나 추발로시의 원정대는 본의 아니게 무뢰배의 전장에 휩쓸리는 경우가 많았다. 사상자가 생겼고 한혈보마를 노리고 공격해오는 도적떼를 막아내야만 했다. 오루구루는 욱성으로 돌아갈 것을 청했다. 추발로시의 생각은 달랐다. 과연 한나라 땅을 차지할 놈은 누구인가? 마침내 그

놈과 결전을 벌이게 될 테니…… 두 눈으로 그 놈이 누구인지 꼭 보고 싶었다.

조조, 이각, 곽사…… 한나라의 도읍 낙양에서 벌어진 무뢰배의 전쟁은, 낙양성이 불타고 조조라는 놈이 한나라 황제였던 유협이라는 놈을 허울뿐인 황위에 다시 세우면서 끝났다. 이 광경을 모두 지켜본 추발로시는 조조라는 놈이 마침내 갈가리 찢어진 한나라 땅을 차지할 것이라고 봤다. 추발로시는 곧바로 동북방으로 방향을 잡았다. 훗날 조조라는 놈을 치기 위해서는 동북방의 정세 또한 반드시 살펴야겠다고 생각했다.

유주라고 불리는 한나라의 동북방은 낙양만큼 혼란스럽지 않았다. 추발로시는 어양, 상곡, 우북평을 지나고 요동에서 공손탁이라는 놈을 만났다. 본래 요동 태수였던 공손탁은 스스로 왕을 칭하며 세력을 넓히고 있었는데 근방에서 따르려고 몰려드는 놈들이 제법 많았다. 추발로시는 요동 땅에서 만나지 말아야 할 놈을 만났으니…… 그 놈이 바로 고구려에서 온 반역자 발기였다.

발기는 언변이 뛰어났고 거느린 삼만의 군사는 이때까지 보지 못한 강력한 군대였다. 고구려 땅이었던 개마, 하양, 둔유, 장령, 안평, 평곽 땅을 단숨에 차지한 발기는, 빼앗긴 황위를 되찾고자 그 땅들을 공손탁에게 넘기고 형제의 연을 맺었으며 두눌이라는 곳에다가 황궁을 짓고 있었다. 강력한 군대와 수완 좋은 외교술을 펼치는 발기는 머지않아서 고구려의 황제가 되겠구나! 추발로시는 발기를 따라서 두눌로 향했다. 오루구루는, 고구려가 광활한 동녘 땅을 호령하던 부여의 후손이며 그동안 한나라가 단 한 번도 제대로 쳐서 부수지 못한 유일한 족속이라는 사실을 추발로시에게 알렸다. 옳다구나, 이들이다! 이들이 또한 우리와 형제의 연을 맺고 동과 서에서 단숨에 조조라는 놈을 친다면…… 추발로시는, 발기가 빼앗긴 황위를 되찾고 고구려의 황제가 되기를 간절히 바랐다. 그 바람은 추발로시의 원정대가 두눌에 도착한 이튿날 산산이 부서지고 말았다.

계수황자…… 주태후의 명을 받는 계수황자가 반역자 발기 일당의 은거지 두눌을 습격했다. 추발로시의 원정대는 두눌을 빠져나갈 틈도 없이 전장에 휩쓸리고 말았다. 오루구루는 흩어져서 도망할 것을 청했으나 추발로시는 발기의 편에 서서 참전할 것을 명했다.

그 결과는 참담했다. 발기 옆에서 돌격대를 지휘하던 추발로시는 날아온 고구려의 창에 가슴이 뚫려서 한 마디 말도 남기지 못한 채 숨을 거뒀고, 욱성을 함께 출발했던 삼백 구의 원정대는 채 스물도 살아남지 못하고 박살났다. 머나먼 서역 땅 대완의 부흥을 꾀하던 추발로시의 원정대는 아무도 모르는 아득한 동녘 땅에서 처참하게 끝장나고 말았다.

오루구루와 엄수추리, 살아남은 군사 열여덟은 계수황자의 정벌군에 사로잡혔다. 반역자 발기는 목숨이 위태로워지자 아들 박고와 함께 배천이라는 곳으로 도망했고 얼마 후 스스로 강물에 몸을 던져서 죽었다.

주태후는, 계수황자가 반역자 발기 일당을 정벌하고 대완의 원정대 일행을 사로잡았다는 전갈을 받았다. 주태후는 노고를 치하하고 대완의 원정대를 그해 시월 동맹 수신제에 맞춰서 서도로 들이라고 명했다.

눈은 움푹 들어가고 머리터럭은 노르스름하며 하나같이 턱수염과 구레나룻을 기른 대완 사람들이 한혈보마를 타고 서도를 가로질렀다. 고구려의 뭇사람은 묘하게 생긴 대완 사람들을 구경하며 환호했다. 오루구루와 엄수추리는 비참했다. 옛 대완의 영광을 되찾고자 수만 리 먼 길을 달려온 호기는 간 곳이 없고, 고구려 황제의 즉위를 하례하는 대완의 사신이라는 이름으로 길가의 웃음거리가 돼 있었다.

오루구루와 엄수추리, 사로잡힌 군사 열여덟은 태후궁 한편에 유리되었다. 사방을 둘러싼 담장은 사람 키 하나밖에 되지 않았고 밖에서 못질한 문틈 사이로는 나인들이 오락가락하는 모습만 보였다. 유리되었다 하기에도 유리되지 않았다 하기에도 분명하지 않은 상황이었다.

이틀이 지나도록 아무도 찾지 않았다. 마실 물도 먹을 음식도 주지 않았다. 사흘째 되던 날 새벽에 군사들이 오루구루를 찾았다. 이대로 버티다가는 모두 굶어죽고 말 테니 탈출해야 합니다…… 오루구루는 하루만 더 기다리자고 했다. 만약 그후에도 이대로 둔다면 직접 문을 부수고 나가겠노라고 말했다. 나흘째 되는 날에도 변한 것은 없었다. 오루구루는 군사들과 함께 문을 부수기로 결정했다.

"아버지, 저들이 바라는 것이 바로 문을 부수고 담장을 뛰어넘는 일입니다. 참담하오나 우리는 저들의 노리개일 뿐입니다. 노리개가 할 수 있는 일은 오로지 가지고 놀아주기를 기다리는 일뿐이오니 기다리소서…… 저들이 먼저 손을 내밀 때까지 기다려야 하옵니다. 그것만이 우리가 살 길이옵니다."

오루구루는 엄수추리의 말을 따랐다. 하나 그날 밤 대완 군사들은 담장을 넘어서 모두 도망했다. 이튿날 새벽 고구려 군사들이 들이닥쳤다. 고구려 군사들이 끌고 온 수레에는 담장을 넘었던 대완 군사들이 모조리 시체가 돼서 실려 있었다. 엄수추리의 말이 옳았다. 고구려 군사들은 대완 군사들이 도망하기를 기다렸다가 담장을 넘자마자 척살했던 것이다. 이리 끝나는구나! 고구려 군사들은 오루구루와 엄수추리를 끌어내서 시체들 옆에 무릎을 꿇렸다.

주태후가 마당으로 들었다.

"나는, 반역자 발기에 붙어서 내 나라에 칼을 겨누던 네놈들을 당장 도륙해도 아쉬울 것이 없으나 사람의 예로서 거두고자 했다. 짐승 같은 네놈들의 행사가 이러하니 무엇을 더 두고 보겠는가? 살아남은 네놈들을 주살해서 벌하고자 하노라."

오루구루가 말했다.

"고구려에 죄를 지었으니 고구려의 법도대로 죽는 것은 두렵지 않소이다. 하오나 태후폐하, 바라옵건대 제 딸년만은 살려주시옵소서. 철없는 어린 딸년이 늙은 아비를 모시겠다고 따라나섰다가 수만 리 이국땅에서 피어보지도 못한 채 죽는다면…… 이 아비는 차마 눈을 감지 못할 것이옵니다. 간절히 바라옵건대 이 늙은 아비의 청을 살펴주소서……."

엄수추리는 오루구루에게 매달렸다.

"소녀도, 아버지와 함께 죽을 것이옵니다. 아버지께서 추발로시의 원정대에 앞장서신 것도, 머나먼 이국땅에서 수모를 겪으시다가 죽음을 눈앞에 두신 것도 모두 어리석은 이년의 탓이옵니다. 이년도 아

246

버지를 따라서 죽겠나이다. 태후폐하, 이년의 목부터 치소서!"

호호호, 주태후가 웃으며 말했다.

"네년의 소원이 네 아비보다 먼저 죽는 것이라면 그리 해주마!"

주태후가 엄수추리의 목에 칼을 겨눴다.

아니 된다, 엄수추리야! 어린 딸년을 살려주소서! 태후폐하, 늙은 이놈을 치소서…… 엄수추리는 부르짖는 오루구루에게 환한 미소를 지어 보였다. 소녀는 아버지의 딸이어서 홍복이었사옵니다. 혹여 세상에 다시 나거든 소녀는 다시 아버지의 딸로 날 것이오니 어리석을 지나 소녀의 아버지가 돼주옵소서…… 엄수추리는 흐르는 눈물을 감추며 스르르 눈을 감았다.

한순간 서늘한 바람이 일었다. 뜨겁고 비릿한 것들이 얼굴에 방울 방울 튀어 박히더니 주르르 흘러내렸다. 엄수추리는 감았던 눈을 떴다. 아…… 가슴이 갈라진 오루구루가 피를 토하며 엄수추리를 향해 기어왔다. 아버지! 주태후의 칼날은 엄수추리의 목이 아닌 오루구루의 가슴을 갈라놓았다. 아버지, 아버지, 아버지…… 엄수추리는 죽어가는 오루구루를 얼싸안았다. 오루구루가 엄수추리의 얼굴을 매만지며 말했다.

"내 딸아, 살아라…… 살아야 하느니라…… 살아야 우리 땅으로 놀아갈 수 있느니…… 살려달라고, 살려달라고 애원해라…… 꼭 살아라, 엄수추리야……."

엄수추리의 얼굴을 매만지던 오루구루의 손이 툭 땅바닥으로 떨어졌다. 아버지…… 엄수추리는 땅바닥에 떨어진 오루구루의 커다란 손에 얼굴을 묻고 통곡했다.

"가엽고 애처로워서 눈물 없이는 보기가 힘들구나!"

주태후가 피 묻은 칼을 흔들며 말했다.

"어쩌자고 내 아비를 먼저 죽이셨소? 이 나라의 태후는 죽는 자의 간절한 소원마저도 들어주지 못하는 너절한 사람이오? 이제 나는 죽어서 태후를 저주하고 이 나라 고구려의 멸망을 바라고 빌겠소! 자, 치시오! 두려울 것이 없으니 치란 말이오!"

엄수추리는 주태후를 저주했다.

"호호호…… 노랑머리 네년이 제법이구나! 네년을 죽였다가는 나와 내 나라가 큰일이 나게 생겼으니…… 어쩌누? 노랑머리 네년은 살려주마. 네 아비의 청을 들어주마. 이제 내가 네년을 대완의 공주로 삼겠노라. 네년은 내 나라에서 대완의 공주로 살아라…… 대완의 공주 엄수추리야, 나는 눈이 백 개이고 귀가 천 개임을 잊지 말아라. 보지 못하는 것이 없고 듣지 않는 것이 없으니 이를 명심하면 분명 좋은 날이 있을 것이다."

주태후가 피 묻은 칼을 내던지더니 멀어져갔다.

엄수추리는 수만 리 머나먼 동녘 땅 고구려에서 대완의 공주가 됐다.

대완의 공주가 된 엄수추리는 아버지 오루구루의 유언을 가슴에 새겼다. 살아야 우리 땅으로 돌아갈 수 있으니 꼭 살아라, 엄수추리야…… 살아서 꼭 돌아가리라. 엄수추리는 주태후의 명으로 우목공의 좌방부인이 됐다. 두 해가 지나서 엄추수리는 자신을 꼭 닮은 딸 어을을 낳았다. 엄수추리는 자신의 일을 우목공에게도 그 누구에게도 말하지 않았다. 어을이, 내 딸 어을이 짝을 짓거든 그때 모두 말하고 함께 대완으로 떠날 것이다…… 아마도 어을의 어미 엄수추리는 그리 다짐했을지도 모른다. 하나 엄수추리는 어을이 짝짓는 것을 보지 못한 채 지난여름 갑작스레 세상을 떠나고 말았다. 이로써 대완의 부흥을 꿈꾸며 한나라를 살피고자 떠났던 추발로시의 원정대는 머나먼 동녘 땅 고구려에서 전멸했다.

"영물은 영물이더구나. 네 할아비와 어미가 타고 왔던 한혈보마 말이다. 이리저리 접을 붙여서 씨를 퍼트리려고 했더니 스스로 굶어서 죽고 말았느니라. 아깝지, 아까워……."

주태후가 어을에게 목을 맡긴 채 쯧쯧 혀를 찼다.

어을은 눈물이 앞을 가렸다. 한혈보마만도 못했던 대완 사람들…… 아, 눈도 감지 못한 채 어을의 손을 잡고 숨을 거두던 어미의 모습이 떠올랐다. 엄마, 엄마…… 얼마나 외로우셨을꼬? 얼마나 참담하셨을꼬? 얼마나 그리워하셨을꼬? 주태후의 목을 마사하던 어을이 물었다.

"태후폐하, 어쩌자고 소인의 어미를 살려두셨나이까?"

"계집이 아니냐? 어리석은 사내 열보다 당돌한 계집 하나가 쓸모가 있느니…… 대완의 계집이 우리나라의 씨앗을 받아서 저를 꼭 닮은 너를 보았으니 얼마나 좋으냐?"

어을은 흐르는 눈물을 훔쳤다. 내 외할아비를 죽이고 내 어미를 유린한 핏줄의 원수가 눈앞에 누워 있었다. 어을은 물었다. 꼭 물어야 했다.

"태후폐하, 어쩌자고 지난 일들을 소인에게 들려주셨나이까?"

"그동안 나는 참으로 많은 짐들을 졌느니라…… 며칠 전 네 어미 엄수추리를 빼닮은 너를 보고 다짐했단다. 이제는 세상에서 나만 알고 있는 무거운 짐들을 하나씩 벗어야겠으니…… 목공에게도 말하고…… 어을이 네게도 대완의 공주 엄수추리의 일들을 말하겠노라…… 비로소 짐들을 하나씩 벗어서 내려놓으니 이제야 마음이 한결 편하구나……."

주태후는 제 마음 편해지고자 참혹했던 내 어미의 일들을 이리도 술술 토해냈다는 말인가? 짐이라니, 짐이라니! 내 어미 엄수추리의 일들이 어찌 한낱 네년의 짐일 뿐이더냐? 어을은 주태후의 목덜미를 움켜잡았다.

"태후는…… 짐을 진 것이 아니라 죄를 지은 것이오. 태후는 짐을 벗어야 하는 것이 아니라 벌을 받아야 하는 것이오. 모르시오? 태후가 저지른 짓은, 내 어미의 가슴을 갈가리 찢어놓고 목줄을 조여서 숨조차 쉴 수 없게 만든 추잡한 죄였소. 정녕 모르시오? 태후는 내 외할아비를 죽이고 내 어미를 참혹한 고통 속에서 살게 했으니 이제라도 그 벌을 받아야 마땅하오!"

어을의 일갈에 주태후가 몸을 일으켰다.

"뭐라……."

"닥쳐라, 네 이년! 내 외할아비를 죽인 벌이다!"

주르르, 노르스름한 머리터럭이 흘러내렸다. 어을은 머리에 꽂은 옥비녀를 뽑아서 움켜쥐고 주태후의 목덜미 위쪽 아문혈을 찔렀다. 찌르고 또 찔렀다. 주태후가 파르르 사지를 떨며 버버버, 말을 더듬었다. 어을은 주태후의 머리통을 잡아서 내리눌렀다.

"이것은 내 어미를 참혹한 고통 속에서 살게 한 벌이니 달게 받으라!"

어을은 옥비녀를 치켜들어서 주태후의 정수리 한복판 숫구멍을 찔렀다. 찌르고 또 찔렀다. 찌르고 또 찌르고 부수었다. 백회혈…… 주태후의 백회혈이, 몸뚱이의 온 핏줄이 모이는 백회혈이 산산이 부서졌다. 옥비녀가 뚝 부러졌다. 어을은, 입을 헤벌리고 파리해진 주태후를 물끄러미 내려다봤다. 어미가 알려준 도인법이 이리 쓰일 줄이야? 평생 벗이 될 짝에게 행하라고 어미가 알려준 마사가, 핏줄의 원수를 갚았다. 주태후가 죽었다.

어을이, 주진아 이년을 죽였다.

류기

파란 바다를 닮은 눈망울에서 눈물이 넘쳐흘렀다.

오호라, 나는 어을의 손을 당겨서 품안에 꼭 보듬었다.

어을아, 이제는 울지 말거라. 참으로 걱정할 일이 없느니라.

그해 시월 동맹 수신제…… 나는 대완에서 왔다는 사신들을 의심
했다. 머나먼 서역 땅 대완에서 온 사신들은 세상을 움켜쥔 주태후의
간악한 술수일 뿐이라고 생각했다. 한혈보마…… 나는 한혈보마를
만지고 보는 순간 그 의심을 한순간에 던져버렸다. 조금만 더 살폈더
라면, 만약 조금만 더 살피고 파고들어서 어을의 외할아비 오루구루
와 어을의 어미 엄수추리를 찾았더라면 대완 사람들이 그처럼 허망
하게 죽지는 않았으리니…… 그리됐다면 엄수추리가 우목공과 혼인
하지도 않았을 테고 어을이 이 세상에 나지도 않았을 테니…… 나는

어을을 볼 수가 없었겠구나! 세상의 일이 이러하니…… 나쁘다고 오로지 나쁜 것만은 아니리라. 좋다고 오로지 좋은 것만도 또한 아닐 것이다.

비수를 맞은 보곡의 상처가 생각보다 깊었다. 비수를 뽑지 말았어야 했다. 상처를 살피던 어린 조수우가 급한 마음에 비수를 뽑자 피가 솟구쳤다. 손으로 틀어막고 온몸으로 부둥켜안아도 소용이 없었다. 용구가 피가 솟구치는 보곡의 날갯죽지를 불로 지졌다. 살점이 타들어가더니 겨우 피가 멈췄다. 하나 보곡이 혼절했다. 그대로 뒀다가는 상처가 썩어서 보곡을 잃을지도 모르는 일이니 초주와 진기에게 보곡을 데리고 서둘러 청산당으로 가라고 명했다. 임자라면, 임자의 의술이라면 보곡을 반드시 살려낼 테니…… 보곡아, 죽지 마라. 주인이 내리는 엄명이다!

보곡을 보내고, 용구와 용우에게 어을을 데리고 청산당으로 가라고 명했다. 강우리와 강치리에게 마산궁의 일을 맡겼다. 주태후가 있는 침전을 보위하고, 창고에 묶여 있다가 죽은 말갈 둘과 널브러진 마산궁의 시신들을 한곳에 모아서 묻되 소슬의 시신은 따로 묻으라고 명했다. 보곡의 일로 눈물을 흘리던 조수우는 뺨을 쳐서 눈물을 그치게 하고, 우림교위 우어지에게 마산궁 인근 하호들과 뭇사람을 제 집으로 들이라고 전하게 했다. 그 길로 나는 환도성으로 향했다.

금상께옵서는 어원에 계셨다.
나는 마산궁에서 벌어진 일들을 세세하게 아뢨다.

금상께옵서는 허공을 바라보시며 한동안 말씀이 없으셨다.

나는 문득 주태후가 어제 했던 말이 떠올라서 그대로 아뢨다.

'이년은 죽지 않습니다! 설령 죽어서 재궁에 눕더라도 세 해가 지나면 벌떡 일어나서 다시 살아날 것입니다!'

금상께옵서 말씀하셨다.

"목공, 어미의…… 어머니의 말씀대로 마산궁을 재궁으로 삼아야겠습니다. 돌아가셔도 벌떡 일어나실 것이라고 하셨으니 앞으로 세 해 동안 어머니를 생전처럼 모시라고 하겠습니다."

나는 깊숙이 고개를 숙였다.

금상께옵서 발갛게 물든 어원을 바라보시며 말씀하셨다.

"어원에 전각을 지어야겠습니다. 목공께서 직접 지으십시오. 서도의 수왕당을 닮아서는 결코 아니 됩니다. 목공께서 머무르실 그대의 전각을 지으십시오. 다시는 이 땅에 짐의 어머니와 같은 여인이 나와서는 아니 될 일이니…… 그곳에서 성조 동명성제 이래로 면면히 내려오는 이 나라 황제들의 내력을, 오로지 황제들만의 내력을 새로이 적으십시오. 짐의 아들이, 그 아들의 아들이 이 나라와 더불어 영원무궁하게 이어나갈 우리나라의 내력이 될 것입니다. 목공께서 적으시는 이 나라 황제들의 내력을 류기疁記라고 부르겠습니다. 목공께서 류기를 적으실 전각은 류기전이라고 부르리다."

류기…… 류疁는 밭을 갈고 그곳에서 오래도록 머물러서 이어진다는 뜻이니 이는 곧 우리나라의 내력과 다르지 않도다. 하나, 하나 말이다…… 어을이, 노랑머리 내 어을이 말하지 않았던가? 태후폐하께서는 한편으로 치우치시어 모후들만의 일을 적으셨으나 황제폐하께옵서는 공평하고 무사하게 세상의 일들을 적으시면 되실 일이옵니다…… 세상을 떠난 주태후가 모후들의 일만을 적었다고 금상께옵서 황제들의 일로만 우리나라의 내력을 적는다면 류기가 모후경과 다를 바가 무엇이겠는가? 나는 무릎을 꿇고 금상께 아뢨다.

"소신은 황제폐하의 명을 받들 수 없나이다…… 이 나라의 내력을 황제들의 일로만 적는다면 모후들의 일로만 적어나간 추잡하고 요사스런 「모후경」과 다를 바가 무엇이겠습니까? 어리석은 소신이 하늘의 해를 두고 아뢰옵건대, 지나온 내력을 적는 일은 보태거나 빼서는 결코 아니 될 일이며 감추거나 덧씌워서 치장을 하려 든다면 차라리 적지 아니함만 못할 것입니다. 어리석은 소신은 공평하고 무사한 글만이 오로지 우리나라의 내력이 돼야 한다고 믿어 의심하지 않사옵니다. 어리석고 불충한 소신이 류기를 적는다면 보고 듣고 알고 느낀 모든 것들을 한 치의 어긋남도 없이 모조리 적을 것이옵니다. 황제폐하의 일 또한 한 자도 빠뜨리지 않을 것이오니……."

차라리 금상께옵서 진노하시어 황명에 어기댄 이놈의 목을 베어 내신다면 얼마나 홍복일꼬? 황통을 어지럽히고 모후경을 적어서 황제가 되겠노라고 떠벌이던 주태후가 죄를 입어서 사라진 지금…… 어을아, 네 외할아비와 네 어미에게 지은 죄 또한 입에 담아서 무엇 하겠느냐? 주태후가 죽고 사라진 지금, 모든 것을 알아버린 나 또한 목이 베어져서 죽는다면 금상으로 이어진 황통의 비밀은 더 이상 비밀이 아닐 것이니…… 소신을 죽이소서, 죽여주옵소서!

"어을이…… 그대의 어을이 그리 말하더이까?"

어찌 아셨을꼬? 나는 고개를 들고 금상을 뵀다. 붉디붉은 노을에

감싸인 금상께옵서 어수를 내밀어 늙은 두 손을 잡으셨다. 나는 자리에서 일어났다. 그렁그렁, 두 눈에 고이는 것은 눈물이 아니라 뚝뚝, 흘러서 떨어지고픈 내 마음이었으리라.

"어머니가 돌아가셨습니다. 불초한 짐이 바라고 원하던 일이었습니다. 이제 짐은…… 목공께서 어떤 말씀을 하시든, 어떤 생각을 품으시든 목공만은 결코 잃고 싶지 않습니다. 세상 끝 날까지 짐의 곁에서 머무세요. 짐이 내리는 엄명이니 돌아보지 말고 짚어보지도 말고 그대로 따르세요. 황제들만의 내력을 적으세요. 류기를 적으세요. 오직 그뿐입니다."

금상의 엄명이시니 이제는 마음대로 죽을 수도 없구나!

"청이 하나 있습니다."

"청이 아니라 명이시옵니다. 소신에게 명을 내리소서."

금상께옵서 한동안 나를 바라보시다가 말씀하셨다.

"그대의 어을을 짐에게 보내주십시오. 짐이 가까이 두고 싶습니다."

어을을, 어미를 죽인 어을을 벌하시겠다는 말씀이신가? 아니구나…… 그 뜻이 아니구나! 한순간 마음이 흔들렸다. 금상께옵서 원하시는데 무엇을 망설이랴? 어을이 늙은 몸뚱이 곁에서 머무느니 영명하신 금상의 손과 발이 된다면…… 어을아, 그보다 귀하고 중한 일이 천하에 또 있겠느냐?

"내일 날이 밝거든 어을을 황궁으로 들이겠나이다."

잘한 일이다. 아무렴, 잘하고말고!

청산당으로 들었다.

보곡은 깨어나지 못했다. 하나 맥이 살아서 팔딱팔딱 뛰었다. 임자가 말하길, 보곡은 굳세고 단단하니 머지않아서 일어설 것이라고 했다. 엎드려서 잠든 보곡을 바라보다가 방을 나왔다. 내당에서 임자와 석반을 들었다. 임자에게 마산궁에서 있었던 일들을 말했다. 내일 어을이 금상의 명을 따라서 황궁에 들 것이라고 말했다. 한동안 바라보던 임자가 내 손을 꼭 잡았다.

"마음을 상하셨을까 저어되옵니다."

"아닙니다. 이 또한 내게는 홍복입니다."

석반을 마치고 청산당으로 향했다.

청산당 작은방이 환하게 불을 밝히고 있었다.

저 안에 어을이 있구나…… 망설이다가 글방으로 들었다.

하루가 참으로 길도다.

아직도 긴 하루를 마무르지 못했구나!

어을에게, 노랑머리 내 어을에게 어찌 말을 할꼬?

붓을 놓는다.

수염

산상대제 25년 1월 24일, 서기 221년 3월 5일

금상 이십오년 춘정월 을미일 어을의 곁에서 쓴다.

낮부터 눈비가 섞여서 바람과 함께 몰아치다가 이 밤에 잦아든다.

어을아, 어을아…… 이 글을 적는구나, 적고야 마는구나, 오호라!

지난 밤, 나는 붓을 놓고 어을이 있는 청산당 작은방으로 들었다.

어을은 제 눈처럼 파란 비단 실로 부러진 옥비녀를 둘둘 처매고 있었다.

"두어라, 그런다고 붙겠느냐?"

"하오나 임께서 주신 비녀이온데 어찌 두고만 보오리까?"

"내, 곱고도 고운 놈으로 새로 장만해줄 테니 애달프지 말거라."

어을은 수굿한 채 말이 없었다. 아, 날이 밝거든 황궁으로 들라는

말을 어찌 꺼낸다는 말인가? 무엇을 걱정하느라고 이리도 어렵다는 말인가? 나는…… 앞으로 어을에게 닥쳐올 일들을 걱정하는 것인가? 아니면 그저 내 마음을 다잡지 못하고 클클한 까닭인가?

"밥은 먹었느냐?"

괜스레 끼니나 묻다니…… 어을은 수긋한 채 살짝 고개만 끄덕였다. 아궁이 속 같은 네 속내로 어찌 밥인들 넘어는 갔겠느냐? 내외라도 하는 양 어을이 살짝 외어앉았다. 고개라도 들어보려무나. 눈덩이처럼 하얀 얼굴에 잿빛이 도는 쪽빛을 닮은 파란 눈동자와 세상을 모조리 살피고도 남을 만큼 커다란 눈, 그 아래 봉우리인 양 오뚝하게 솟은 코와 후두두 떨어질 것만 같은 발그레 불그스름한 입술…… 이제 껑충하고 매끈둥하며 하늘하늘 하늘거리는 네 모습을 언제나 가까이 볼 수 있을꼬? 마음속은 엉망이고 진창인데 입으로는 허튼소리나 내뱉고 있었다.

"울었느냐?"

"아니옵니다…… 이제는 결코 울지 않을 것이옵니다."

수긋한 어을의 입가에 살포시 미소가 번졌다. 하나 아파 보였다. 아프지 마라, 어을아…… 순간 어을이 고개를 들고 나를 바라봤다. 더럭 놀라서 손바닥으로 방바닥을 짚었다. 들었을꼬? 쿵, 내려앉는 내 염통 소리를 들었을꼬?

"임아, 소첩이 청이 하나 있사옵니다."

내가, 내가 무엇이든 들어주지 못할까?

"오냐, 오냐…… 말해보아라."

"소첩이 임의 수염을 다듬어드리고 싶사옵니다."

하, 그것이 청이라는 말이냐? 정녕 그것이 이 밤에 하고픈 청이라고?

"하하하, 다듬어다오! 그동안 내미 그년이 해오던 일이거늘 어을이 다듬으면 어찌 되는지 한번 보자꾸나!"

"임의 수염이 항상 마음에 걸렸나이다. 소첩이 멋들어지게 꼭 다듬어드리리라 마음먹었나이다."

내미를 불러서 가위를 가져오게 했다.

옳지, 수염을 다듬을 때 말을 꺼내야겠다. 아니, 수염을 다 다듬거든 그때 말을 꺼내야지…… 아니, 아니다…… 아이고, 모르겠구나! 어을이 다가와서 내 앞에 앉았다. 비단 포를 내 목에 둘렀다. 스르르 쪽빛으로 파란 눈동자가 오므라들었다. 깊은 바다 속 같은 눈동자에 풍덩 빠질까 저어해서 얼른 눈을 감았다. 달달한 향내가 코끝을 간지럽혔다. 훨훨 하늘을 날면 이 기분일까? 둥둥 구름 속을 거닐면 이 향내가 날까? 사르르 가느다란 손가락들이 수염을 어루만졌다. 어찌할꼬? 내일 날이 밝으면 어을은 황궁으로 들어서 금상의 여인이 될 것이다. 이 한밤, 내 앞에 앉아 있는 어을은 누구의 어을인가? 어을, 노랑머리 어을은 방정맞은 첫닭이 울기 전에는 분명 내 노랑머리 어을일지니…… 내미야, 어서 이부자리를 펼쳐라. 노랑머리 내 어을을 보듬고 품어야겠노라! 양물이 꿈틀거렸다. 이런 넋 빠진 놈을 봤나? 할 수 있다고 모두 할 수 있는 일이 아니고, 하고 싶다고 모두 하고 싶은 일이 아니거늘…… 나는 분명 멍텅구리로구나! 사각사각 가위로 수염을 다듬는 소리만이 방 안을 가득 채웠다. 꿀꺽 입 안 가득 고인 침을 넘겨서 삼켰다. 들었을꼬? 침 삼키는 소리를 들었을까봐서 얼른 혀를 놀려서 입을 열었다.

"내일 황궁으로 들어라……."

삭삭, 사각사각 수염을 다듬던 가위 소리가 멈췄다.

입에서 나온 말들을 어찌 주워서 담을꼬? 어을의 귓속으로 들어간 말들을 어찌 꺼내서 휘휘 흩어놓을꼬? 나는 눈을 뜨고 말았다. 눈앞에 가위를 든 어을이 멍하니 나를 바라봤다. 노르스름한 속눈썹이 파르르 떨었다. 어을은 아무 말도 하지 않았다. 삭삭, 사각사각…… 가위 소리만 들렸다. 듣지 못한 것인가? 수염을 다듬느라 넋이 팔려서 내 말을 듣지 못한 것인가? 아니면 내 말을 듣고도 아니 들은 척하는 것인가?

"보시어요."

어을이 가위질을 멈추고 내 앞에 면경을 들었다. 동그랗던 수염이 길쭉하게 바뀌어 있었다. 날렵하고 보기에도 좋았다. 진즉에 이리 다듬을 것을, 마음에 꼭 들었다. 배시시 입가에 미소를 머금던 나는 면경 너머로 어을과 눈이 마주쳤다. 물어야 한다. 내 말을 들었느냐? 아니, 다시 말을 해야겠다.

"내일 날이 밝거든 금상께서 계시는 황궁으로 들어라……."

어을은 수굿한 채 말이 없었다. 나는 물었다.

"들었느냐?"

"예, 들었사옵니다."

"하면…… 어찌 아무 말도 없느냐?"

"마산궁…… 마산궁 태후가 한 말을 되뇌었나이다."

마산궁, 마산궁 주태후가 무슨 말을 했다는 소리인가?

"금상께옵서 머지않아 소첩을 황궁으로 들이실 것이라고 했나이다."

처음 듣는 말이었다. 어을이 내게 하지 않은 말들이 있다는 소리인가? 주태후는, 주진아 이년은 금상께옵서 어을을 황궁으로 들이실 것을 어찌 알았다는 말인가? 어을은 방바닥에 떨어진 자잘한 수염들을 손바닥으로 쓸 뿐 말이 없었다. 말하라. 어을아, 마산궁에 들어서 네가 들은 말들을 알알샅샅이 말하라! 어을이 깊은 바다 속 같은 두 눈을 들어서 나를 바라보았다.

모후경

어을은 한밤중 말을 달려서 마산궁으로 들었다.

소슬은 어을의 옷을 벗기고 온몸을 샅샅이 살폈다.

어을은 소슬과 함께 주태후가 머무는 침전으로 들었다.

"인연이로다. 얼핏 네 생각을 했더니 네가 이리 와주었구나!"

홀로 술을 마시던 주태후가 어서 오라며 어을을 반겼다. 어을은 두 손을 이마에 맞대고 큰절을 올렸다. 주태후가 다소곳이 앉은 어을을 바라보다가 물었다.

"사람이 사람의 마음을 속속들이 알려면 어느 세월이 걸리겠느냐?"

"열 해를 사귀어도 스무 해를 사귀어도 모르는 것이 사람의 마음 인 듯하옵니다. 설령 피붙이일지라도…… 배 아파서 낳은 어미와 자 식 사이에도 알 수가 없는 것이 사람의 마음일진대 무슨 수로 세월을 가늠하리까?"

"옳다. 하나…… 한순간 스친 눈빛만으로도 속속들이 알아차릴 수
있는 것이 또한 사람의 마음이다. 열 해를 사귀어도 스무 해를 사귀
어도 어미와 자식 사이에도 알 수 없었던 마음을 단 한 번 스친 눈길
로도 알아차릴 수 있는 것이 사람의 마음이니…… 어을아, 너와 내
마음이 바로 인연이 아니겠느냐?"

어을은 깊숙이 고개를 숙여서 주태후의 말에 화답했다. 주태후가
어을에게 술잔을 권했다. 잠이 오지 않을 때는 술이 벗이니라…… 어
을은 주태후가 채워준 술잔을 단숨에 들이켰다. 옳지…… 주태후가
박수를 하며 말했다.

"마고께서 궁희와 소희를 낳으신 까닭을 아느냐?"

"세상을 만드신 마고께서 하신 일을 소인이 어찌 감히 알겠나이
까?"

"어을아, 들어보아라…… 세상을 만드는 일에 지치신 마고께서는
어느 날 문득 외롭다는 생각을 하셨단다. 적막하고 쓸쓸한 세상에 나
를 닮은 아이들이 곁에 있다면 얼마나 좋을꼬? 해서 마고께서는 홀
로 궁희와 소희를 겨드랑이로 낳으셨단다. 얼마나 기특하고 아름다
웠겠느냐? 당신을 꼭 닮은 궁희와 소희를 살피고 기르시던 마고께
서는 어질고 밝은 궁희에게는 안에서 필弼하게 하시고 굳세고 단단
한 소희에게는 밖에서 보輔하게 하셨으니 세상을 모두 만드시고 북
녘 높은 하늘에 오르시어도 그 뜻은 영원무궁했느니라. 고개를 들어
서 칠성을 본 적이 있느냐? 일곱 개의 별이 되신 마고님 곁에는 지금
도 필하는 궁희와 보하는 소희가 빛을 발하니 아름답도다. 참으로 아

름답도다!」

주태후가 침전의 천장을 바라보았다. 어을도 주태후를 따라서 높다란 천장을 올려다보았다. 칠성…… 천장에는 금방이라도 땅으로 내려와서 세상을 벌할 듯 두 눈을 부릅뜬 마고의 모습이 그려져 있었다. 마고의 뒤로는 필하는 궁희가 지팡이를 움켜쥐고 보하는 소희가 칼을 치켜들었으니 마고와 궁희와 소희의 모습이 곧 삼신이었다. 어을은 두려운 마음에 꿀걱 침을 넘겨서 삼켰다.

"어을아, 소슬아…… 우리의 모습이 저와 같구나…… 나는 마고가 될 것이고 어을과 소슬은 궁희가 되고 소희가 될 지어니 주저할 것이 무엇이고 또한 두려워할 것이 무엇일까?"

주태후가 두 손으로 술잔을 높이 들어서 들이켰다. 어을은 주태후를 물끄러미 바라보았다. 궁희가 되라는 말은 무슨 뜻일꼬? 태후 곁에 머물며 「모후경」이 뜻하는 바를 이룰 수 있도록 도우라는 소리인가? 「모후경」은 자식을 그리워하는 어미의 구불구불한 글이 아니라 진정으로 모반과 반역과 정변을 꾀하는 추잡한 글이었다는 말인가? 그 뜻이 무엇이건 간에 마산궁은, 마산궁의 주태후는 임께서 이끄시는 청산당 일행에게 죽음을 면하지 못할 것이니…… 나는 내 어미의 일을, 머나먼 서역 땅 대완의 공주 엄수추리의 일들을 들어야만 한다. 어찌 입을 열어야 할꼬? 말문을 찾으며 망설이는데 주태후가 먼저 입을 열었다.

"어을아, 혹어 내 아들놈 연우를 본 적이 있느냐?"

"예, 이틀 전 청산당에 납신 금상을 가까이 뵌 적이 있나이다."

"그래? 그놈이 네게 무엇이라고 하더냐? 분명 말을 섞었을 것이다."

"금상께옵서 이르시길, 성심을 다해서 목공을 모시라고 하셨사옵니다."

호호호, 주태후가 어을의 말이 떨어지자마자 박장대소했다.

"우황후 그년에게 들킬까 저어하며 밤이면 밤마다 황궁 밖으로 계집들을 찾아서 방랑하던 연우 그놈이, 성심을 다해서 목공을 모셔라? 아이고, 찢어진 입이라고 나오는 말마다 고린내가 진동을 하는구나! 어을아, 내가 하늘의 해를 두고 말하건대 연우 그놈은 어을이 너를 반드시 황궁으로 들일 것이다. 궁인으로 삼고 소후로 삼고, 내가 붙여준 우황후가 늙어서 젖퉁이가 축 늘어지면 그때 너를 황후의 자리에 올릴 것이다. 두 대에 걸쳐서 황후 노릇을 했으면 우황후 그년의 깜냥에는 차고도 넘치는 자리였으니 어을이 네가 중궁황후에 오를 날이 참으로 머지않았구나! 하, 동궁의 어미 술통년! 하찮고 보잘것 없는 술통년은 우황후 그년이 질투를 일삼아 목을 베어낼 것이니 염려할 것이 없을 테고! 호호호…… 내가 연우 그놈을 만나러 갈 때, 목공이 다물하자는 답을 들어오고 내가 수긋한 척 연우 그놈을 만나러 황궁으로 갈 때 어을이 너도 함께 들자꾸나! 소슬아, 너도 함께 들어야지! 아무렴, 그렇고말고 그래야겠구나! 이제야 비로소 환도성이 삼신이 머무는 신궁이 될 날이 가까워 오는구나!"

어을은 주태후의 말을 알아들을 수가 없었다.

"어리석은 소인, 무슨 말씀이온지 알 길이 없사옵니다. 하옵고 소인에게는 목공께서 계시온대 소인이 어찌 황궁에 들 일이 있겠나이까? 듣잡기 민망하옵니다."

"호호호, 어미가 아들놈을 모르겠느냐? 옳아! 아들놈은 몰라도 내,

우렁잇속 같은 사내놈들의 속내는 잘 아느니⋯⋯ 어을아, 오래고 오래 전 목공은 지금의 상비를 부인으로 맞으며 죽는 날까지 상비만을, 죽어서도 상비하고만 동혈의 벗이 되겠노라고 다짐을 했단다. 온 나라가 다 듣도록 소리쳐서 말하던 목공이 이제와 어을이 너를 첩실로 들였다. 상비에게 한 굳은 약속은 지나는 바람이 된 것이 아니면 무엇이더냐? 보아라, 예나 지금이나 늙으나 젊으나 사내들의 말은 믿을 것이 없느니라⋯⋯ 한 번 약속을 깨버린 사내가 두 번인들 깨지 못할까? 목공이 나서서 어을이 너를 황궁으로 들일 것이다. 아무렴, 목공은 그럴 위인이고말고!"

아니지, 임께서 나를 버리실 리가 없을 것이야! 어을은 고개를 저었다.

"어을아, 네가 그랬다지? 모후경은 자식 놈을 그리워하는 어미의 절절한 마음이라고⋯⋯ 틀렸다! 너도 모후경을 봤을 테니 들어보아라. 전조 부여의 소록모후께서 반역을 꾀하던 애종이라는 놈의 목을 치지 않았더라면 해우루가 선우의 자리에 오를 수 있었겠느냐? 또한 소록모후의 아들, 해모수가 동녘의 종자들을 아우르는 황제의 자리에 오를 수나 있었겠느냐? 유화모후께서 뱃속에 해모수의 씨앗을 품고 동부여의 금와에게 고개를 숙이지 않았더라면 유화모후의 아들, 추모鄒牟가 무슨 수로 이 나라를 세웠겠느냐? 홀본을 다스리던 소서노황후가 사통팔달로 길을 열고, 환나를 다스리던 계루황후가 황룡과 연노와 행인과 비리와 구다를 쳐서 하나로 합하지 않았더라면 동명성제 추모가 감히 황제의 이름을 칭할 수나 있었겠느냐? 예모후께서 홀로 유류를 기르고 가르치지 않았더라면 추모의 얼굴도 본 적 없는 유류가 감히 황통을 이어받을 수나 있었겠느냐? 갈사모후께서 계시지 않았더라면 대주류제 무휼은 계집들의 치마폭에서 허우적거리느라 세월을 허송했을 것이다. 아, 호화모후께서 계시지 않았더라면 천하는 모본제 해우의 방탕으로 멸했을 것이고 호화모후께서 칼을 들지 않았더라면 신명선제 재사와 태조황제 어수가 황위를 보존할 수나 있었겠느냐? 상모후께서 길가의 나부랭이 명림답부를 거두어 칼을 쥐어주지 않았더라면 폐주 차대제 수성이 천하를 말아먹었을 것이고 변방을 떠돌던 상모후의 아들, 백고가 무슨 수로 황위에 올라서 신대제로 불릴 것이며 나를, 탕을 끓이며 세상을 도모하던 나를 만날 수나 있었겠느냐? 보아라, 보아라, 이제 보아라! 내가 아니었다면 목청껏 소리 한 번 제대로 질러본 적 없는 연우 그놈이 오늘날 감히 금상의 자리에 앉을 수나 있었겠느냐? 이 나라는 어미들의 나라이니라. 어미들이 세우고 여인들이 만들어서 펼친 세상을 아들놈들이, 사내놈들이 들어서 가로챈 내력이 바로 이 나라가 지내온 내력이니라. 두고 보겠느냐? 어찌 잠자코 두고 볼 수만 있겠느냐? 바로 세우리라! 이 나라의 내력을 바로 세우고, 북녘의 거친 땅에서 너절하게 방랑하는 한 어미의 자손들을 한데로 긁어모아서 한나라 놈들에게 빼앗긴 옛 땅을 되찾을 것이며, 자식일이라면 아들놈 일이라면 세상 무엇이라도 다 해주었던 여리고 순한 어미들이 차마 부끄러워서 오르지 못했던 황제의 자리에 나는, 스스로 오를 것이다! 보아라, 이 일이야말로 내가 반드시 해야 할 일이니…… 어을아, 모후경이 말하는 참뜻은 오직 이뿐이다. 알겠느냐?"

소슬이 나서며 말했다.

"태후폐하, 목등의 첩실이 들어도 되는 말은 아닌 듯하옵니다."

"호호호…… 단 한 번 스친 눈길로도 알아차릴 수 있는 것이 사람의 마음이라고 듣지 않았더냐? 소슬아, 어을이 참으로 내게 도인법을 행하러 마산궁에 들었겠느냐? 어을이 한밤에 말을 달려서 마산궁에 든 까닭은 내 목숨이 머지않아서 위태로워질 것이기 때문이란다. 내 목숨이 붙어 있을 때 제 어미의 일들을 물어서 들어야겠으니 살을 에는 이 한밤에 두려움을 떨치고 달려온 것이 아니면 무엇이겠느냐?"

어을은 속속들이 속내를 알아차린 주태후의 눈빛이 두렵고 무서웠다.

"태후폐하, 서둘러 명을 내리소서. 소인, 근방의 하호들을 모조리 불러들여서 무장하고 마산궁을 지키겠나이다. 어을 이년은, 어을 이년의 목을 베서 궁문에 걸어두겠나이다!"

"호호호…… 어찌 그리도 불같을꼬? 말하지 않았더냐? 어을은 궁희가 되고 소슬은 소희가 돼서 나를 안으로 필하고 밖으로 보할 것이니 비록 낳아준 어미가 다르고 생김생김은 다를지라도 이제는 서로 피를 나눈 형과 아우가 돼야 하느니라. 소슬아, 네 곁에 어을이 있는 한 마산궁은 무탈할 것이니 염려할 일이 없다. 알겠느냐?"

한동안 어을을 살피던 소슬이 주태후에게 고개를 숙였다.

두려움으로 주태후를 바라보던 어을이 천장을 올려다보았다.

마고, 궁희, 소희…… 진정으로 주태후는 마고가 될지도 모른다.

호호호, 주태후가 천장을 올려다보는 어을을 바라보며 박장대소했다. 오너라. 이리 오너라. 잔을 채워라…… 어을이 빈 술잔을 채우며 말했다.

"한 잔 술은 좋은 벗일지나 거푸 잔을 채우시면 아무리 좋은 벗이라도 옥체를 상하게 하옵니다. 소인이 마사를 행하겠나이다. 마사를 받으시면 한결 침수에 드시기 수월하실 것이옵니다."

옳지, 옳지…… 주태후는 소슬에게 술상을 치우라고 했다. 소슬이 이부자리를 보고, 어을은 주태후를 반듯하게 눕혔다…… 어을아, 네가 밤길을 달려온 까닭이 어미 때문일 테니, 들어볼 테냐? 어을은 머나먼 서역의 대완 땅에서 온 어미, 엄수추리의 일들을 주태후에게 들었다…… 어을은 주태후를, 주진아 이년을 죽였다.

엄수추리의 딸

오호라, 길고도 긴 한숨이 저절로 새어나왔다.

참으로 간악한 년이었도다! 주태후 그년이 고개를 숙이고 금상을 찾겠다는 말은 모두 거짓이었다. 조아리고 물러나겠다는 주태후의 말들은 모두 제 년의 음흉한 속내를 감추는 간교하고 요사스런 술수일 뿐이었다. 영명하신 금상께서 살피신 것처럼 모후경, 모후경이야말로 진정으로 모반과 반역과 정변을 꾀하는 추잡한 글이었구나! 어을은 어쩌자고 간악한 주태후의 말들을 들은 대로 말하지 않았을꼬? 주태후는 죄를 받아서 어을의 손에 죽어갔으니 들은 대로 사실대로 말했던들 이제 와서 무엇이 달라질까? 어을이 들은 대로 말하지 않은 까닭만은 물어야 했다…… 어을아, 무슨 까닭으로 주태후에게 들은 말들을 숨겼느냐?

나는, 묻지 않았다. 어을의 입에서 나올 말들이 두려웠다. 주태후는, 주진아 그년은 나를 꿰뚫고 있었다. 보지 않아도 살피지 않아도 오로지 어을에게서 들은 몇 마디 말로 나를 꿰뚫고, 금상을 꿰뚫고, 또한 어을의 마음을 꿰뚫고 있었다. 어을은 주태후가 내뱉은 말들이 맞지 않기를 바라고 원했으리라. 어찌할꼬? 금상께옵서 어을을 황궁으로 들라고 명하셨고 나는 그 말을 들어서 어을에게 그대로 옮겼으니…… 엉클어진 어을의 자그마한 머릿속이 눈앞에 보이는 듯했다. 입을 열어서 말을 해야 할지나 할 말을 찾지 못했다.

"첫닭이 울고 날이 밝거든 황궁으로 들겠나이다."

어을이 수굿한 채 말했다.

가지 마라, 가지 마라 어을아…… 네가 황궁에 들어서 무엇을 하려느냐? 속절없는 넋두리는 말이 돼서 입 밖으로 나오지 않았고 나는 그저 고개만 저었다. 고개만 가로젓고 또 저었다.

"황궁으로 드오리까? 들지 마오리까?"

어을이 고개를 들어서 나를 바라보았다. 파랗고 커다란 두 눈이 나를 꿰뚫고 있었다. 무슨 변고인고? 나는 눈덩이처럼 하얀 어을의 얼굴에서 주태후, 아니 주진아 그년의 얼굴을 보았다. 비삼으로 단장하고 머리에는 은화와 동어로 치장한 주진아, 진아 그년이 수왕당 기단에 올라서서 열아홉 개차반이었던 나를 내려다보았다. 호호호, 웃으며 나를 내려다보았다.

"임께서 황궁으로 들라면 들 것이요, 들지 말라시면 들지 않겠나이다."

분명 눈앞에 앉은 계집은 어을이었다.

"황궁에 들면 무엇을 할 것이고, 들지 말라면 무엇을 할 것이냐?"

"황궁에 든다면 황후가 될 테고, 들지 말라시면 청산당에 머물겠지요."

황후라니? 아, 황후라니? 어을의 입가에 배시시 미소가 번졌다. 분명 미소였다. 두려웠다. 두려워서 바르르 입술이 떨렸다. 참으로 어을이더냐? 콩닥콩닥 뛰는 젖가슴으로 내 품에 안겨서 말하던, 걱정할 일이 없다고 말하던 노랑머리 내 어을이 맞더냐? 나는 떨리는 입술을 깨물고 말했다.

"황후가 된다면 무엇을 할 것이고, 청산당에 머문다면 무엇을 하겠느냐?"

"사람의 일을 어찌 말로 매어서 가둘 수 있겠나이까? 황후가 된다면 무엇을 할지는 알 길이 없사오나 청산당에 머문다면 무엇을 할지는 눈앞에 보이는 듯하옵니다."

다물라, 그 입을 다물라!

"말하라. 청산당에 머문다면 무엇이 보이느냐?"

"청산당에 머문다면 글방에 앉아서 글이나 끼적이겠지요. 세월이 흘러서 임의 손을 맞잡고 다붓이 후원을 호호 하하 거닐고 싶어도 임께서는 벽부인과 더불어 내당에서 늙고 밭은 몸을 누인 채로 거위침을 긁어모으며 옛적이나 회상하실 테니 외로운 소첩은 죽어간 두루미들의 무덤가에서 노랑머리를 빗질하며 엄마, 엄마⋯⋯ 외롭게 사시다가, 참담하게 사시다가, 그리워하며 사시다가 세상을 떠난 어미를 보고파 하며 허송세월할 것입니다."

가지 마라, 가지 마라, 가지 마라 어을아⋯⋯ 가지 않겠노라고, 하늘이 무너지고 땅이 갈라져서 주저앉아도 가지 않겠노라고, 결코 황궁에는 들지 않겠노라고 말하라! 나는 금상의 명을 거역할 수가 없으니, 차마 내 아들 연우의 말을 차고 막아서 물리칠 수가 없으니 제발 어을아, 붉고 고운 네 입술로 말하라! 황궁에는 들지 않겠노라고 청산당에 나를 내버려두고 훨훨, 황궁에는 결단코 들지 않겠노라고 말하라…… 말해다오, 어을아, 내 어을아!

"……임께서 가시면, 다시는 돌아오지 못할 곳으로 멀리 떠나가시면 금상께옵서는 소첩을 황궁으로 다시 불러들이실 것이옵니다. 소첩은 궁인이 되고, 소후가 되고…… 또한 황후가 될 것이옵니다. 하, 이 밤이 지나서 첫닭이 울고 날이 밝아서 황궁으로 들어도 황후에 오를 것이요…… 청산당에 머물러도 또한 마침내 황후에 오를 것이니…… 죽어간 태후의 말이 조금도 그르지 않사옵니다."

나는 입술을 앙다물고 두 주먹을 움켜쥐었다. 너는 누구더냐? 진정 노랑머리 내 어을이더냐? 무엇이 어을이 너를 그리 변하게 했더냐? 주태후 그년이더냐? 그년과 나눈 몇 마디 말에 어을이 너는 간악한 년이 되었느니라!

"임아, 소첩은 변하지 않았나이다. 어리고 어린지라 물정에 어둡고 철이 없어서 그저 시끄럽고 요란하기만 한 소첩은 조금도 변하지 않았나이다. 변한 것은 오히려 임이시고 또한 금상이시옵니다. 성심을 다해서 임을 모시라던 금상께옵서는 보잘것없는 소첩을 황궁으로 들라고 명하셨고, 다시는 울지 마라 걱정할 일이 없다 하시며 눈물 흘리는 소첩을 보듬어 안고서 다독이시던 임께서는 이제 말씀을 아니 하시니…… 어린 소첩의 마음을 헤아리지 않으신 금상 때문에 눈물이 흐르고 금상의 지엄하신 명일지나 들지 말라고, 황궁에는 결코 들지 말라고, 청산당에서 늙고 병들어 쓸쓸할지라도 결단코 들지 말라고 말씀하지 않으시는 임 때문에 또한 눈물이 흐르나이다."

주르르, 쪽빛으로 파란 두 눈에서 눈물이 터져서 흘렀다.

"황궁으로 들겠나이다. 졸으며 첫닭을 기다리느니 애달프게 날이 밝기를 기다리느니 어두운 이 밤에 말을 달려서 황궁으로 들겠나이다. 임께서는 무탈하시고 강건하소서!"

어을이 몸을 일으켰다. 나는 손을 뻗어서 어을의 손목을 와락 낚아챘다. 어을이 방바닥에 털썩 주저앉았다. 나는 눈물이 터져서 흐르는 쪽빛으로 파란 두 눈을 바라보면서 입을 열었다. 하나…… 입에서는 신음소리만, 짐승 같은 신음소리만 삐져나왔다. 어을아…… 아, 수왕당 기단에 올라선 진아 그년이 말했다.

'나는 이 나라의 황제를 품고, 황제를 낳고, 황제를 세울 것이니 나와 스친 인연을 광영으로 아셔야 할 것입니다. 아시겠습니까, 공자?'

누구냐? 어을아, 너는 누구냐? 불여우, 백여우 같던 진아 그년의 현신이더냐? 말해다오, 가지 않겠노라고…… 금상에게, 내 아들 연우에게 가지 않겠노라고 내 곁에서 머물겠노라고 말해다오!

'보아라, 예나 지금이나 늙으나 젊으나 사내들의 말은 믿을 것이 없느니라…… 한 번 약속을 깨버린 사내가 두 번인들 깨지 못할까? 목공이 나서서 어을이 너를 황궁으로 들일 것이다. 아무렴, 목공은 그럴 위인이고말고!'

진아 그년이, 분명 주태후 그년이 내 앞에 앉아서 웃었다. 그 웃음이 내 멱살을 움켜쥐고 나를 뒤흔들었다. 다물라, 다물라, 그 찢어진 입을 다물라! 나는 주태후 그년의 멱살을 그러쥐고 방바닥으로 밀어붙였다. 더럭 방바닥으로 널브러진 주태후 그년이 호호호, 웃었다.

'내가 아니었다면 목청껏 소리 한 번 제대로 질러본 적 없는 연우 그놈이 오늘날 감히 금상의 자리에 앉을 수나 있었겠느냐?'

닥쳐라. 금상은, 연우는 내 아들이다. 탕이나 끓이던 진아 네년과 천하의 난봉꾼 목등 이놈이 엉키고 뒤엉켜서 만든 내 아들놈이다. 내 아들놈이 황통을 이어서 이 나라의 황제에 오른 것은 하늘의 뜻이요 천하가 어루만지고 보살핀 까닭일지니 간악한 네년의 술수를 운운하는 것은 얼토당토않도다!

"임아, 임아……."

어을이었다. 방바닥에 널브러진 것은 주태후가 아니라 어을이었다. 내가 그러잡은 멱살은 주태후 그년이 아니라 어을의 멱살이었다. 어을이 거친 숨을 몰아쉬며 겁에 질린 눈으로 올려다보았다. 놀란 나는 어을의 멱살을 그러잡은 손을 얼른 팽개쳤다. 캑캑거리며 어을이 목을 쓰다듬었다. 오호라, 내가 무슨 짓을 저지른 것이냐? 어을이 어찌 주태후 그년으로 보였다는 말인가? 가슴이 터질 것 같았다. 머릿속에 불잉걸이 가득 차서 타오르는 것만 같았다. 어을이 몸을 일으키며 말했다.

"금상께서 임의 아드님이시라고…… 소첩이 방금 헛것을 들었나이다."

아, 말했구나! 말하고야 말았구나! 속으로만 내뱉던 말들이 허공으로 모조리 쏟아져 나왔구나! 어을아, 이제 들었으니 이제는 모두 들어서 알아버렸으니 말해다오…… 금상께는, 내 아들놈에게는 결단코 가지 않겠노라고 한 마디만 해다오! 나는 숨을 고르느라고 몸을 돌린 어을의 가녀린 어깨를 꼭 감싸안았다. 어을이, 내 어을이 고개를 돌려서 나를 바라보았다. 아, 아니 주태후 그년이 나를 쏘아보며 말했다.

'이 나라는 어미들의 나라이니라. 어미들이 세우고 여인들이 만들어서 펼친 세상을 아들놈들이, 사내놈들이 들어서 가로챈 내력이 바로 이 나라가 지내온 내력이니라. 두고 보겠느냐? 어찌 잠자코 두고 볼 수만 있겠느냐? 바로 세우리라!'

간악하고 간교한 네년이 무엇을 바로 세운다는 말이냐?

'자식일이라면 아들놈 일이라면 세상 무엇이라도 다 해주었던 여리고 순한 어미들이 차마 부끄러워서 오르지 못했던 황제의 자리에 나는, 스스로 오를 것이다!'

죽어라, 죽어라 이년! 나는 주태후 그년의 멱살을 움켜쥐고 방바닥으로 밀어붙였다. 방바닥에 널브러진 그년의 몸뚱이를 올라타고…… 내, 네년을 죽여서 찢어진 그 입을 다물게 하리라! 죽어라 이년! 죽어라, 죽어라, 죽어라…….

무엇이 어찌 된 것인지 나는 모른다. 무슨 짓을 저지른 것인지 나는 모른다. 무엇이 어찌 되고, 무슨 짓을 저지른 것인지 나는…… 나는 모른다. 널브러진 어을이 컥컥, 피를 토하고 있었다. 내 손에는 가위가, 어을이 내 수염을 다듬어주던 가위가 핏방울을 툭툭 흘리며 쥐어져 있었다.

"임아…… 한 말씀만 하소서…… 가지 말라고 한 말씀만 하……."

어을아…… 가슴팍에서 붉은 피가 철철 흐르는 어을이 말했다. 나는 어을을 보듬어 부둥켜안았다. 어을아…… 내가, 넋이 빠진 내가,

주태후 그년에게 홀려서 미치광이가 된 내가 노랑머리 내 어을을 찌르고 또 찔렀구나! 어찌할꼬, 어찌할꼬, 이 일을 어찌한다는 말인가?

"한 말씀만…… 가지 말라고, 임아…….."

"가지 마라, 가지 마라 어을아…… 어을아, 가지 마라!"

품에 안긴 어을의 입가에 배시시 미소가 번졌다.

"가지 마라, 죽지 마라, 어을아…….."

나는 어을을 부둥켜안고 엉엉 소리쳐서 울부짖었다.

내가 어을을, 노랑머리 어을을, 엄수추리의 딸 노랑머리 내 어을을 죽였다.

걱정할 일이 없느니라!

얼마나 지났을까? 눈앞으로 임자의 얼굴이 보였다. 용구와 용우의 모습도 보였다. 한구석에 쭈그리고 앉아서 덜덜덜 떠는 내미의 모습도 보였다.

어을은…… 하얗게 잠든 듯 내 품에 안긴 어을은 말이 없었다. 내 눈길이 내미에게 가서 닿았다. 저 계집이 언제부터 저 자리에 저렇게 앉아 있었던가? 수염을 다듬는 가위를 들고 이 방에 들었으니…… 내가 하는 말을 모두 듣고 내가 한 짓을 모두 보았겠구나…… 금상이 내 아들이라는 소리 또한 들었을 테니…… 나는 손가락으로 내미를 가리켰다.

"저년이, 내미 저년이 어을을 죽였다."

방 안에 살아 있는 눈길들이 모두 내미에게 가서 멈췄다. 또르르, 귀를 의심한 내미가 손짓을 했다. 아니옵니다. 아니옵니다. 소인이 아니라…… 기겁한 내미가 나를 바라보며 울음을 터뜨렸다.

"방자한 저년의 손모가지들을 당장 잘라내라!"

또르르, 내미가 임자에게 달려들어서 손짓을 하며 살라달라고 애원했다.

"어을이 내 수염을 다듬는 것을 본 저년, 방자한 저년이 가당치도 않게 제 할 일을 가로챘다며 시샘하더니 참담하게도 어을을 죽였다. 저년의 손모가지들을 잘라내고 저년의 몸뚱이를 산산이 부수어라! 저년이 세상에 살았던 흔적조차 남기지 마라!"

용구와 용우가 내미를 끌고 나갔다.

내미를 바라보던 임자가 눈길을 돌려서 나를 바라보았다.

나는 임자의 눈길을 피해서 고이 잠든 어을의 얼굴을 쓰다듬었다.

"임자, 어을을 내 손으로 씻어주고 싶습니다. 고운 옷도 입혀야지요."

듣고만 있던 임자가 고개를 끄덕이더니 방문을 나섰다.

방바닥에 떨어진 면경이 눈 안에 들어왔다. 어을이 들어주던 그 면경이었다. 면경을 들고 그 속을 들여다보았다. 길쭉하게 다듬은 수염이 멋지구나…… 내 품에 안긴 어을은 말이 없었다. 면경을 다시 살폈다. 말라비틀어진 늙은이 하나가 면경 속에 들어 있었다. 머리터럭은 허옇게 세고 두 눈은 움푹 꺼지고 양 볼은 갈라져서 골이 파이고 바싹 마른 허연 입술에…… 아, 이 모습은 방정맞은 꿈속에서 봤던 내 송장이 아닌가?

"누구냐?"

죽은 내가…… 살아 있는 내게 물었다.

"너는 누구냐?"

하나…… 살아 있는 나는 답을 하지 못했다.

나는 어을을 씻기고 고운 비단 옷으로 갈아입혔다.

우목공에게 비보를 전하고, 황궁으로 들어서 금상을 배알했다.

나는, 내가 저지른 모든 일들을 사실대로 아뢨다. 주태후의 헛것을 보았고, 어을을 찔렀고, 모든 것을 보고 들은 내미에게 덮어씌워서 더 이상 드러나지 않도록 척살했노라고 샅샅이 아뢨다. 한동안 듣고만 계시던 금상께옵서 다가오시더니 늙은 두 손을 맞잡고 말씀하셨다.

"정녕 하늘의 뜻이런가? 이제 짐의 어머니가 재궁에 누우신 까닭을 아는 이는 천하에 오로지 짐과 그대뿐입니다. 이 나라의 황통이 어찌 이어졌는지 아는 이 또한 그대와 짐뿐입니다…… 호랑이 사냥을 떠난 동궁이 백산에서 돌아오는 대로 명림전과 혼례를 올려야겠습니다. 동궁이 요동 땅을 제대로 살폈는지도 궁금합니다. 혼례를 마치면 동궁과 더불어 책성에서 군사들을 사열할 것입니다. 목공 그대도 그 자리에 함께 하십시다…… 류기를 적으셔야지요. 면면히 내려오는 황제들만의 내력을 새로이 적으십시오. 아, 목공께서 머무실 류기전부터 지으셔야겠습니다."

더럭 무릎을 꿇었다.

"목공, 짐은 그대가 있어서 홍복입니다."

엎드려서 몸 둘 곳을 몰랐다.

"어을을 잘 보내주세요."

금상께옵서 그 말씀을 남기시고 자리를 떠나셨다.

나는 멀어져가시는 금상의 뒷모습을 한동안 바라봤다.

아, 흔들리지 않으셨도다! 핏줄의 일일지언정 조금도 흔들리지 않으시는 저 분이야말로 정녕코 황제폐하이시구나!

나는 마음속 깊은 곳에 꼭꼭 숨겨서 감추어두었던 아비의 자리를 꺼내어 허공으로 날려보냈다. 가라, 나는 더 이상 금상의 아비가 아니니…… 될 수가 없으니 오로지 금상의 충실한 신하로써 생을 다하리라!

'가엾구나…….'

나는 소리가 들린 곳을 바라보았다. 진아 그년이…… 수왕당 기단에 올라섰던 진아 그년이 황좌에 앉아서 나를 내려다보며 웃고 있었다. 나는 알아차렸다. 저년은 나를 희롱하고자 떠도는 헛것일 뿐이니…… 보아서도, 말을 섞어서도, 부아가 치밀어서도 아니 될 것이다.

'불쌍해서 가엾구나…….'

나는 자리에서 일어나 방문을 향해서 걸어갔다.

'어리석어서 또한 가엾구나…….'

문고리를 잡은 나는 몸을 돌려서 황좌를 올려다보았다. 진아 그년이, 분명 주태후 그년이 황좌에 앉아서 웃고 있었다. 나는 꼭 다물었던 입을 열고 말했다.

"태후, 이 나라가 어미들의 나라라고 하셨지요? 어미들이 세우고 여인들이 만들어서 펼친 세상을 아들놈들이, 사내놈들이 들어서 가로챈 나라라고 하셨지요? 옳습니다. 조금도 그르지 않아요. 당신의 말이 조금도 그르지 않고 모두 옳습니다. 하나 나는 금상을 따를 것입니다. 비록 당신의 말이 모두 옳을지라도 나는 아들놈들이, 사내놈들이 들어서 가로챈 이 나라를 따를 것입니다. 이것이 죽어서 헛것이 된 어미와 살아서 신하가 된 아비가 다른 까닭이겠지요. 나는 금상을 보위하고, 핏줄을 지켜낼 테니 그만 물러가세요. 그 자리는 당신이 앉을 수 있는 자리가 아닙니다. 그만 가세요."

호호호, 주태후 그년의 웃음소리가 귓전을 울렸다.

나는 돌아서서 방문을 열고 텅 빈 황궁을 나섰다.

아무렴, 금상의 뜻대로 이루어질 것이다!

날이 어두워서야 청산당으로 돌아왔다.

임자의 마중을 받고 함께 보곡을 살폈다. 보곡이 눈을 뜨고 나를 바라봤다. 장하구나…… 다시는 아프지 마라. 결코 내 앞에서 죽지 마라. 보곡아, 들었느냐? 들었으면 어서 일어나서 나를 따르라! 실없이 눈물이 흐르는 까닭은 무엇일꼬? 얼른 눈물을 감추고 어을이 있는 청산당으로 향했다.

'임아…….'

"오냐, 어을아!"

가느다란 어을의 손을 꼭 잡고 말했다.

"내가 말이다, 지나온 우리나라의 내력을 적을 것이란다. 금상께서 내게 이 나라 황제들만의 일을 적으라고 명하셨단다. 하나 말이다…… 나는 청산당으로 돌아오는 말 위에서, 어을이 너를 보고파서 쏜살같이 달려온 말 위에서 마음을 고쳐먹었단다. 어을이 네가 말한 대로, 네게 배운 대로 공평하고 무사하게…… 돌이켜보니 세상의 일은 사람의 일이요, 사람의 일은 사내와 계집의 일이더구나. 나라의 내력 또한 사람들이 살아온 내력일지니 이 또한 사내들과 계집들의 내력이 아니면 무엇이겠느냐? 해서 말이다…… 나는 전조 부여로부터 이어지고 성조 동명성제 이래로 면면히 내려오는 우리나라의 내력을 사내들과 계집들, 계집들과 사내들의 내력으로 적을 것이란다. 보고 듣고 알고 느낀 모든 것들을 한 치의 어긋남도 없이 그대로 모조리 적어서 영원무궁토록 전하게 할 것이란다."

어을이 활짝 웃으며 말했다.

'임아, 보고 싶사옵니다. 꼭 보고 싶사옵니다. 임아!'

나는 어을의 노르스름한 머리터럭을 매만지며 물었다.

"어을아, 늙은 나를 임이라고 부르는데도 좋으냐?"

'예, 소첩은 좋고도 좋사옵니다.'

"무엇이 그리도 좋으냐?"

'소첩은 그냥 임이 좋사옵니다.'

"늙으나 늙은 내가 어찌해서 그냥 좋으냐?"

어을은…… 노랑머리 내 어을은 더 이상 말이 없었다.

두 눈을 꼭 감고 잠든 듯 누운 어을은 참으로 말이 없었다.

"그리도 좋으면 눈을 떠보려무나…… 굴신도 하고 호흡도 해야지?"

말이 없었다. 눈도 뜨지 않았다. 벙글벙글 웃지도 않았다.

오호라…… 어을이, 노랑머리 내 어을이 죽었다.

'임아, 걱정할 일이 없으십니다.'

아무렴, 걱정할 일이 없느니라!

어을의 곁에서 글을 적었다.

1928년 5월 뱀장어가 베껴서 썼다.

덧붙이는 글

『목등일기』가 끝났다.

지난 한 해 동안 나는 목등처럼 말하고 목등처럼 생각하고, 물론 열아홉 먹은 첩실을 둔 것은 아니지만, 목등처럼 행동하고자 애를 썼다. 그리고 스스로 목등이라고 느껴지는 순간 나는, 마침내『목등일기』를 마쳤다. 고백하건대 우리말로 옮기는 일을 마치는 순간까지도 나는,『목등일기』가 정말로 1794년 전 고구려 좌보 목등이 지은 글이 맞는지 의심했다. 아니, 의심했다기보다는 제발 목등이 지은 글이기를 간절히 바라고 원했다.

백성百姓은 신라에서 처음 쓰기 시작한 단어로 알려져 있다. 골품제 사회였던 신라에서 백성은 피지배층으로 가장 낮은 등급을 의미하는 단어였다. 고려에서는 촌락을 다스리는 특정 계층을 의미했고 조선에서는 신분상 지배층인 양반을 제외한 피지배층 전체를 의미하는 단어였다. 그리고 오늘날에는 국가의 구성원 전체를 예스럽게 이르는 단어가 됐다. 그러므로 계급사회에서 피지배층 전체를 의미하는 백성이라는 단어는, 고구려에서 적은 글에는 결코 나올 수 없는 단어이다.

『목등일기』에는 백성이라는 단어가 단 한 번도 나오지 않는다. 대신 백성의 의미로 眾과 仦이라는 단어가 나온다. 眾은 무리 중衆자의 본자이고 仦은 약자이다. 나는 이 중자들을 모두 뭇사람이라고 옮겼다. 만약『목등일기』에서 백성이라는 단어가 쓰였다면『목등일기』는 고구려 사람이 지은 글이 아니었을 것이다. 따라서 백성이라는 단어 대신 중이라는 단어들을 쓴『목등일기』는 고구려 사람이 지은 글일 가능성이 크다.

어을於乙, 내미內米, 어지於支, 술이述爾, 동비冬非 그리고 다물多勿. 『목등일기』에서 이 단어들을 처음 봤을 때 나는, 한자 사전에도 나오지 않고 고전이나 역사책에도 나오지 않는 이 단어들이 무슨 뜻인지 몰랐다. 나와 함께『목등일기』를 우리말로 옮긴, 고구려 역사 연구로 박사 학위를 받고 대학에서 교수를 하는, 조규민이 이 단어들을 알아봤다. 어을은 샘, 내미는 연못, 어지는 날개, 술이는 봉우리, 동비는 둥글다는 뜻이고 다물은 옛 땅을 되찾는다는 의미였다.

1999년 11월, 임병준의 건국대학교 석사 학위 논문「고구려 말의 차자 표기 연구―『삼국사기』권35, 37을 중심으로」에는『삼국사기』지리지에 표기된 단어들을 중심으로 56개의 고구려 단어들의 뜻을 풀이하고 있다. 이와 더불어 고구려 단어 연구에 관한 몇 편의 논문들을 바탕으로 나는, 『목등일기』에 적힌 알 수 없던 단어들의 뜻을 알게 됐다.

그뿐만 아니라 다물을 제외한 다른 단어들은 『목등일기』에 등장하는 인물들의 이름이었다. 아마도 고구려 사람들은 목등, 우목, 상비 등과 같은 한자식 성과 이름 그리고 샘, 연못, 날개, 봉우리, 둥글다 같은 우리식 이름과 더불어 교체郊彘(돼지를 들다), 후녀后女(황후가 된 여자) 등과 같은 한자어로 된 이름을 더불어 썼던 것 같다.

덧붙이자면 『목등일기』에 나오는 학과 두루미의 이야기를 통해서 당시 고구려에서는 한자식 단어와 고구려식 단어를 혼용하고 있지 않았나 생각된다. 또한 『목등일기』 원문에는 학을 의미하는 두루미의 고구려식 표기를 두름이荳林己라고 적고 있다.

논문들을 통해서 몇몇 고구려 단어들은 그 뜻을 알게 됐다. 하지만 목등도 노랑머리 於乙을 지금 우리처럼 어을이라고 불렀을까? 당시 고구려 사람들도 오늘날 우리처럼 발음했는지는 여전히 모를 일이다.

어을, 내미, 어지, 술이, 동비 그리고 다물. 나는, 고구려에서만 쓰던 단어들이 적힌 『목등일기』는 한자에 능통한 고구려 사람, 목등이 지은 글이라고 온전히 믿는다.

『목등일기』는 그동안 우리가 알고 있는 고구려에 대한 역사 지식을 송두리째 뒤흔드는 사실들이 적혀 있다. 세세한 내용들은 나중에 언급할 기회가 있을 것이므로 여기서는 두 가지만 먼저 짚어보고자 한다.

종이…… 종이는 한나라(동한)의 채륜蔡倫이 서기 105년 무렵 만든 것으로 알려져 있었다. 그러나 1986년 3월, 중국 간쑤성甘肅省 톈수이天水 팡마탄放馬灘 고분에서 기원전 180년에서 142년 사이에 만든 것으로 보이는 종이 지도가 발견되면서 종이의 기원은 새롭게 연구되고 있다. 아마도 종이는 채륜 이전부터 여러 곳에서 다양한 방법으로 사용된 듯하다.

그렇다면 우리나라에서 종이를 쓰기 시작한 것은 언제일까? 지금까지는 고구려 소수림왕 2년 서기 372년에 불교가 들어오면서 종이에 적힌 경전이 함께 들어왔을 것이라고 추정했다. 그러나 1961년 조선민주주의인민공화국 평양 정백동 고분에서 놀랄 만한 유물들이 발굴됐다. 이 고분에서는 부조장인夫租長印, 고상현인高常賢印이라고 적힌 은으로 만든 도장과 함께 종이로 보이는 닥나무 섬유와 말을 탈 때 햇살을 가리는 일산日傘의 대가 발견됐다. 이 일산대에는 영시삼년십이월탄정씨작永始三年十二月呑鄭氏作이라는 글이 쓰여 있었는데 이는 곧 기원전 14년 한나라(서한)의 유오劉驁가 다스리던 시절 탄정이라는 사람이 만들었다는 뜻이었다. 당시 부조라는 지역의 장長이었던 고상현이라는 사람의 묘라고 추정한 이 고분에서 종이로 보이는 닥나무 섬유가 발견됐다는 것은 무엇을 의미하는가? 기원전 14년 당시 지금의 평양 지역은 낙랑의 영토였다. 낙랑의 영토였던 그곳에서는 이미 종이를 쓰고 있었다는 말이 된다. 『고구려사초』에 따르면 낙랑은 서기 54년 대무신제, 『삼국사기』에서는 대무신왕, 『목등일기』에서는 대주류제라고 부르는 시절, 고구려가 복속했다. 따라서 낙랑을 복속한 고구려에서는 서기 372년 소수림왕 시절보다도 훨씬 이전부터 종이를 사용했을 가능성이 아주 크다.

『목등일기』에서는 종이를 紙와 鬴로 구분해서 말하고 있다. 한나라(동한)에서 들어온 지鬴는 쓰다버린 그물이나 천 조각을 짓이겨서 만드는 형편없는 물건이고 낙랑과 환아에서 만드는 지紙는 초목을 불리고 삶고 찧어서 만들기에 곱고 질기며 향내 나는 물건이며 낙랑에서는 조비兆非, 환아에서는 조해兆奚라고 부른다고 말했다. 조비나 조해가 변해서 오늘날 우리가 부르는 종이라는 이름이 된 것은 아닐까? 서기 221년 목등은 『목등일기』를 분명히 종이에 적었다.

목공께서 적으시는 이 나라 황제들의 내력을 류기畾記라고 부르겠습니다. 목공께서 류기를 적으실 전각을 류기전이라고 부르리다……『목등일기』에서 금상 곧 산상대제는 목등에게 류기를 적으라고 명했다. 과연 이 류기는 실제로 존재했던 것일까? 『삼국사기』 「고구려본기」 영양왕 11년 600년의 기사에 다음과 같은 내용이 있다.

詔 太學博士李文眞 約古史爲新集五卷 國初始用文字時 有人 記事一百卷 名曰留記 至是刪修. 임금이 조서를 내려서 태학박사 이문진에게 옛 역사를 요약해서 『신집新集』 다섯 권을 만들도록 했다. 나라가 세워지고 문자를 사용하기 시작할 때 어떤 사람이 백 권에 이르는 기록을 적었는데 이것을 『유기留記』라고 했다. 『신집』은 이 『유기』를 줄이고 고친 것이다.

유기의 유留자는 머무르다, 기다리다, 변하지 않는다는 뜻으로 이 유자의 본자가 류畾이다. 따라서 『삼국사기』 「고구려본기」에서 말한 유기를 적은 그 어떤 사람은 바로『목등일기』를 지은 목등이라는 말이 된다. 안타깝게도 고구려의 역사를 고구려 사람이 직접 적은 『유기』와 『신집』은 지금 전해지지 않는다. 물론 목등이『유기』백 권을 모두 적었는지는 알 수 없지만, 산상대제의 명을 받아서 목등이 적기 시작한 것만은 분명하다.

목등은 서기 221년 3월 5일, 마지막 일기를 지은 후 어떻게 됐을까? 나는『삼국사기』와 남당 박창화의『고구려사초』를 중심으로『목등일기』에 나오는 인물들을 찾았다.

목등……『고구려사초』에만 등장하는 목등은, 이듬해인 산상대제 26년 음력 3월 병 때문에 사직한 우목의 뒤를 이어서 태보에 오른다. 서기 227년 음력 5월 7일, 산상대제가 부종으로 사망하자 태보 목등은 동궁 교체를 황위에 올리는 즉위식을 거행한다. 그리고 그해 음력 9월, 75세를 일기로 사망한다. 황위에 오른 교체 곧 동천대제는 목등에게 청산공이라는 칭호를 내린다.

주진아……역시『고구려사초』에만 등장하는 산상대제의 모후 주진아, 주태후는『목등일기』에 적힌 것처럼 산상대제 25년 음력 정월 65세를 일기로 사망했다.『고구려사초』에서는 주태후의 사망 원인을 따로 밝히지 않은 채 춥고 어두운 마산궁에서 숨졌다고만 적고 있다. 이후 산상대제는 주태후의 유언대로 마산궁을 재궁으로 삼았고,『목등일기』에 적힌 것처럼 3년을 가득 채운 후에 장례를 치르고 신대제의 묘에 합장했다.

목등의 할아비 목도루는『고구려사초』뿐만 아니라『삼국사기』에서도 찾을 수 있는 인물이다. 『삼국사기』「고구려본기」 태조대왕 71년 서기 123년 기사에 따르면 목도루를 좌보로 삼았고, 차대왕 2년 서기 147년 음력 7월에는 목도루가 차대왕의 학정에 반대해서 병을 빌미로 벼슬에 오르지 않았다는 기사가 있다.

반역자 발기도 『고구려사초』와 『삼국사기』에서 찾아볼 수 있다. 그런데 발기, 연우, 우황후가 얽힌 고구려 최대의 스캔들 기사는 『목등일기』에서 전하는 내용과 사뭇 다르다. 『삼국사기』「고구려본기」 산상왕 기사에서는 고국천왕의 왕후였던 우왕후가 발기를 꾀여내려다가 실패하고 대신 연우를 꾀여서 왕위에 올린 것으로 적혀 있다. 연우 곧 산상대제의 생모인 주태후가 자신의 아들 연우를 황위에 올리기 위해서 우황후를 이용한 정황은 오로지 『목등일기』에서만 찾을 수 있다. 나는 당연히 『목등일기』를 믿는다.

목등의 손발을 자처했던 밀우 또한 『고구려사초』와 『삼국사기』에서 모두 찾아볼 수 있다. 『삼국사기』「고구려본기」 동천왕 20년 서기 246년 기사에 따르면 한나라(동한)가 망하고 조조의 아들 조비曹丕가 세운 위魏나라의 유주자사幽州刺史 관구검毌丘儉이 고구려를 침공한다. 산상왕에 이어서 황위에 오른 동천왕은 직접 전장에 나서서 수차례 관구검 일당을 물리쳤으나 적진을 깊숙이 공략하다가 군사 대부분을 잃고 당시 도읍이었던 환도성까지 점령당한다. 목숨이 위태로워진 동천왕은 남옥저의 죽령까지 패퇴하는데 이때 동부東部 사람 밀우가 결사대를 조직하고 관구검의 추격병들을 물리친다. 밀우 덕분에 목숨을 구한 동천왕은 전장에 쓰러져 있던 밀우를 유옥구劉屋句라는 장수에게 명해서 구해오라고 한다. 유옥구는 목숨을 바쳐서 밀우를 구한다. 이후 유유紐由라는 장수의 기지와 목숨을 바친 충절로 관구검 일당을 몰아내고 환도성을 되찾은 동천왕은 죽은 유유, 유옥구 등에게 상을 내렸고 목숨을 구한 밀우에게는 거곡巨谷과 청목곡靑木谷을 주어서 다스리게 한다. 목등의 손발을 자처했던 밀우는 목등의 명을 따라서 산상대제를 호위하고 그 아들 동천대제의 목숨을 구했던 것이다. 『목등일기』를 통해서 유추해보면 동천대제를 구하던 당시 밀우의 나이는 64세였을 것이다.

목등의 부인 상비, 어을의 아비이며 목등이 따르던 우목, 목등의 아들 목능, 손자 목장 등은 『고구려사초』에서만 나오는 인물들이다. 그 밖에 보곡과 소슬, 동비 그리고 노랑머리 어을은 오로지 『목등일기』에서만 나온다.

마지막으로 꼭 언급할 것이 있다.

『목등일기』에 나오는 묘妙자가 적힌 그림은, 1928년 5월 뱀장어가 베껴서 쓴 원본에 있던 그림이다. 이 그림은 일본 궁내성 실록편수용지에 베껴서 쓴 『목등일기』의 글들과는 달리 얇은 미농지에 그려져 있었다. 아마도 이 그림은 뱀장어가 직접 그린 그림이 아니라 『목등일기』의 모본模本에 있던 그림에 미농지를 대고 베낀 듯했다. 그렇다면 지금은 어디에 있는지 알 수 없는 『목등일기』의 모본에는 목등의 첩실 어을이 그린 이름 모를 꽃 그림과 그 그림 위에 목등이 적은 묘 자 한 자가 고스란히 남아 있을 것이다.

처음에 나는 어을이 그린 이 그림이 얼핏 민들레가 아닐까 생각했다. 하지만 절기로 볼 때 민들레가 필 시기가 아니었기에 『야생화도 감』을 펼쳐 놓고 이른 봄에 피는 꽃들을 살폈다. 그리고 찾았다. 어을이 그린 노란 꽃은, 이른 봄 쌓인 눈 속을 헤치고 제일 먼저 피어나는 복수초福壽草였다.

1928년 5월 뱀장어가 베껴서 쓴 『목등일기』의 모본은 정말로 1794년 전 목등이 지은 그 일기였을까? 가능성이 영 없다고 할 수는 없지만 오랜 세월을 생각하면 필사돼서 전해진 책일 가능성이 더 크다. 그럼에도 불구하고 어을이 그린 노란 복수초 그림이 있는 이 책, 어을이 그린 노란 복수초 그림 위에 목등이 묘자 한 자를 적어넣은 이 책, 나는 뱀장어가 베껴서 쓴 이 책 『목등일기』의 모본을 보고 싶다. 두 눈으로 보고 싶다. 정말로 미치도록 두 눈으로 꼭 보고 싶고 또 어루만지고 싶다.

우리는 우리 역사를 지켜야 한다. 우리가 우리 역사를 지키지 않는다면 도려내지고 베어내지고 갈가리 찢어진 채로 중국의 귀퉁이 역사가 되고 말 것이다. 우리는 우리 역사를 찾아야 한다. 우리가 우리 역사를 찾지 않는다면 곰팡내 나는 어둑한 창고에 처박힌 채로 5백년을 허송하고 1천년을 흘려보내고 2천년을 빌붙어 살았던 민족이라고 스스로 낙인찍는 일이 될 것이다. 우리 역사는 우리가 아니면 그 누구도 지켜주지 않는다. 찾아주지도 않는다. 그래서 역사는 엄중하다.

소중한 책을 선뜻 건네주신 김경숙님, 기쁘게 전화를 걸어준 강유진 님, KBS에서 일하는 오민수 님, 전화번호를 찾아준 이지선 님, 박창화의 유고를 우리말로 옮겨주신 재야 사학자 김성겸님과 우리 역사를 찾고자 온 마음을 바치는 여러 누리꾼들에게 고개를 숙입니다. 그리고 우리, 쟤네, 얘네 집사람들에게 고맙습니다.

부끄럽지만 서기 221년 2월 26일부터 3월 5일까지 8일 동안 고구려 좌보 목등이 짓고, 1707년이 지난 1928년 5월 어느 날 일본에서 뱀장어라고 불리던 사람이 일본 궁내성 실록편수용지에 베껴서 묶은 아주 오래된 일기, 『목등일기』를 1794년이 지난 2015년 오늘에야 비로소 세상에 꺼내어 놓는다.

군소리

이 책은 물론, 모두 소설이다.

2015년 10월

목등일기

초판 1쇄 인쇄 2015년 10월 15일
초판 1쇄 발행 2015년 10월 21일

지은이 김대현
펴낸이 김선식

경영총괄 김은영
마케팅총괄 최창규
책임편집 백상웅 **디자인** 문성미 **마케팅** 이상혁
콘텐츠개발2팀장 김현정 **콘텐츠개발2팀** 임지은, 백상웅, 문성미, 윤세미
마케팅본부 이주화, 정명찬, 이상혁, 최혜령, 박현미, 이소연
경영관리팀 송현주, 권송이, 윤이경, 임해랑

펴낸곳 다산북스 **출판등록** 2005년 12월 23일 제313-2005-00277호
주소 경기도 파주시 회동길 37-14 3, 4층
전화 02-702-1724(기획편집) 02-6217-1726(마케팅) 02-704-1724(경영관리)
팩스 02-703-2219 **이메일** dasanbooks@dasanbooks.com
홈페이지 www.dasanbooks.com **블로그** blog.naver.com/dasan_books
종이 한솔피엔에스 **출력·인쇄·후가공** 갑우문화사

ISBN 979-11-306-0620-0 (03810)